RENCONTRES
355

Série *Colloques, congrès et conférences sur la Renaissance européenne*
dirigée par Claude Blum
99

Théâtralisation des arts et des lettres de la Renaissance anglaise

Ouvrage publié avec le soutien du laboratoire Irhim – Saint-Étienne,
de l'université Jean-Monnet – Saint-Étienne.
Ce volume réunit les actes du colloque
« Synesthésie et transposition d'art dans la littérature
et les arts de l'Angleterre élisabéthaine »
organisé par l'Institut Claude-Longeon (IHPC UMR 5037),
qui s'est tenu les 12, 13 et 14 mai 2011
à l'université Jean-Monnet – Saint-Étienne.

Théâtralisation des arts et des lettres

de la Renaissance anglaise

Sous la direction de Yona Dureau

PARIS
CLASSIQUES GARNIER
2018

Yona Dureau est maître de conférences qualifiée aux fonctions de professeur et habilitée à diriger des recherches à l'université Jean-Monnet – Saint-Étienne, membre de l'UMR CNRS 5037. Spécialiste de l'Angleterre élisabéthaine, elle a notamment publié un ouvrage sur le *De Harmonia Mundi* de Giorgio Francesco (New York, 2011) qui a reçu le prix de l'érudition, et plusieurs livres historiques sur la Renaissance.

ISBN 978-2-406-06622-4 (livre broché)
ISBN 978-2-406-06623-1 (livre relié)
ISSN 2103-5636

INTRODUCTION

Le terme de théâtre est un terme relativement récent, (du XIIe siècle), qui vient du Latin « *theatrum* », lui-même issu du grec « *theatron* » (« θεατρον ») « qui est le lieu de représentation[1] ». La racine de ce terme est associée au verbe « *theasthai* » signifiant « *voir* », « *être témoin* » et du suffixe « *tron* » (« τρον ») dénotant un lieu, un endroit.

En grec le mot « *thea* » (« θεα ») renvoie non seulement à « l'acte de regarder », mais également à « un objet de contemplation » et même au 'théâtre', le « lieu d'où l'on regarde ».

Par le terme de 'théâtre', on entendra donc à la fois le spectateur, ce qu'il regarde et le lieu où il se trouve. Par conséquent l'acte de regarder – et d'écouter, d'ailleurs – comporte non seulement une expérience cognitive mais également une dimension spatio-temporelle, et le 'théâtre' désigne donc par extension l'objet que l'on regarde, c'est-à-dire le spectacle de l'incarnation théurgique qui constitue une performance unique.

La dimension unique de l'événement qui a lieu, engageant le spectateur tout autant que l'acteur, nous éclaire sur l'importance de la théâtralisation du politique comme du religieux à la période élisabéthaine. Le 'miracle' – entendu au sens d'événement non-naturel – de cette représentation unique (puisque le thaumaturge est également associé au théâtre, du grec « *thauma* » le miracle) contraint le spectateur des *Tilts*, des *Pageants*, et des processions religieuses à respecter un lieu et une heure de rendez-vous, afin de pouvoir devenir le témoin de cette théophanie. La Reine divine, réincarnant la vierge Marie, Elizabeta

1 Selon le dictionnaire étymologique Le Robert p. 1956, Paris, Paul Robert, 1977. Selon le dictionnaire édité sous la direction d'Alain Rey, *Les Usuels du Robert*, Éditions le Robert, Paris, 1992, p. 2113, vol. 2, le terme de théâtre est un : « nom masculin emprunté au milieu du XIIe siècle au latin *theatrum*, lieu de représentation, par métonymie 'le public' et par figure la 'scène' lui-même emprunté au grec *theatron*. Ce mot est dérivé de *théa* 'action de regarder', 'vu', 'spectacle, contemplation' que l'on rapproche à l'intérieur de la langue grecque de *thauma*, 'merveille' – 'thaumaturge'. »

Beata, re-présenterait dès lors la dimension sacrée et théurgique héritée du théâtre antique. À l'heure de l'éveil des sentiments nationaux en Europe, la Reine Elisabeth n'est pas la seule à se mettre en scène. Les mises en scène des entrées du Roi dans diverses villes en France au cours du XVIe et XVIIe siècle visent également à interpeller les foules car elles ritualisent le lien de vassalité établi par Dieu entre le monarque et son peuple au cours d'une apparition proche de la théophanie[2].

Cependant, par le glissement de 'théâtre' à 'théâtralisation', on pourra étendre le débat à des rituels participatifs, où le spectacle se déplace et le spectateur doit lui-même jouer un rôle. L'espace clos du théâtre est alors remplacé par l'espace linéaire du parcours, et le regard fixé sur le spectacle est remplacé par une pratique signifiante qui consiste à accomplir par acteurs interposés les étapes du spectacle lui-même. Les processions religieuses, comme les *Pageants*, mettent les corps en marche, rejouant sur le chemin de la cité les drames sacrés que le calendrier célèbre. Elles poursuivent sous une forme plus apaisée les processions de flagellants[3], qui incitent les spectateurs à les rejoindre, n'offrant que la marche et la flagellation des corps ou les progroms comme salut.

Aussi bien, le spectateur est appelé à devenir actant du drame symbolique ou spirituel que lui proposent toutes ces formes de théâtralisation. Ne doit-il pas renouveler son serment de vassalité auprès de son suzerain en assistant à sa mise en gloire, ou ressourcer sa foi dans le Credo et l'Institution de l'Église de son roi en contemplant le défilé royal ?

Il y a dans toutes ces formes de mise en scène une interpellation du spectateur qui exige de lui bien plus qu'une observation passive.

Or les arts et les lettres de la Renaissance anglaise (dans un cadre temporel que nous ne restreindrons pas à la période élisabéthaine), et même de la Renaissance européenne toute entière, s'efforcent également de mettre

2 On consultera à ce sujet les analyses de M. Yardéni, dans *La conscience nationale en France pendant les guerres de religion (1559-1598)*, Paris-Louvain, Éditions Nauwelaerts, 1971, 392 p., publications de la Faculté des Lettres et Sciences Humaines de Paris-Sorbonne, série « Recherches », t. 59.

3 E. Leroy-Ladurie, « Les flagellants » in *Médecins, climat, épidémies* (avec J.-P. Desaive et al.), Paris, Éd. de l'EHESS, 1972, p. 65 : « Le 17 avril, les flagellants font leur entrée à Magdebourg, le 19 à Augsbourg, à la mi-juin à Constance, et à Lichtenau à Bade. C'est de cette dernière ville que 200 pénitents arrivent à Strasbourg le 8 juillet alors que le groupe le plus important va, plus au Nord, passer le Rhin à Spire quelques jours avant et qu'un autre se dirige vers Francfort où à la mi-juillet il va réveiller les persécutions contre les Juifs. »

en scène des idées, des scènes, voire des débats. Le théâtre devient dès lors une forme de représentation à l'échelle de la société, un *modus vivendi*.

Dans ce contexte, les grands débats suscitant de grandes passions, prennent une forme théâtrale devant interpeller, appeler à témoin le spectateur, le lecteur, l'admirateur des textes ou des œuvres d'art.

Le théâtre devient une épistémè permettant de se re-présenter le monde. Le colloque entre sept savants « colloque des secrets cachez des choses sublimes entre sept scavans qui sont de differens sentimens » de Jean Bodin met en dialogue et donc en tension dramatique des débats se voulant proprement scientifiques.

L'habitude de lire les textes de philosophie à l'aune des dialogues platoniciens et socratiques nous fait oublier que le dialogue est un premier pas vers la mise en scène, la mise en tension dramatique des idées et des concepts. Et lorsque ce dialogue présente plus de deux interlocuteurs, comme dans le texte de Bodin, il accomplit à son tour l'histoire du théâtre, qui du monologue au dialogue entre deux personnages, puis entre plusieurs acteurs et un chœur, recrée un univers tout entier. Dès lors, Galilée a raison de débattre de la structure du monde dans une œuvre qu'il théâtralise, puisqu'à l'image des dialogues de Platon, il donne à sa défense de l'hypothèse héliocentrique la forme d'un dialogue entre deux sages avec le *Dialogo sopra i due massimi sistemi del mondo* publié en 1632. Ce choix stratégique qui vise à convaincre le lecteur en donnant à la démonstration la forme d'un dialogue auquel il peut s'identifier se fonde sur le « *theatrum mundi* », c'est-à-dire l'analogie entre le monde et un spectacle de théâtre qui se donne à voir et à entendre, et donc à ressentir.

La religion, la philosophie, la science, le politique, la musique, tous les arts et les lettres de la Renaissance anglaise recherchent cet échange intense avec tantôt un public, tantôt le peuple assemblé, ou encore avec le spectateur, par une forme artistique qui devient alors une *Weltanschauung*, informant toute pensée et toute création. Le théâtre lui-même se met d'ailleurs en scène par le biais de mises-en-abyme successives.

Les communications qui vont suivre déploient un vaste éventail de domaines et de spécialités. La première partie de ces travaux concerne la théâtralisation dans ses rapports avec le pouvoir religieux le pouvoir royal. Christian Jérémie étudie les formes théâtrales qui ont empreint les écrits de Thomas Becon, dans son dialogue catéchétique, servant la transmission d'un message qu'il considérait sacré. Monique Vénuat considère la mise en scène de la question du pouvoir, de la légitimité et de la détention du pouvoir dans l'ouvrage *King Jehan* de John Bale. Les liens entre théatralisation du pouvoir religieux et théâtralisation du pouvoir laïc sont ensuite explicités par l'étude approfondie par Raphaëlle Costa de Beauregard de cette transposition historique.

La seconde partie de cet ouvrage nous entraîne dans le domaine musical. Jean Duchamp démontre brillament comment, le monde étant conçu comme un théâtre, Orlando Gibbons va reprendre les cris traditionnels des marchands de Londres pour composer une œuvre polyphonique. La théâtralisation à l'œuvre dans toutes les disciplines explique sans doute que la théâtralisation de la musique élisabéthaine ait été selon Alban Ramaut un des apports majeurs contribuant à l'élaboration du romantisme français au XIXe. Pour Julien Garde, la naissance du premier opéra anglais doit beaucoup au principe d'incarnation comme solution dramatique.

Enfin la troisième partie de cet ouvrage présente la théâtralisation au sein des œuvres littéraires. Après une étude de Yona Dureau sur le théâtre du monde shakespearien comme représentation de la représentation politique, les communications commencent à se déployer avec une lecture de Wayne Narey présentant *Othello* de Shakespeare comme théâtralisation de l'érotisation de l'amour. Aurélie Griffin montre ensuite comment l'œuvre *The Countesse of Montgomeries Urania* procède à une théâtralisation du livre. Pour Jacek Fabiszak, la théâtralisation transparaît dans la dimension histrionique du *Tamburlaine* de Christopher Marlowe, introduisant une véritable lecture métathéâtrale de l'œuvre.

Enfin la dernière partie de cet ouvrage concerne la mise en scène du pouvoir royal dans son rapport au savoir. Dans cette perspective, les visites de la Reine aux universités d'Oxford ou de Trinity College mettent en scène à la fois le pouvoir et l'érudition royale, ainsi que Sarah Knight l'illustre avec clarté. Quant aux pièces mises en scène dans ces universités, comme nous le montre Elisabeth Dutton, elles sont elles-mêmes une théâtralisation du pouvoir tout autant qu'une relecture métathéâtrale du rapport intime entre pouvoir et mise en scène. Danièle Berton-Charrière scelle l'ensemble de ces réflexions avec une étude de la pièce *Henry VIII* de Shakespeare, où le grand dramaturge procède à une véritable mise en scène du pouvoir et de l'Histoire, donnant ainsi au théâtre le pouvoir ultime du regard artistique et du jugement philosophique.

THÉÂTRALISATION ET JEU DE MANCHES DANS LE DIALOGUE CATÉCHÉTIQUE DE THOMAS BECON, 1560

Même si elle appartient à un autre auteur et à une autre époque, *Le Neveu de Rameau* est une œuvre qui est apparentée au *Catechism*[1] du Réformateur anglais, Thomas Becon, contemporain de Jean Calvin, par le genre du dialogue. Dans un article paru chez l'Harmattan en 2008[2], Stéphane Lojkine explique que *Le Neveu de Rameau* se situe « aux antipodes du discours classique fondé sur la rhétorique dans une démarche conventionnellement structurée », tel qu'on le trouve précisément dans le *Catechism*, œuvre monumentale de 1560, comparable au *Grand Catéchisme* de Luther par sa taille et son exposition doctrinale. *Le Neveu de Rameau* se veut « conversation du coq à l'âne, pot-pourri de propos à bâtons rompus, sans ordre ni composition structurée. Il s'y exerce une séduction libertine, une pensée libre de toute nécessité oratoire[3]. » L'art de la conversation l'emporte sur l'art de la persuasion. Or, la structure conventionnelle d'une démarche rhétorique, qui serait soumise à une nécessité, est-elle un obstacle à la liberté d'expression ?

« Il s'y exerce une séduction libertine, une pensée libre de toute nécessité oratoire. » Cette remarque pourrait tout aussi bien, avec quelques précautions, s'appliquer au *Catechism*, où là aussi s'exerce une séduction, une pensée libre, libre de toute nécessité doctrinale imposée par quelque Église au détriment de l'Écriture, car il s'agit bien d'UN catéchisme, *A New Catechism set forth dialogue-wise in familiar talk between the father and the son*, intitulé dont le premier élément est bien l'article indéfini, et non

1 L'édition qui a servi de référence à cette étude est celle de la Parker Society : *The Catechism of Thomas Becon*, éd. Rev. John Ayre, M. A. Cambridge, Parker Society, 1844, New York, Johnson Reprint Corporation, 1968.

2 S. Lojkine, « Discours du maître, image du bouffon, dispositif du dialogue : *Le Neveu de Rameau* », *Discours, Image, Dispositif*, dir. Ph. Ortel, L'Harmattan, 2008, p. 97-123.

3 *Ibid.*

pas DU catéchisme, qui serait l'exposition d'une doctrine officielle et imposée. En effet, le *Catechism*, présenté explicitement dans le titre comme genre dialogique, « *dialogue-wise* », se déclare ouvertement conversation, « *familiar talk between the father and the son* » entre un père et son fils, où le père cherche à prendre la mesure des connaissances et des convictions personnelles de son fils acquises ou forgées précédemment lors d'une catéchèse maintenant terminée. Le *Catechism* de Becon est loin de faire du dialogue catéchétique une simple juxtaposition de questions et de réponses. Il ne s'agit pas non plus d'un traité de théologie. Le lecteur y trouve autre chose que le seul raisonnement ou la seule logique au service d'une confession de foi. C'est pourquoi l'intérêt ou la curiosité du lecteur ne porte pas uniquement sur le fond de l'échange dialogué, mais aussi sur son vécu : sur les qualités intellectuelles et humaines, sur la performance des interlocuteurs, et en particulier du fils, car il est encore bien jeune. Dès les premiers mots du *Catechism*, la conversation que tiennent les deux personnages laisse échapper un indice de la tranche d'âge auquel ce texte est censé s'adresser :

> *Le père.* Tu n'es pas bien âgé, tu n'as que quelques jeunes années, la durée de tes études n'est pas bien grande, car tu n'as pas encore six ans[4].

C'est probablement là une indication de l'âge du propre fils, aîné sans doute, de Becon. C'est peut-être aussi une fiction par laquelle il faut comprendre que ce texte est comme à la portée d'enfants de six ans, âge officiel du catéchuménat[5]. Tout le monde peut le lire. Dans la brève revue de ses œuvres qu'il fait dans sa préface générale, Becon place ce catéchisme en tête :

> Dans ce premier tome ou volume, à la place du catéchisme que j'avais fait alors en vers, j'ai écrit un nouveau catéchisme, grand et complet dans lequel j'ai placé la somme de l'Écriture sainte ; de sorte que rien qu'en ce seul livre, un chrétien trouvera tout ce qu'il est nécessaire de savoir, qu'il s'agisse de la doctrine ou des mœurs[6].

---

4 *Father.* Thy age is young, thy years are few, thy continuance in study is small, for as yet art thou not six years old. *Ibid.* p. 8.

5 Voir : Ian Green, *The Christian's ABC : Catechisms and Catechizing in England c. 1540 – 1740*, Oxford, Oxford University Press, 2000, p. 122.

6 « In this first tome or volume, instead of the catechism, which then I made in metre, I have written a new catechism, both long and large, wherein I have comprehended the

Quoi qu'il en soit, Becon ne place pas la lecture de son catéchisme dans les hautes sphères, on a plutôt l'impression qu'il vise ce qu'on appellerait aujourd'hui les classes moyennes. Il est assez clair lui-même là-dessus :

> Dans toutes mes entreprises j'ai cherché à n'offenser personne, mais à plaire aux gens pieux. C'est pourquoi j'ai toujours usé d'un style tempéré, modéré et calme, aussi bien dans mes sermons que dans mes écrits, afin, par ce moyen, d'en gagner quelques uns et d'en perdre aussi peu que possible[7].

Il est clair que le public ciblé n'est pas celui d'une petite élite intellectuelle, et que Becon écrit pour le peuple. C'est pour ce public universel que le père de famille et son fils conversent dans le *Catechism*. L'universalité de son lectorat est à l'image de la catholicité de sa doctrine.

Le lecteur du *Catechism* se fait ainsi spectateur d'une conversation sur fond de théologie, qui se tient sur une scène domestique, dans les années 1560, tout comme le lecteur du *Neveu de Rameau* se fait spectateur d'une conversation sur fond de philosophie, qui se tient dans les années 1760 à une table du Café de la Régence à Paris. La virtuosité du dialogue a attiré des hommes de théâtre, comme Pierre Fresnay et Julien Bertheau, qui en ont présenté plusieurs adaptations pour la scène. Si Diderot théâtralise la remise en cause de la bonne conscience du philosophe par le panache de la conversation du neveu, Becon théâtralise la force de la foi par l'impressionnante performance oratoire des deux interlocuteurs de son dialogue. Il s'agit bien de force, de pouvoir, de persuasion. Le pouvoir par excellence, celui qui s'exerce par les mots. Il ne manque plus qu'un metteur en scène.

---

sum of the holy scripture ; so that in that one book the christian reader shall easily find whatsoever is necessary to be known, whether doctrine or manners be considered. » *Catechism* p. 29.

7 « I have sought in all my doings to offend none, but to please the godly. And therefore have I ever used a temperate, moderate, and quiet kind, both of preaching and of writing, that by this means I might win some and lose as few as I might. *The Early Works of Thomas Becon*, éd. Rev. John Ayre, M. A. Cambridge, Parker Society, 1844, New York, Johnson Reprint Corporation », 1968, p. 27-28.

SÉMIOTIQUE

Une scène où se joue le drame du sens, une séquence non pas d'événements ou d'actions, mais la séquence d'exposition d'idées, la théâtralisation des idées étant rendue possible par l'échange dynamique et vivant du dialogue par question-réponse, qui opère une sorte d'expérience en laboratoire en isolant tel ou tel composé du sens, tel ou tel élément du discours, tel ou tel mot. Le *Catechism* dissèque les composés de sens comme un chirurgien en amphithéâtre fait une leçon d'anatomie devant les étudiants.

La toute première question du chapitre sur la Loi de Dieu, « Quelle est la volonté de Dieu dans cet article de la loi ? » lance l'exposé. La deuxième question est une division du sujet en son premier constituant, l'annonce du plan à suivre, ou *partitio*[8]. Dès lors, le fils passe en revue un par un tous les points concernés. Après une demande d'amplification, l'exégèse se poursuit par la recherche explicite de la polysémie du terme de base. Les questions suivantes portent sur chaque élément de cette polysémie puis le père réclame des citations de la Bible, citations donnant ensuite lieu à une nouvelle amplification, ce schéma étant reproduit relativement systématiquement dans l'exposition du symbole des Apôtres, du Décalogue, et de l'oraison dominicale. On procède ainsi étape par étape à l'établissement du sens, la récapitulation des composés de sens déjà rencontrés avant d'aborder le suivant produisant une sorte de *gradatio* à l'échelle du discours, pas seulement de la phrase. Ceci est en soi une démarche d'amplification qui donne une certaine tournure dramatique à l'exposé, en ce que la démarche suit un fil, établit une séquence, non pas d'événements mais d'éléments discursifs, de composés de sens qui apparaissent au fil des mots. On est sur la scène du discours dans un théâtre abstrait, où les personnages ne sont pas des êtres humains mais des sèmes, des éléments de sens, et la pièce qui se joue est une sémiotique de l'exégèse où quelque chose est en jeu : le sens véritable de l'Écriture et l'identité de la véritable Église, dépositaire de ce sens.

8 Pour la terminologie rhétorique, voir surtout : Sonnino, Lee A. *A Handbook to Sixteenth-Century Rhetoric*, London, Routledge and Kegan Paul, 1968.

DRAMATIQUE

Plus concrètement, entre les différents actes de dialogue, une sorte d'intermède, une pause, met souvent le doigt sur l'étape de l'exposition maintenant abordée : elle n'a alors qu'une fonction purement pédagogique visant la clarté, en facilitant le trajet de lecture, plaçant des repères pour le lecteur. C'est ainsi qu'une pause introduit une *dinumeratio*, en précisant le nombre de parties de l'exposition et en situant à sa bonne place le discours qu'on va tenir dans telle ou telle partie. Avant d'aborder un nouvel exposé, Becon donne la parole à ses deux porte-parole dans une sorte de prologue qui rappelle le principe du coryphée dans le théâtre antique. Il explique ainsi au lecteur où l'on en est et ce qui va suivre :

> *Le père.* Ce commandement-ci ne se rapporte plus à la personne de Dieu comme les quatre dont nous avons pris précédemment connaissance. *Le fils.* Non, en vérité. Car la loi de Dieu fut écrite par le doigt de Dieu sur deux tables de pierre. La première table comprend quatre commandements, qui se rapportent au culte et à l'honneur dus à Dieu. L'autre table en comprend six, qui concernent notre devoir envers notre prochain. Parmi ces six, vient en premier celui que je viens de réciter.
>
> *Le père.* Pourquoi le commandement qui porte sur notre devoir envers nos parents est-il placé à la suite des préceptes qui concernent notre office et notre devoir envers Dieu ? *Le fils.* Afin de montrer que, juste après Dieu, l'honneur, le culte, et la révérence sont dus en premier chef à notre père et à notre mère[9].

Après quoi suit la définition de ce qu'est le respect dû aux parents. La pause est une sorte de lever de rideau, ou les trois coups qui précèdent.

9 « *Father.* This commandment pertaineth not unto the person of God, as the other four, which we have tofore heard. *Son.* No, verily. For the law of God was written with the finger of God in two tables of stone. The first table containeth four commandments, and those pertain unto the worshipping and honouring of God. The other table comprehendeth six, and those concern our duty toward our neighbour. Of the which six this is the first, which I have now rehearsed. *Father.* Why is the commandment concerning our duty toward our parents set next in order to the precepts, which concern our office and duty toward God ? *Son.* To declare that, next unto God, we owe the chief honour, worship, and reverence to our father and mother. » *Catechism*, p. 85.

SCÉNIQUE

Le jeu de l'acteur sur scène peut produire des effets voyants, des effets de manche, ou des effets de voix. La voix met en relief de manière sonore certains éléments de sens ; à l'écrit, certains procédés remplacent cette mise en relief sonore par d'autres effets voyants, souvent des procédés de répétition, par exemple l'épimone, accentués parfois par le graphisme :

> Nous ne tirons guère avantage à croire que le corps du Christ fut rompu, et son sang versé, sauf à croire que son corps fut rompu et son sang versé pour nos péchés, pour notre bien et notre avantage, pour notre profit et notre bénéfice personnel ; de même il ne nous est en rien gratifiant de croire que le Christ est né, si nous ne croyons aussi qu'il est né pour nous-mêmes et pour notre salut, comme le dit le prophète : « Un enfant NOUS est né ; un fils NOUS est donné. » (*Ésaïe*, IX,5). [...] comme dit St Paul : « celui qui n'a point connu le péché, il l'a fait devenir péché POUR NOUS, afin que nous devenions en lui justice de Dieu » (2 *Cor.*, V, 21) laquelle est seule acceptable devant sa face. Derechef « Christ nous a aimés, et s'est livré lui-même POUR NOUS, comme une offrande et un sacrifice de bonne odeur. » (*Éph.*, V, 2)[10] .

L'épimone est la mise en relief par le refrain du « nous », lui-même mis en relief par le graphisme. Sur scène, le volume de la voix produit le même effet et peut se conjuguer à la gestuelle, combinant sonore et visuel.

L'*articulus* est un autre effet de manche aisément repérable : Le fils explique que nous ressusciterons avec nos propres corps, ce qui provoque la surprise du père[11] : « *Le père.* Quoi ? mortel, corruptible, lourd, infirme, souffrant, malade, &c ? *Le fils.* Rien moins ; mais immortel, incorruptible, léger, ou vigoureux, plein de force, de santé, parfait ;

---

10 « Little doth it profit us to believe that Christ's body was broken, and his blood shed, except we believe that his body was broken and his blood shed for our sins, for our wealth and commodity, for our profit and singular benefit ; even as it pleasureth us nothing to believe that Christ was born, except we also believe that he was born for us and for our salvation, as the prophet saith : "A child is born TO US, and a son is given TO US". [...] as St Paul saith : "God made him to be sin (that is to say, a sacrifice for sin) FOR US, which knew no sin, that we by his means should be made that righteousness", which before him is allowed. Again : "Christ loved us, and gave himself FOR US, an offering and a sweet-smelling sacrifice to God" ». *Ibid.*, p. 235.

11 « *Father.* What, mortal, corruptible, heavy, weak, sick, diseased, &c. ? *Son.* Nothing less ; but immortal, uncorruptible, light, or quick, strong, healthful, perfect, &c. » *Ibid.*, p. 48.

&c. » Le parallélisme antithétique terme à terme des deux séquences d'adjectifs est déclenché par le comparatif « rien moins », l'articulation, ou brachylogie, au XVIe siècle *articulus*, de tous ces adjectifs produisant un effet d'accumulation très notoire, et assez répandu dans le corps de l'œuvre. Becon, en orateur rompu à la technique au goût de l'époque, aime jouer des grands effets de manche, rendus à l'écrit par tout effet voyant. On n'est pas ici dans une esthétique de l'art pour l'art, mais plutôt dans une rhétorique de l'effet.

Plus discrets, les éléments périphériques de l'énoncé dialogique extérieurs au contenu idéologique ou doctrinal sont une sorte de gestuelle verbale, en particulier dans les doxologies ou courtes formules de prière clôturant un élément de l'exposition, qui font retentir une note pathétique, sur le mode de la ferveur et de la piété, sous forme d'ecphonèse. Ce sont de courtes formules de prière, où la plupart du temps, le père formule une *optatio*, et le fils rajoute « *amen* ». Par exemple, à la fin de l'exposition du septième commandement, le fils recommande la chasteté et l'étude de la dévotion et de l'honnêteté. Le dialogue ponctue alors par une ecphonèse à deux : « *Le père*. Dieu nous l'accorde ! *Le fils*. Amen[12] ». Ou encore, sous forme de prière, au balancement bien équilibré du phrasé ou *isocolon*, ou *compar* : « *Le père*. Dieu nous bénisse et nous fasse miséricorde, qu'il pose sur nous son regard bienveillant, afin qu'ici sur terre nous connaissions ses voies et que nous ayons part à son salut parmi toutes les nations ! *Le fils*. Amen[13] ». Il s'agit d'une sorte de gestuelle verbale parce que les accents discrets de lyrisme chrétien dont les interlocuteurs font preuve étant l'indice de l'authenticité de leur foi, ces courtes prières sont autant de preuves éthiques, l'interlocuteur manifestant par son comportement verbal, qu'il est lui-même convaincu de ce qu'il dit.

Il y a bien d'autres exemples d'effets de manche, ecphonèse, *acclamatio*, procédés d'exclamations, pieuses formulations de souhaits, *optatio*, contenu impressionnant de certaines citations, en particulier l'*oraculum*, citations de paroles de la divinité, érotèmes ou questions oratoires en série, allitérations, choix d'adjectifs appropriés, *appositum* : tous se combinent

---

12 « *Father*. God make us such ! *Son*. Amen. » *Ibid.*, p. 104.

13 « *Father*. God have mercy on us and bless us, and lighten his countenance upon us, that we here on earth may know his ways and his saving health among all nations ! *Son*. Amen. » *Ibid.*, p. 290.

pour former un authentique spectacle vocal ou verbal, dans lequel la Bible et le catéchisme entament un *duo* oratoire autant que chrétien à deux interprètes[14]. Sur la scène du catéchisme s'interprète un spectacle dialogique, un peu, dans un autre registre, comme sur la scène du café de la Régence. Tous ces effets ostentatoires, ou effets de manche, innombrables dans le *Catechism*, qui est autant une somme, un florilège rhétorique qu'un exposé de la foi, ces mises en relief d'éléments du phrasé, les échos de mots, de syntaxe, de rythme, de sonorité, correspondent potentiellement à une mise en scène de la parole par l'art oratoire qui peut rendre le discours théâtral si on le joue sur scène.

DIDACTIQUE

Ces potentialités de mise en scène sont inscrites structurellement dans le texte, dans la nature didactique du discours dialogique. L'entrée en matière du chapitre VI, les degrés de la société, offre une structure tripartite particulièrement nette : *partitio*, suivie d'une *propositio*, sous la forme d'une question du père, puis d'une *definitio* qui permet d'entrer davantage dans le vif du sujet. On a ici une configuration de trois figures didactiques qui servent à montrer ce qu'on va dire, par laquelle, si aucun élément d'information doctrinale proprement dit n'est avancé, d'un point de vue théologique, l'approche de la doctrine, la préparation à son énoncé, est néanmoins bel et bien mise en texte, pour ainsi dire ; le didactisme se fait presque spectacle, mise en scène verbale :

> *Le père.* Quel ordre observeras-tu dans cette sixième et dernière partie du Catéchisme ? *Le fils.* Je traiterai d'abord des offices et des devoirs des pouvoirs supérieurs, temporels et ecclésiastiques, et ensuite de tous les degrés de la société un par un, tels qu'ils sont établis et fondés sur la parole de Dieu[15]. *Le père.* Tu commenceras donc par le magistrat temporel en premier lieu ? *Le fils.* Oui, en effet[16]. *Le père.* Dis-moi d'abord mon fils, ce qu'est un magistrat temporel. *Le fils.* Un magistrat temporel est une

14 Voir : C. Jérémie, « L'art du dialogue dans le *Catechism* de Thomas Becon », *Études Anglaises*, 53 (2), 2000, p. 132-143.

15 Il s'agit ici de la *divisio*.

16 La *propositio*, combinant question et réponse ; ce qui en fait une figure de dialogue.

> personne publique à qui le glaive est confié pour la défense des bons et le châtiment des méchants[17].

Il est vrai que cette *definitio* est déjà une forme d'interprétation, et qu'elle n'est donc pas dépourvue de tout élément doctrinal ; néanmoins, sa fonction première est bien d'ordre structurel : il s'agit de commencer l'exposé, un peu comme si on présentait les différents personnages avant que le drame ne commence.

LA FENÊTRE DANS LE DÉCOR

Autre procédé de mise en scène : Becon ouvre parfois une fenêtre sur la fiction de la vie des interlocuteurs au-dehors du dialogue qu'ils tiennent. À la fin de son exposition préliminaire de la bonne manière d'entrer en prière, le fils conclut par une formule qui tient de l'aposiopèse, par quoi le discours est prononcé explicitement comme terminé, tout ayant été dit : « Voilà qui est dit à propos de la manière digne et attendue de se préparer à la prière, telle que je l'ai apprise précédemment de notre prédicateur et catéchète[18] ». Il s'agit surtout pour Becon d'introduire de temps en temps, comme ici, une référence à la vie de ses personnages en dehors du dialogue qu'ils tiennent sous nos yeux ; ils n'en acquièrent ainsi que plus de vraisemblance. C'est le cas aussi des tout derniers mots du texte de Becon : « *Le père.* Je te félicite pour tes dispositions bonnes et pieuses. Et j'implore Dieu qu'il te confirme dans sa vérité jusqu'à la fin. *Le fils.* Amen. *Le père.* Viens, mon cher enfant, allons voir ce que fait ta mère. “Le Seigneur Jésus Christ soit avec votre esprit.” Et la grâce de

17 La *definitio* parachève la configuration introductive. « *Father.* What order wilt thou observe in this sixth and last part of the Catechism ? *Son.* I will first entreat of the offices and duties of the higher powers, both temporal and ecclesiastical ; and afterward of all other degrees in order, that are stablished and grounded in the word of God. *Father.* Thou wilt then begin first with the temporal magistrate ? *Son.* Yea, verily. *Father.* First of all tell me, my son, what a temporal magistrate is. *Son.* A temporal magistrate is a public person, to whom the sword is committed for the defence of the good, and for the punishment of the evil. » *Ibid.*, p. 302.

18 « And thus much have I spoken concerning the due and worthy preparation unto prayer, as I have heretofore learned of our preacher and catechist. » *Ibid.*, p. 143.

Dieu soit avec nous tous, maintenant et toujours. » Ce souci de dépasser le simple exposé doctrinal en cherchant à lui donner une réalité charnelle par le biais de personnages vraisemblables, cet effort de mise en scène de la doctrine par la fiction littéraire, témoigne chez Becon du goût de la représentation, autant que de la théologie.

LA PREUVE SPECTACULAIRE

Le syllogisme est l'occasion de créer des effets dramatiques dans le discours, parce qu'il se distribue sur trois étapes, dont la séquence crée une sorte de suspense ou d'attente irrémédiablement logique, une expectative irréductible qui peut être un spectacle en soi. Par exemple, il se produit un contraste quand la majeure est longuement amplifiée par une *commoratio*, et que les deux dernières propositions font l'effet d'un couperet, par leur brièveté incisive, et condamnatoire, qui n'est d'ailleurs pas sans rappeler l'aposiopèse :

> Car quiconque mange le Christ vit à jamais, demeure en lui et le Christ en lui, fait une seule chair avec le Christ, est fait membre du corps du Christ, est sanctifié, purifié de corps et d'âme, ne connaît point la mort du pécheur, obtient la rémission de ses péchés, reçoit l'immortalité, laisse au large tous les maux de la mort, et à jamais vit avec le Christ. Mais rien de cela n'arrive aux infidèles et aux méchants ; c'est pourquoi ils ne mangent point le corps du Christ ni ne boivent son sang[19].

L'argumentation, la belle mécanique syllogistique, n'est vraiment qu'un prétexte : il s'agit surtout d'accabler l'adversaire, de le forcer au silence, de l'arraisonner. Le lecteur se fait spectateur parce qu'il assiste à un combat, à une joute oratoire. Le catéchisme devient un rapport de forces, et ce rapport de forces, cette manifestation de pouvoir, cette lutte

19 « For whosoever eateth Christ liveth for ever, dwelleth in Christ and Christ in him, is incorporated and made all one with Christ, is made a member of Christ's body, is sanctified and made holy, is made clean both in body and soul, dieth not the death of a sinner, hath remission of his sins, obtaineth immortality, escheweth all evils of death, and for ever liveth with Christ. But none of all these things chance to the unfaithful and wicked persons ; therefore eat they not the body of Christ, nor yet drink his blood. » *Ibid.*, p. 294.

verbale, se donne à voir, se fait spectacle ; c'est aussi par ce spectacle que la rhétorique du catéchisme se sublime en éloquence.

Autre effet théâtral, l'*exemplum* possède une qualité quasi scientifique, ou expérimentale. Si le syllogisme prouve en démontrant, l'*exemplum* prouve en montrant. L'emploi des images est-il légitime dans les affaires politiques et civiles ? Quel a été le comportement du Christ vis-à-vis de l'argent ?

> *Le père.* Est-il donc légitimement possible, dans les questions politiques, civiles et relatives à ce monde, d'avoir recours aux images ? *Le fils.* Ce n'est pas interdit, ce que nous pouvons très facilement apprendre de cet évangile où nous lisons que certaines personnes s'étaient présentées devant le Christ en lui demandant si la loi permettait de payer le tribut à César, ou non : le Christ souhaitant qu'ils lui montrassent une pièce de monnaie, leur demanda de qui étaient l'effigie et l'inscription gravées sur le denier. Et lorsqu'ils répondirent : « De l'empereur », il leur dit : « Rendez à l'empereur ce qui est à l'empereur, et rendez à Dieu ce qui est à Dieu ». Ce que nous lisons ici, ce n'est pas que le Christ condamnait l'image gravée sur le denier, ni qu'il ait dit : Jetez ce denier à cause de l'image qu'il porte, car il n'est pas permis, même dans les choses civiles et profanes d'avoir des images : mais, pour faire comprendre qu'il n'est pas illégitime d'avoir recours aux images dans les questions civiles qui relèvent de ce monde, qu'il approuvait l'usage de ce denier, malgré l'image qu'il portait[20].

La peinture des actes du Christ dans le contexte de la monnaie ne sert pas à exhorter le lecteur à faire de même. Il s'agit plutôt d'illustrer le contenu dogmatique d'une information du catéchisme. L'*exemplum*, ici, prouve en procédant par induction : puisque le Christ a fait telle et telle chose, c'est donc que la loi générale qu'on énonce se vérifie. Le cas particulier, et exemplaire, est le signe de l'authenticité et de la validité du théorème. Toutefois, la saynète dont Becon fait état nécessite un

20 « *Father.* Is it then lawful in politic, civil, and worldly matters to have images ? *Son.* It is not forbidden, which thing may right well be learned in that gospel, where we read, that certain men came unto Christ, demanding of him, whether it were lawful to pay tribute unto Cæsar, or not. Christ, willing them to shew him a piece of the money, asked, whose image and superscription that was which was graven on the coin ? And when they said, "The emperor's", he answered, "Give unto the emperor that which is the emperor's, and give unto God that which is God's". We read not here that Christ did condemn the image that was graven in the coin, neither that he said, Cast away this money for the image sake ; for it is unlawful even in civil and profane things to have images : but, to declare that the use of images in profane and worldly matters is not unlawful, he approved the money, notwithstanding the image. » *Ibid.*, p. 68.

commentaire de la part du locuteur. L'*exemplum* est une sorte de grossissement optique : on cherche à démontrer quelque chose en montrant quelque chose. La scène qu'on montre est un spectacle du même ordre que de l'analyse au microscope ou de l'expérience en laboratoire, ou de celle que le chimiste opère devant ses collègues : en montrant, on démontre la réalité d'un processus ou d'une loi physique, chimique, &c., de même que Becon démontre le bien-fondé d'un théorème doctrinal. Son théorème se vérifie à l'expérience de la Bible. Une expérience chimique un peu forte, en soi, c'est spectaculaire. Elle devient théâtrale lorsqu'elle est présentée avec tous les honneurs qui lui sont dus. Un bijou dans son écrin. C'est l'écrin qui théâtralise le bijou, tout comme le commentaire l'*exemplum*.

QUESTION

Dans un échange dialogique comme celui de la catéchèse, où l'on procède par question et réponse, la théâtralisation d'une idée passe tout naturellement par la technique de certaines questions oratoires. *L'anthypophora*, par exemple, consiste à donner une réponse à la question qu'on soulève. Lorsqu'on se pose à soi-même la question, on parle alors d'*hypophora*. L'*hypophora* est une sorte de *rogatio* où le locuteur s'apostrophe lui-même, se pose une question à lui-même. Elle peut prendre les couleurs de l'antirrhésis, par quoi on dénonce l'erreur adverse, l'effet étant alors très théâtral :

> Mais que m'attardé-je à faire la liste de telles vétilles et de telles vanités dont sont farcies les églises des papistes ? Je pense en vérité que dans les temples des anciens païens on ne trouva jamais autant de vanité et d'enfantillages qu'on ne trouve à présent dans les églises qui subissent le joug et la tyrannie de l'évêque sanguinaire de Rome[21].

21 « But why do I tarry in reciting these vain trifles and trifling vanities, wherewith the churches of the papists are stuffed ? I think verily, that in the temples of the old pagans there was never found so much vanity and so many childish sights, as there be at this present day in those churches which are under the yoke and tyranny of that bloody bishop of Rome. » *Ibid.*, p. 65.

La *rogatio* fait de l'exégèse une technique pédagogique en ce qu'elle met en relief de façon vivante et dynamique l'interprétation qu'on veut donner du passage choisi. La *rogatio* combine spectacle et instruction. La théâtralité de la *rogatio*, ou *anthypophora*, met la réponse sur le devant de la scène du discours :

> Qu'est-ce qu'être baptisé au nom de Jésus Christ, sinon de croire fermement et d'avoir l'intime conviction que la puissance et le pouvoir du Christ obtiennent le pardon de nos péchés et nous font recevoir et prendre au nombre des enfants de Dieu ; et ensuite, en signe de sa grâce et de sa faveur, que par la foi nous avons obtenues de Dieu, de recevoir le sacrement du baptême par quoi nous professons que nous ne relevons plus du royaume de Satan, mais du royaume du Christ, et que c'est lui que désormais nous servirons, cherchant à lui rendre gloire tous les jours de notre vie[22] ?

La *rogatio* a quelque chose de particulièrement théâtral lorsque la question est formulée doublement, et que la réponse offre une épanorthose ironique, qui remplace le bon élément de réponse par le mauvais, dénonçant ainsi l'erreur que commettent les adversaires. L'interrogation oratoire entre alors dans la stratégie de la réfutation : « Or que dirons-nous des papistes ? En appellent-ils à Dieu au nom de Jésus Christ ? Non ! Bien plutôt au nom des mérites, des médiations, des intercessions, des dignités, des plaies, du sang, de la passion et de la mort des saints[23]. »

La *rogatio* donne à l'apagorèse, ou *prohibitio*, quelque chose de théâtral lorsqu'elle est elle-même reproduite deux fois en succession :

> Saint Paul également priait qu'on le délivrât de cette chair turbulente, messager de Satan, qui ne laissait point de le tourmenter, mais il n'obtenait point satisfaction, malgré qu'il désirât du Seigneur à trois reprises, c'est-à-dire maintes fois, qu'il la lui accordât. Pourquoi ? Parce qu'il ne priait point selon la volonté de Dieu. Dans les temps anciens, nombreux furent ceux qui ont prié, et n'ont point été entendus. Nombreux sont ceux qui prient aujourd'hui et

22 « What is it to be baptized in the name of Jesus Christ, but first stedfastly to believe, and undoubtedly to be persuaded that through the might and power of Christ our sins be forgiven, and we received and taken into the number of God's sons ; and afterward in token of his grace and favour, which we through faith have obtained of God, to receive the sacrament of baptism, whereby we do profess that we pertain no more unto the kingdom of Satan, but unto the kingdom of Christ, and will from henceforth serve him, and seek his glory all the days of our life ? » *Ibid.*, p. 13.

23 « But what shall we speak of the papists ? Do they call upon God in the name of Christ ? yea, rather in the merits, mediations, intercessions, dignities, wounds, blood, passion, and death of saints. » *Ibid.*, p. 135.

> ne sont point entendus. Comment cela se fait-il ? C'est qu'ils ne prient point selon la volonté de Dieu[24].

La réponse à la *rogatio* contient deux fois la même apagorèse, qui explique pourquoi la prière n'a pas été entendue, et qui confirme en la répétant la thèse en cours d'exposition, selon laquelle bien prier, c'est prier selon la volonté de Dieu. C'est le jeu de la question oratoire et de la réponse répétée de manière quasi incantatoire qui peut servir de support à un jeu d'acteur produit sur scène.

CONCLUSION

Un metteur en scène, lisant le *Catechism*, pourrait comprendre que l'œuvre de Becon présente moins des structures de parole qu'elle ne les représente. Cette nature de représentation fait du *Catechism* aussi une œuvre scénique, un mini-théâtre, un théâtre en puissance. C'est sur la scène de ce théâtre que se produit le véritable enjeu du catéchisme : le discours adéquat. Le lecteur est amené à reconstruire le discours présupposé, originel, qui fonde cette adéquation. L'origine de ce discours originel, c'est celui qui se tient dans l'Écriture. Ce qui est présent sur la scène catéchétique, c'est un discours miroir de la Parole. La catéchèse originelle transmet la Parole, le catéchisme de Becon reproduit cette transmission. Dans cette reproduction de la transmission originelle d'une Parole première, la personne du maître d'œuvre, de l'archi-catéchète si l'on peut dire, s'est dissoute et effacée, mais la preuve est toujours là, car l'autorité oratoire est celle du Verbe lui-même. C'est une Parole qui ne peut pas être perdue.

Il est remarquable qu'un discours qui, dans la vie de tous les jours, paraîtrait fastidieux, devient passionnant lorsqu'il est joué, lorsqu'il est

24 « St Paul also prayed that the unquietness through the flesh, even the messenger of Satan, wherewith he was continually buffeted, might depart from him ; but he obtained not his desire, although he desired it of the Lord thrice, that is to say, oftentimes. Why so ? Because he prayed not according to the will of God. [...] Many in times past have prayed, and were not heard. Many also pray at this day, and are not heard. How cometh it to pass ? Because they pray not according to the will of God. » *Ibid.*, p. 137.

reproduit, lorsqu'il est transposé dans un cadre de représentation. Ce cadre peut être oral ou écrit. À l'oral, le catéchisme peut paraître un jeu auprès du catéchumène, sans avoir pour autant de caractère ludique. Le catéchumène joue son rôle. Il joue une comédie. « Qu'est-ce en effet que la vraie comédie ? demande Voltaire. C'est l'art d'enseigner la vertu et les bienséances en action et en dialogue ». Il est inutile d'insister davantage sur la spécificité dialogique du *Catechism*. Son caractère dramatique s'entend moins d'une influence qui s'exerce sur les personnages par l'action, événementielle ou verbale, que celle qui s'exerce verbalement sur le lecteur. Le pouvoir persuasif de la catéchèse est théâtralisé par le dialogue. Il est vrai aussi qu'une certaine influence s'exerce sur les personnages du dialogue eux-mêmes. Le père en arrive à féliciter son fils. Il passe donc d'un état psychologique d'espoir, celui de voir son fils répondre à ses attentes, à un état de certitude et de joie, celui de voir son fils répondre à ses attentes. Ce passage de l'espoir à la joie est aussi l'image du trajet spirituel qu'on veut faire accomplir ou ressentir au lecteur. Encore une fois, si catéchèse il y a dans l'ouvrage de Becon, elle se trouve moins dans la relation du père et du fils que dans la relation du discours au lecteur. La fonction catéchétique de l'ouvrage de Becon n'est pas d'ordre primaire. Elle est d'ordre indirect, représentatif. On l'a déjà dit : l'ouvrage de Becon est moins un catéchisme que la représentation d'un catéchisme. Becon n'a pas l'intention de faire apprendre par cœur à son lecteur le texte du Décalogue, du Symbole, et de l'oraison dominicale. Par le catéchisme, il cherche à atteindre son lecteur pour que celui-ci réagisse à la Parole. Il exerce un pouvoir des mots sur la scène fictive d'un dialogue familier et domestique. Cette représentation fait de l'ouvrage de Becon une création littéraire ouverte à la mise en scène. Le *Catechism* peut se lire comme une pièce de théâtre, le *Catechism* est théâtralisable.

Christian JÉRÉMIE
Université Jean-Monnet

THÉÂTRALISATION DU POUVOIR

Le *King Johan* de John Bale

John Bale (1495-1563) appartient à première génération de la Réforme anglaise dont il fut un des plus ardents prosélytes. Exilé par deux fois, à la fin du règne d'Henri VIII puis sous Marie Ière, promu évêque entre temps sous Edouard VI, il fut un écrivain prolixe, un propagandiste infatigable, auteur de nombreux ouvrages polémiques et de plusieurs pièces de théâtre. Il y donnait libre cours à un langage vigoureux et parfois d'un mauvais goût déconcertant qui lui valut les surnoms de "foul-mouthed Bale" ou "Bilious Bale" (« [Ba]le mal embouché » / « Bale le Bilieux »).

Avant son engagement dans le camp de la Réforme Bale avait commencé une carrière monastique ; placé à l'âge de douze ans par ses parents chez les Carmes, devenu chroniqueur et prédicateur pour son ordre, il quitte vers 1534 l'habit de moine pour se vouer avec tout le zèle d'un converti à la cause de la Réforme. Sa conversion a lieu au moment où se consomme la rupture entre l'Angleterre et Rome et où Henri VIII se fait reconnaître chef suprême de l'Église par la loi de suprématie[1]. C'est au cours des années qui suivent le schisme, que l'on pourrait appeler les « années Cromwell », avec le processus de publication de la Bible en anglais, les Dix Articles, la dissolution des monastères, qu'il compose la pièce *King Johan*. Réputée première pièce historique anglaise[2], elle fut probablement jouée pour la première fois en 1538, avec le soutien de Thomas Cromwell ; elle fut révisée au moins deux

1 « An Act concerning the King's Highness to be Supreme Head of the Church of England and to have authority to reform and redress all errors, heresies, and abuses in the same. » (Act of Supremacy, 1534, 26 Hen. VIII, c.1.)

2 Même si Jean-Philippe Genet estime que « *Gorboduc*, plus que le *King Johan* de John Bale, est l'acte de naissance du théâtre historique [...] ». Jean-Philippe Genet, *La genèse de l'État moderne ; culture et société politique en Angleterre*, PUF, 2003, p. 252. *Cf.* T. Norton & T. Sackville, *The Tragedie of Gorboduc*, 1561-1562 ; *Early English Classical Tragedies*, Oxford, 1912.

fois du vivant de Bale, dont une peu avant sa mort, au début du règne d'Elisabeth[3].

La question du pouvoir, de la légitimité et de la détention du pouvoir, et de sa contrepartie l'obéissance, occupe le devant de la scène politico-religieuse dans l'Angleterre des années 1530. Elle y revient d'ailleurs de façon récurrente dans toute la suite de la période Tudor[4] et je propose d'examiner la façon dont elle est transposée, théâtralisée dans ce *King Johan*.

Pourquoi le roi Jean ? La réponse, en lien avec le contexte qu'on vient d'évoquer, se laisse deviner facilement : la trame de la pièce, en deux actes (2691 vers), est fournie par les dernières années du règne de Jean-sans-terre (de l'interdit de 1208 à la mort du roi en 1216) dont les démêlés avec le pape Innocent III offrent un contrepoint historique tout à fait opportun à ce qui se joue en temps réel sur la scène politique et diplomatique entre l'Angleterre et Rome, avec l'excommunication encourue par Henri VIII et le bras de fer engagé entre le monarque et les papes Clément VII puis Paul III, laissant craindre à certains moments une tentative d'invasion de l'Angleterre par une coalition proromaine. La menace paraît se préciser en 1538, alors que Paul III (qui avait fait Reginald Pole[5] cardinal et l'avait envoyé comme légat en Espagne) promulgue la bulle d'excommunication et de déposition rédigée cinq

3 Cette dernière version intègre un éloge explicite de Henri VIII, à la fin de l'Acte I, et d'Elisabeth, à la fin de l'Acte II. Sur les différentes versions de *King Johan*, voir Nicoletta Caputo, univ. Florence : "John Bale" *in The Literary Encyclopedia*. First publ. 20 October 2001. [http://www.litencyc.com/php/speople.php?rec=true&UID=231, accessed 07 February 2015.], Pauline Blanc, "Corrosive Images of the Roman Catholic Church in John Bale's Protestant Propaganda Works", *in Pouvoirs de l'image aux* XV*e*, XVI*e*, XVII*e* *siècles*, dir. M. Couton, I. Fernandes, C. Jérémie, M. Vénuat, PUBP, Clermont-Ferrand 2009, et Mireille Pourcher-Serre, *La guerre des mots : John Bale, polémiste et homme de lettres*, thèse de doctorat, Université Clermont-Ferrand 2 Blaise Pascal, 2006. – Éditions XIXe-XXe siècles de *Kynge Johan* : *Kynge Johan*, J.P. Collier, ed., Camden Sociey, 1838 ; *The Dramatic Writings of John Bale, Bishop of Ossory*, John S. Farmer, ed., Early English Drama Society, London, 1907, repr. Charles W. Travers, Guilford, England, 1966. Cette dernière édition a été utilisée pour cet article.

4 Parmi les textes qu'elle inspira : *The Obedience of a Christian Man*, de William Tyndale (1527-1528), *De Vera Obedientia* de Stephen Gardiner (1535-1536), *A Homily on Obedience* de Thomas Cranmer (1547), *An Homily against Disobedience and Wilful Rebellion* (1571).

5 Descendants du roi Edouard III, les De la Pole appartenaient à la noblesse de sang royal, et représentaient par là une menace pour les Tudors, dynastie récente et dont les liens avec les lignées royales antérieures étaient moins directs. Les derniers membres de la famille, Réginald Pole excepté, furent éliminés sous Henri VII et sous Henri VIII.

ans auparavant par son prédécesseur[6]. Bale n'hésite pas à manipuler, à déformer certains des termes des conflits qui quelque trois cents ans plus tôt avaient opposé Jean-sans-terre, d'une part à ses propres barons et aux corporations anglaises, d'autre part à une partie du clergé et au pape Innocent III, dans l'affaire Stephen Langton[7]. Moyennant quelques aménagements, Bale entreprend le tour de force d'ériger Jean-sans-terre, peut-être le roi d'Angleterre qui s'était acquis la réputation la plus désastreuse de l'histoire du pays, en héros national voire en proto-martyr de la Réforme. En effet dans la pièce le roi, qui meurt assassiné, empoisonné par un moine, est présenté comme victime d'une conspiration ourdie par un clergé rancunier et un pape despotique. Ceux-ci dressent contre le monarque, l'un après l'autre, les différents membres du corps politique ou états de sa nation (après le clergé, la noblesse, la magistrature, enfin le peuple), et orchestrent l'excommunication du roi, la vassalisation de la couronne anglaise à Rome, et l'invasion de l'Angleterre en vue de l'intronisation à Londres du prince français Louis, fils aîné de Philippe Auguste, plaçant l'Angleterre sous le joug français.

Le propos de Bale, en mettant en scène ces épisodes, est de donner à voir et à entendre, joué par ses acteurs, l'enchaînement infernal qui selon lui, à un moment particulier de l'histoire, a abouti à la catastrophe (déchéance du roi, soumission du pays à des autorités étrangères, triomphe du « papisme » sur l'Évangile). L'intention est de lancer un avertissement solennel - ce qui s'est déjà produit dans l'histoire risque de se produire à nouveau si on n'en tire pas à temps la leçon. Le drame du roi Jean fonctionne comme un miroir tendu aux acteurs du temps présent, un *exemplum* – en négatif car il s'agit d'éviter la répétition au XVIe siècle de la tragédie théologico-politique du XIIIe. Le recours à l'exemplarité de l'histoire, au sens où celle-ci offre dans le retour cyclique de ses épisodes la possibilité d'en apprendre les leçons, d'éviter la répétition de

6 En juillet 1533, à la suite de l'annulation par un tribunal ecclésiastique anglais du premier mariage d'Henri VIII, avec Catherine d'Aragon, et de la proclamation de la validité du mariage du roi avec Anne Boleyn, Clément VII avait sommé Henri VIII de reprendre Catherine d'Aragon avant septembre de la même année, sous peine d'excommunication. Henri VIII s'étant pour toute réponse fait reconnaître Chef Suprême de l'Église d'Angleterre en 1534, Clément VII rédigea la bulle d'excommunication mais mourut avant qu'elle soit promulguée.

7 Innocent III avait imposé Stephen Langton comme Archevêque de Cantorbéry ; le roi Jean s'opposa à ce choix et fut excommunié en 1205.

catastrophes, s'inscrit dans une conception traditionnelle où l'histoire humaine est expression, manifestation du dessein divin dont l'histoire biblique fournit le paradigme (avec le châtiment des nations oublieuses des préceptes de la loi divine). L'application de ce principe à l'histoire de l'Angleterre avait été développée naguère par un coreligionnaire de Bale, William Tyndale, dans les commentaires accompagnant sa traduction de la Bible. Tyndale y soulignait que des épisodes de famine, de peste, de guerres, avaient été consécutifs à des atteintes à la personne de rois – ainsi avec l'assassinat de Richard II[8], et les rapprochait des châtiments divins de l'Ancien Testament. Il comparait par ailleurs les tribulations du roi David aux infortunes des rois Jean et Henri II, trahis et abandonnés l'un par ses nobles l'autre par ses prélats :

> *How was our king John forsaken of his own lords, when he would have put a good and godly reformation in his own land ! How was Henry II compassed in like manner of his own prelates, whom he had promoted of nought, with the secret conspiracy of some of his own temporal lords with them*[9] *!*

Les commentaires de Tyndale sont une des sources d'inspiration de Bale qui choisit le genre dramatique pour diffuser le même message, la même leçon de morale sur un plan collectif : il est urgent d'accepter de comprendre les leçons de l'histoire - biblique et nationale – de se « repentir » et de se rétablir enfin dans l'obéissance à la volonté divine. Les deux péchés collectifs, d'attitudes indignes dont selon les deux auteurs le pays devrait se repentir (c'est-à-dire s'abstenir de répéter) car elles vont à l'encontre de la volonté divine sont la trahison, l'abandon ou le

8 « Wickliffe preached repentance unto our fathers [...]. But what followed ? They slew their true and right king, and set up three wrong kings a row, [...]. [They slew Richard II. They set up Henry the Fourth. Henry the Fifth. Henry the Sixth]. » William Tyndale : « Prologue to the Prophet Jonas », *in The Work of William Tyndale*, G.E. Duffield, ed., The Sutton Courtenay Press, 1964, p. 94 ; « Let England [...] mark what hath chanced them, since they slew their right king, whom God had anointed over them, king Richard the second », « Exposition of Matthew 24 : v. vi. vii. » *in Ibid.*, p. 230-231.

9 « Voyez comme notre roi Jean fut abandonné par ses vassaux, lorsqu'il voulut établir une bonne et sainte réforme dans son proper royaume ; comme Henri II fut circonscrit de la même façon par ses prélats, qu'il avait élevés à ce rang alors qu'ils n'étaient rien, avec la déloyale complicité de quelques uns de ses vassaux ! », W. Tyndale, *in Ibid.*, p. 197. Mais contrairement à Bale, Tyndale présente ailleurs Jean comme un roi cruel (ce qui ne délie pas cependant les sujets de leur devoir d'obéissance) : voir W. Tyndale, « The examination of syr John OldCastell », Marburg [Antwerp], 1530, *cit. in* Mireille Pourcher-Serre, *op. cit.*, p. 294.

meurtre du souverain légitime, et le refus d'accueillir la Parole de Dieu. Ces deux types d'attitude réprouvée sont incarnés, à des degrés divers, par plusieurs des personnages de la pièce *King Johan*, et le repentir en dirige le dénouement. Repentir qui chez Bale de façon plus catégorique encore que chez Tyndale, prend la forme du retour à l'obéissance au roi, celui-ci étant désigné par Dieu et unique détenteur dans son royaume du pouvoir donné par Lui.

Par la théâtralisation de ce précepte Bale apporte sa contribution à l'entreprise de ceux qui (le Vicaire Général Thomas Cromwell et l'Archevêque Thomas Cranmer en tête) cherchent à emporter l'adhésion de leurs compatriotes au défi lancé par Henri VIII à l'autorité du pape, et au-delà à promouvoir la Réforme dans le pays. Dans cette démarche les méthodes de persuasion accompagnent et prolongent la coercition : on a conscience que l'obligation du serment à la suprématie – prêté sous la contrainte, avec peut-être des réserves mentales - ne résout pas le dilemme auquel sont confrontés certaines consciences sensibles face au schisme entre l'Angleterre et Rome. À quel pouvoir l'obéissance est-elle due et jusqu'à quel point ? Autrement dit quelle est la légitimé d'un roi chrétien qui s'oppose au pape, *a fortiori* d'un roi excommunié ? Pour les partisans d'Henri VIII il s'agit de trancher en faveur du roi, de convaincre ceux qui entretiendraient des doutes sur le détenteur du pouvoir légitime ou des craintes face à la menace d'interdit qui plane sur l'Angleterre. Bale n'est pas le premier à apporter sa voix à la doctrine de la suprématie royale mais il est original par le choix de mettre en scène le débat sur la question, démarche qui passe parfois par un transfert dans les répliques des personnages d'extraits de textes de lois, de pamphlets ou de traités contemporains. On reconnaît ainsi dans une réplique de l'Acte II un passage de *The Obedience of a Christian Man* de Tyndale[10]. Celui-ci, s'alignant sur Luther, avait donné le point de vue de la Réforme sur la question – à savoir que les prétentions des papes à un pouvoir supérieur (fondé sur l'attribution à l'apôtre Pierre du pouvoir de lier et délier), étaient mensongères et que leur autorité était usurpée, fondée sur des inventions humaines (telles que le purgatoire) et des superstitions. Selon Tyndale un pape ne pouvait avoir précédence sur l'autorité des rois, des princes chrétiens, dans leur propre royaume. L'orientation de

10 Voir plus bas.

l'ouvrage était favorable en cela à la position henricienne mais difficilement utilisable : au-delà des réticences d'Henri VIII à promouvoir un auteur qui l'avait offensé en estimant infondée sa démarche en vue de l'annulation de son premier mariage, Tyndale était réputé hérétique[11]. C'est à un porte parole plus orthodoxe, l'évêque Stephen Gardiner, qu'était revenue la tâche d'exposer la version officielle de la vraie doctrine de l'obéissance, ce qu'il avait fait dans son *De Vera Obedientia*, (1535-1536), dont la traduction en anglais est parfois attribuée précisément à Bale[12]. Mais ni la rhétorique de Gardiner, ni l'obligation de serment à la suprématie, ni la dissuasion brutale exercée par les exécutions de More, Fisher et des frères chartreux n'avaient empêché Henri VIII de se trouver confronté à une forme d'insurrection avec le « Pèlerinage de Grâce » de 1536. Il est possible que ce soulèvement fut pour Bale, qui intègre à l'Acte II de *King Johan* une allusion directe à la tentative ourdie par Sedition dans le Nord[13], une motivation supplémentaire à écrire sa pièce.

La transposition au théâtre des débats du moment s'opère en premier lieu à travers le jeu des répliques des personnages historiques et allégoriques, ceux qui incarnent ou qui soutiennent, respectivement, pouvoir légitime et pouvoir illégitime, et ceux qui, confrontés au dilemme, se laissent convaincre par les avocats du second avant de se repentir et de reconnaître le premier.

Le pouvoir légitime est incarné par les personnages vertueux, pleins de dignité : le roi Jean puis, après son assassinat, dans les dernières scènes de la pièce, un personnage allégorique, Imperial Majesty (le nom est une allusion au caractère impérial de la monarchie anglaise revendiqué par

11 Il mourut sur le bûcher à Anvers en 1536. Au moment de l'affaire dite du divorce il avait rédigé un court traité, intitulé « The Divorcement » dans lequel il démontrait que les arguments en faveur de l'annulation du mariage entre Henri VIII et Catherine d'Aragon étaient sans fondement. William Tyndale, « The Divorcement », *in The Practice of Prelates*, Hoochstraten press, 1530, *The Works of William Tyndale*, *ed. cit.*, p. 381-392. L'hostilité qu'avait conçue Henri VIII envers Tyndale créa un obstacle supplémentaire lorsque Cranmer et Cromwell voulurent obtenir l'autorisation royale de publier une version anglaise de la Bible.

12 Stephen Gardiner, *De Vera Obedientia*, *in Obedience in Church and State*, P. Janelle, ed., Cambridge, 1930. (La traduction anglaise est incluse dans cette édition).

13 Sedition : « For, if that [God's word] were known, [...] Then should I lack help to maintain their [prelates and priests'] estate, / As I attempted, in the North, but now of late ; / And since that time in other places, beside, [...] ». *King Johan*, *ed. cit.*, p. 286.

Henri VIII à partir du schisme et le personnage, qui incarne la nature immortelle, intemporelle, de la royauté, s'avère être aussi un masque d'Henri VIII[14]). Les deux personnages royaux sont soutenus par Widow England, allégorie de la nation, une Vertu, Verity, et Interpreter qui, comme son nom l'indique, a pour fonction de guider l'interprétation des épisodes des la pièce.

Le pouvoir illégitime est incarné par le personnage Usurped Power, *alter ego* du Pape Innocent III (il se révèle comme tel – Holy Father / Saint Père - peu après son entrée en scène) :

> *DISSIMULATION*
> *The Holy Father [...] which is he?*
>
> *PRIVATE WEALTH*
> *Usurped Power here; which, hath [...] Authority [...]*
> *Both in heaven and earth, in purgatory and in hell.* (p. 211)
>
> « DISSIMULATION
> Le Saint Père [...] Lequel est-ce ?
>
> PRIVATE WEALTH [BIENS PRIVÉS]
> C'est Usurped Power [Pouvoir Usurpé] ; qui a [...] autorité [...]
> À la fois au Ciel et sur la terre, au purgatoire et en enfer. (p. 221) »

Il est soutenu par des personnages satellites qui sont des avatars du Vice de la moralité médiévale, ainsi que par des personnages historiques ou supposés tels. À la première catégorie appartiennent Sedition, le Vice principal, présent dans toute la pièce, qui a aussi une fonction comique, un rôle de bouffon, et ses acolytes : Dissimulation, Private Wealth, et dans l'Acte II Treason. La seconde catégorie est composée des Cardinaux (Pandulphus, Gualo), de Stephen Langton, du moine assassin Simon de Swinsett.

---

14 La première référence officielle au caractère impérial de la couronne d'Angleterre apparaît dans la loi sur les Appels de 1533 : « [...] this realm of England is an empire, [...] governed by one supreme head and king having the dignity and royal estate of the imperial crown of the same [...] ». (*An Act that the appeals in such cases as have been used to be pursued to the see of Rome shall not be from henceforth had nor used but within this realm*, 1533, 24, Hen. VIII c. 12). On peut voir dans la relation entre le roi Jean, Imperial Majesty, Henry VIII, Elisabeth une théâtralisation de la doctrine des deux corps du roi (voir Ernst Kantorowicz, *Les deux corps du roi – essai sur la théologie politique au Moyen Âge*, Gallimard, 1989).

Un troisième groupe est constitué par les personnages incarnant les membres du corps politique dont l'attitude vis-à-vis du roi est l'enjeu de la pièce : Clergy, Nobility, Civil Order, Commonalty.

Le dialogue entre ces personnages est le principal mode de théâtralisation du discours du pouvoir, sur le pouvoir, dans *King Johan*.

Dès les premières lignes de la pièce les termes de la relation au pouvoir sont posés, les principes fondamentaux sont énoncés et fermement appuyés sur l'Écriture Sainte par la voix du roi Jean qui, avant de se nommer, déclame :

KING JOHAN

To declare the powers, and their force to enlarge,
The Scripture of God doth flow in most abundance;
And of sophisters, the cautels to discharge,
Both Peter and Paul maketh plenteous utterance.

How that all people should show their true allegiance
To their lawful king, Christ Jesu doth consent
Which to the high powers was ever obedient. (p. 173)

« ROI JEHAN

Exposer les pouvoirs, et exalter leur force,
La très Sainte Écriture le fait en abondance,
Et pour déjouer les ruses des sophistes,
Pierre et Paul ont beaucoup d'éloquence.

Que toute personne sans détour devrait faire allégeance
À son roi légitime, Jésus Christ y souscrit,
Qui aux pouvoirs établis toujours a obéi. (p. 173) »

Après avoir décliné la lignée dont il est issu - un grand père empereur, un père roi - il poursuit avec l'affirmation pure et simple de l'origine divine de son titre, de son investiture :

By the will of God and His high ordinance,
In Ireland and Wales, in Anjou and Normandy,
In England also, I have had the governance ... (p. 173)

« De par la volonté de Dieu, et comme Il l'a ordonné,
Je gouverne en Irlande et en Galles, en Anjou en Normandie,
Et en Angleterre aussi, ... (p. 173) »

On a là condensée en quelques lignes, une première énonciation des termes et des bases de la doctrine du pouvoir et de l'obéissance que soutient Bale : autorité de l'Écriture sainte (littéralement « Écriture de Dieu ») en matière de détermination du pouvoir et de son exercice ; réfutation opposée par anticipation aux « ruses et arguties des sophistes », entendez les arguments des juristes et membres de l'Église romaine, par l'évocation de la parole des apôtres Pierre et Paul ; caution apportée par Christ lui-même à la relation qui assujettit le peuple à son roi légitime, et au principe d'obéissance au pouvoir en place.

Bale qui évoque de façon aussi globale qu'emphatique l'abondance du fonds scripturaire en la matière renvoie implicitement à travers les mots « high powers » au passage très connu de l'Épitre aux Romains (Romains 13), en premier lieu au premier verset : « Let every soul be subject unto the higher powers. For there is no power but of God : the powers that be are ordained of God » (« Que tout homme soit soumis aux autorités placées au dessus de nous. Il n'y a d'autorité qui ne vienne de Dieu : celles qui existent ont été instituées par Lui. »), à laquelle fait écho la 1re Épitre de Pierre (1 Peter 2 : 13-21) 13-14 : « Submit yourselves to every ordinance of man for the Lord's sake : whether it be to the king, as supreme ; Or unto governors, [...] » (1 Pierre 2 :13-14 : « Pour l'amour du Seigneur, soyez soumis à toute autorité humaine, que ce soit au roi, en sa qualité de souverain, ou que ce soit aux gouverneurs, en tant que délégués par lui [...] »). On peut noter qu'il infléchit cette référence à l'extrait sans doute le plus souvent cité en justification du devoir d'obéissance, en associant, dans le monologue de Jean, l'obéissance au « higher power », prônée par l'apôtre Paul, à Jésus lui-même, qui devient alors modèle d'obéissance à l'autorité politique.

Ce procédé (de déplacement, glissement, combinaison, reconstruction, dans une logique d'enchaînement en cascade) est un des éléments de la technique de suggestion / persuasion de Bale dramaturge. Il se combine à un élément majeur de la structure des dialogues, un des procédés de prédilection de Bale, basé tout simplement sur un usage généreux de la répétition. En effet Bale ne développe pas ou peu dans la pièce (il pourrait le faire sous une forme proche du dialogue catéchétique qu'il emploie à d'autres fins) de démonstration ou d'argumentation élaborée en justification du caractère supérieur du pouvoir des rois. Il privilégie, à partir de l'affirmation initiale, un mode de suggestion par répétition / variation sur le thème introduit dans les premières lignes, qu'il associe à d'autres techniques.

L'origine divine du pouvoir des rois est présumée aller de soi, inscrite dans les mentalités par la tradition chrétienne médiévale d'occident de la sacralité des rois. La question des fondements de la légitimité individuelle d'un roi particulier (autrement dit comment le « pouvoir en place » - "powers that be" - vient-il à être en place ?) est passée sous silence, ou peu s'en faut. La question qui allait se trouver un peu plus tard (ou l'avait été naguère, dans le contexte de la version de la pièce révisée au début du règne d'Elisabeth) au cœur des débats entre monarchomaques et « pro-monarchistes », de la distinction entre la personne (du roi ou de la reine) et la fonction, la couronne, la royauté, permettant d'intervenir et de déposer un roi jugé indigne, est abordée une fois : dans l'Acte II Nobility qui présente le défunt roi Jean comme un « mauvais roi » est tancé vertement par Verity. Clergy tente alors de justifier Nobility en disant qu'il entendait critiquer l'homme et non point la couronne ; c'est l'occasion d'une nouvelle admonestation à l'adresse de ceux qui voudraient séparer la personne de l'attribut ou de la fonction : « The crown of itself, without the man, is nothing. » (« La couronne par elle-même, sans l'homme qui la porte, n'est rien. ») (p. 273).

Le roi Jean se présente comme « roi par la volonté de Dieu » « king by the will of God » (et par voie de succession, en tant que descendant d'une lignée royale - ce qui soit dit en passant n'était pas le point fort des Tudors). Si argument il y a il est tautologique : le roi est légitime parce qu'il est le roi. Le but de la pièce est de convaincre que cette assertion prévaut sur la prétention de l'Église romaine à disposer, *via* l'excommunication, du pouvoir d'annuler l'investiture divine et de délier les sujets de leur allégeance au roi et l'effet de répétition n'est pas la moindre des techniques de persuasion déployées à cette fin. Placée dans la bouche de différents personnages (les « bons », les vertueux, les « godly » - le roi Jean, Widow England, Imperial Majesty, Verity ainsi que Interpreter censément neutre et clairvoyant - mais aussi à certains moments des membres du corps politique anglais, Nobility, Civil Order, Clergy, Commonalty qui se laissent détourner de l'obéissance vraie puis y reviennent dans les dernières scènes de l'Acte II), l'énonciation du précepte revient, avec des variantes, des enrichissements, des ornements, à de très nombreuses reprises et à intervalles réguliers dans la pièce, en sorte qu'elle y fonctionne comme un refrain.

Ainsi les termes « lawful king » / « By the will of God and His high ordinance », prononcés par Jean au début sont repris un peu plus loin, presque à l'identique, par Widow England : « [...] as ye are a rightful king, / Appointed of God to have such matter in doing » (« [...] comme vous êtes roi de plein droit, / Désigné par Dieu pour diriger en ces affaires ») (p. 179). Par la suite, l'association des synonymes « lawful » ou « rightful » King et de « will of God » « appointed of God » revient de loin en loin dans la pièce comme un écho. Sous différentes formes, le précepte est réaffirmé à chaque fois qu'un des personnages exprime des doutes ou bien conteste ou nie l'autorité ou la légitimité du roi et privilégie celle du pape. Ainsi le démenti apporté par Widow England alors que Sedition se vante :

> SEDITION *[...]*
> *Tush ! the Pope ableth me to subdue both king and kaiser,*
> *[...]*

England réplique

> *Truly, of the devil they are that do anything*
> *To the subduing of any Christian king ;*
> *For, be he good or bad, he is of God's appointing :*
> *The good for the good ; the bad is for ill doing* (p. 177)
>
> « En vérité, ils sont du diable ceux qui œuvrent
> À réduire en soumission un roi Chrétien
> Car qu'il soit bon ou mauvais c'est Dieu qui le désigne :
> Le bon pour ceux qui font le bien, le mauvais pour ceux qui font le mal (p. 177) »

« Christian king » est ici l'écho de « rightful/lawful king » ailleurs, et l'investiture divine est réaffirmée – « he is of God's appointing ». Elle est renforcée par deux lignes dont les termes renvoient aux passages-clé de la 1re Épitre de Pierre (Peter 2 :14 : « [...] governors, as unto them that are sent by him for the punishment of evildoers, and for the praise of them that do well », « [...] aux gouverneurs, en tant que délégués par lui pour sévir contre les malfaiteurs, et favoriser les honnêtes gens. », et 1 Peter 2 :18 « Servants, be subject to your masters with all fear ; not only to the good and gentle, but also to the froward », « Serviteurs, soyez soumis à vos maîtres avec le plus grand respect, non seulement à ceux qui sont bons et doux, mais aussi à ceux qui ont le caractère difficile. »), et de l'Épitre de Paul aux Romains, et à leur interprétation dans la tradition théologico-politique médiévale, selon laquelle que même si le roi n'est pas un bon roi il est quand même envoyé par Dieu et sa méchanceté est pour la punition des péchés.

En bonne pédagogie, pour plus d'efficacité, la leçon est répétée encore dans l'épilogue de l'Acte I, par le personnage « Interpreter » qui propose un résumé intermédiaire et une interprétation guidée des événements du règne de Jean et une synthèse de la doctrine du pouvoir.

INTERPRETER
How he [K John] was, of God, a magistrate appointed
To the governance of this same noble region
To see maintained the true faith and religion
But Satan the devil [...].
(p. 223-224 – *Finit Actus Primus ; Incipit Actus Secundus*)

« INTERPRETER
Ainsi il [le roi Jean] fut par Dieu magistrat désigné,
Pour le gouvernement de ces nobles régions
Et pour y préserver vraie foi et religion
Mais Satan le malin [...].
(p. 223-224 – *Finit Actus Primus ; Incipit Actus Secundus*) »

La même technique se retrouve dans l'Acte II, où l'occurrence régulière de répliques de ce type rythme les épisodes dramatiques de la soumission et de la mort du roi, puis les scènes finales du triomphe de Imperial Majesty, du repentir des membres du corps politique, et du châtiment des rebelles et des traîtres. « Soyez soumis au/x pouvoirs », c'est la leçon que le roi Jean exhorte Clergy, Nobility, Civil Order à inculquer au peuple :

KING JOHN
[...] For the love of God, look to the state of England
[...] With godly wisdom your matters so convey
That the commonalty the powers may obey. (p. 197)

« KING JOHN
[...] Pour l'amour de Dieu, veillez sur l'Angleterre
[...] Avec sagesse et piété sachez mener vos affaires
Afin que le peuple aux pouvoirs sache obéir. (p. 197) »

Imperial Majesty reprend le thème, et admoneste les trois mêmes personnages :

The administration of a prince's governance
Is the gift of God, and His high ordinance;
Whom, with all your power, you three ought to support
In the law of God, to all his people's comfort (p. 291)

« L'administration du gouvernement d'un prince
Est le don de Dieu, et Son très haut décret ;
De tout votre pouvoir, vous trois devriez le soutenir
Selon la loi de Dieu, pour le bien de son peuple (p. 291) »

La répétition systématique du précepte de suprématie du pouvoir royal ponctue ainsi toutes les étapes de l'intrigue et les dialogues qui animent celle-ci et l'étoffent des doutes de certains, des insinuations, allégations, manigances et menaces des autres, entraînant la tentation de la défection. Car que l'on doive être soumis au/x pouvoir/s, certes, tous en conviennent – Mais à quel pouvoir ? Quel est le pouvoir suprême, le « higher power » ? Le pouvoir du pape, Vicaire du Christ, n'est-il pas cependant supérieur à celui du roi ? Et *quid* de l'excommunication ? En réponse à cette question, Bale intègre à la pièce une citation pratiquement littérale de *The Obedience of a Christian Man* de Tyndale.

Le passage original de Tyndale :

[...] for God hath made the king in every realm judge over all, and over him is there no judge. He that judgeth the king judgeth God; and he that layeth hands on the king layeth hand on God; and he that resisteth the king resisteth God, and damneth God's law and ordinaunce[15].

« [...] car Dieu a dans chaque royaume établi le roi en juge au dessus de tous, et au dessus de lui il n'y a pas de juge. Quiconque juge le roi juge Dieu ; et quiconque porte la main sur le roi porte la main sur Dieu ; et quiconque résiste au roi résiste à Dieu, et condamne la loi et le décret de Dieu. »

devient dans *King Johan*, dans la bouche de Veritas :

For God's sake Obey lyke as doth you befall,
For in his owne realme a kynge is judge over all
By God's appoyntment, and none maye him judge agayne
But the Lord hymself. In thys the scripture is playne.
He that condemneth a kynge condemneth God without doubt

15 W. Tyndale, *The Obedience of a Christian Man, in Doctrinal Treatises and Introduction to different portions of the Holy Scriptures. by William Tyndale, Martyr, 1536*. Ed. H Walter (Parker society) Cambridge U.P., 1848, p. 177. Voir aussi M. Pourcher-Serre, *op. cit.*, p. 274-275.

He that harmeth a kynge to harme God goeth about
He that a prynce resisteth doth damne Gods ordynaunce
(vers 2346-2353, p. 278)

« Pour l'amour du Seigneur obéissez comme il vous appartient,
Car en son royaume un roi est juge au dessus de tous
Par le décret de Dieu, et nul ne peut le juger
Horrmis le Seigneur. Cela l'Écriture le dit clairement.
Quiconque condamne un roi, sans nul doute condamne Dieu
Quiconque blesse un roi ose s'en prendre à Dieu
Quiconque résiste au prince défie les décrets de Dieu
(vers 2346-2353, p. 278) »

En renforcement, Bale fait intervenir quelques éléments d'argumentation, avance des preuves pour la plupart tirées de l'Ancien Testament.

Aux doutes et aux craintes associés à la sanction d'excommunication, expression du pouvoir du pontife, Bale oppose l'exemple du prophète Balaam dont – selon le roi Jean – la malédiction lancée contre le peuple élu fut sans effet[16], pour en induire l'inefficacité de l'excommunication.

KING JOHN
[...] That sentence or curse that Scripture doth not direct,
In my opinion, shall be of none effect. [...]
Prove it by Scripture, and then will I it allow
But this know I well : when Balaam gave the curse
Upon God's people they were never a whit the worse. (p. 238)

« ROI JEAN
[...] Toute sentence ou malédiction, sans fondement sur l'Écriture,
restera sans effet, voici mon opinion [...]
Prouvez le par l'Écriture, alors je l'admettrai.
Mais je sais bien que lorsque Balaam lança sa malédiction
Sur le peuple de Dieu ils n'en souffrirent en aucune façon. (p. 238) »

La preuve de la précédence de l'autorité royale sur l'autorité sacerdotale se fonde sur le statut des rois bibliques et leur préséance sur la prêtrise. Bale

16 Il semble y avoir une inexactitude : en effet dans Nombres 22-24 Balaam est sollicité à plusieurs reprises par Balak, fils du roi de Moab, qui le presse de lancer la malédiction contre les Hébreux mais Balaam répond qu'il ne profèrera que les paroles que l'Éternel lui mettra dans la bouche et il ne lance pas la malédiction. Cependant à la fin du chapitre Balaam prononce un oracle qui se termine par l'annonce de la destruction des Hébreux : « [...] Mais des navires viendront de Kittim, Ils humilieront l'Assyrien, ils humilieront l'Hébreu ; Et lui aussi sera détruit » (Nombres 24 : 24).

s'appuie en particulier sur le deuxième Livre des rois et sur les exemples de David, de Salomon, et d'autres rois. A Nobility qui demande une preuve,

NOBILITY
How will ye prove me that the fathers spiritual
Were under the princes ever continually ?

« NOBILITY/NOBLESSE
Quelle preuve avez vous que les pères spirituels
Ont de tout temps été sous l'autorité des princes ? »

JEAN répond
By the acts of kings I will prove it by and by,
David & Solomon the priests did constitute,
Commanding the offices that they should execute.
J'osaphat, the king, the ministers did appoint ;
So did King Ezekias whom God himself did anoint. (p. 241)

« JEAN *répond*
Par les actes des rois je vais vous le prouver,
David & Salomon instituèrent les prêtres,
Et décidèrent des offices qu'ils devaient conduire.
Josaphat, le roi, désigna les ministres ;
Et de même le roi Ezekias, qui reçut l'onction du Seigneur. (p. 241) »

La réplique de Jean s'infléchit ensuite d'accents comminatoires :

[...] Pertaining to God in the obedience of kings,
Beware ye sink not with Dathan and Abiron
For disobeying the power and dominion. (p. 242)

« [...] Appartenant à Dieu dans l'obéissance aux rois,
Prenez garde de ne pas sombrer avec Dathan et Abiron
Pour avoir désobéi au pouvoir et à l'autorité. (p. 242) »

Le mode parénétique (avec l'évocation de tels qui furent damnés pour avoir désobéi...) associé à la preuve se retrouve dans une autre de ces occurrences, dans le long monologue de Verity dans l'acte II, à travers l'allusion à la mise à mort de celui qui a porté la main sur l'oint du Seigneur, et même de celui qui s'est fait le porteur de la nouvelle (le jeune homme qui annonce le meurtre de Saul à David[17]).

---

17 « The young man, that brought the crown and bracelet / Of Saul to David, [...] / David commanded, as though he had done the forfeit, / Straightaway to be slain [...] » ; *King*

VERITY

He that slew Saul, [...]
Was slain soon after at David's just commandment ;
For because that Saul was anointed of the Lord –
The Second of Kings of this beareth plenteous record –
He was, in those days, esteemed worthy to die
On an anointed King that laid hands violently. (p. 276)

« VERITY

Celui qui frappa Saul, [...]
Fut justement bientôt frappé sur l'ordre de David ;
Car Saul était l'oint du Seigneur –
Le Second Livre des Rois amplement en témoigne –
En ces temps, quiconque avec violence portait la main
Sur un roi, oint du Seigneur, méritait de périr. (p. 276) »

Le même thème est ensuite repris par Imperial Majesty (p. 279), et le rappel des châtiments bibliques se double de l'évocation de ceux qui sont encourus par les ennemis du roi - Sedition et Treason sont condamnés à la pendaison et autres supplices en vogue dans la période.

Dans une autre veine argumentative sur une question qui découle de celle de la préséance des pouvoirs, à savoir, le clergé doit il être placé comme les laïcs sous l'autorité du prince ? Bale introduit une interprétation des références au paiement du tribut dans le Nouveau Testament qui semble assez audacieuse.

La référence au Christ comme « toujours obéissant aux pouvoirs » (qui apparaît dans le monologue du roi Jean au tout début de la pièce[18] - « [Christ] Which to the high powers was ever obedient » (p. 173) / Qui aux pouvoirs établis toujours a obéi) est associée à l'injonction à s'acquitter de l'impôt (« pay tribute ») ; l'association des deux principes est reprise de façon emphatique dans un autre discours du roi Jean :

KING JOHN

[...] The powers are of God, ...
he that resist them, against God maketh resistance
... Christ did pay tribute for Himself and Peter too,
For a law prescribing the same unto priests also.
to profane princes he obeyed unto death ; so did John Baptist [...]

Johan, *ed. cit.*, p. 279.

18 Voir plus haut.

Peter, John, Paul, with the other apostles all,
Did never withstand the powers imperial. (p. 237)

« ROI JEAN
[...] Les pouvoirs sont de Dieu, ...
quiconque leur résiste, résiste à Dieu
... Christ a payé le tribut pour Lui-même et Pierre de même,
Car une loi le prescrit aux prêtres comme à tous.
aux princes profanes il obéit jusqu'à la mort ; et ainsi fit Jean Baptiste [...]
Pierre, Jean, Paul, et les autres apôtres,
jamais ne résistèrent au pouvoir impérial. (p. 237) »

puis vers la fin de la pièce par Imperial Majesty qui déclame :

IMPERIAL MAJESTY
Consider that Christ was under the obedience
Of worldly princes, so long as He was here ;
And always used them with a lowly reverence ;
Paying them tribute, all his true servants to steere
To obey them, love them, and have them in reverent fear.
Damnation is to him that an order break
Appointed of God, like as the Apostle spake. (p. 279)

« IMPERIAL MAJESTY
Observez que le Christ, aussi longtemps qu'il vécut,
Resta obéissant aux princes temporels, ;
Et toujours leur montra une humble déférence ;
S'acquittant du tribut, ainsi à ses fidèles il apprit
À leur obéir, à les chérir, et à les craindre en leur cœur.
Il est damné sûrement celui qui néglige l'ordre de
Celui qui est nommé par Dieu, ainsi l'a dit l'Apôtre. (p. 279) »

Entre les deux discours (celui du roi Jean et celui de Imperial Majesty), cette modalité particulière de l'obéissance à l'autorité qu'est le paiement du tribut s'est trouvée au centre de plusieurs des échanges entre personnages. Dans l'exemple qui suit, la discussion entre Nobility et Clergy est agrémentée en outre d'une forme d'ironie (alors que Nobility demande pourquoi le pape ne suit pas l'exemple du Christ en payant le tribut à l'empereur, Clergy répond ingénument - aveu involontaire - que le « vicaire du Christ » est désormais « au dessus des Princes »)

NOBILITY (to Clergy)
Did not Christ Himself pay tribute to Caesar ?

If He paid tribute, so ought His holy vicar.

CLERGY

[...] Ye must consider that Christ, that time, was under,
But his vicar, now, is above the princes all. (p. 200)

« NOBLESSE *(à Clergé)*
Christ lui-même ne paya-t-il pas le tribut à César ?
S'il paya le tribut, son saint Vicaire devrait le faire aussi.

CLERGÉ

[...] Vous devez savoir que Christ, en ces temps là,
Était sous l'autorité des princes. À présent son vicaire,
Est bien au dessus d'eux. (p. 200) »

Avec l'assimilation entre le paiement de l'impôt ou du tribut à César et l'obéissance du Christ au Prince, Bale infléchit dans un sens très particulier la critique amorcée par Wyclif, reprise par Érasme, et amplifiée par les réformateurs, opposant l'humilité du Christ, sa simplicité de vie, son éloge de la pauvreté, et l'arrogance, le goût des richesses et du pouvoir, de celui qui se dit son vicaire, le pape, et de toute la hiérarchie de l'Église de Rome. Dans *King Johan* la question du paiement de l'impôt est mise en avant avec une visée d'intérêt immédiat, justifier la taxation de l'Église par l'État et non l'inverse ; mais Bale va au delà en assimilant l'approbation par Jésus du paiement du tribut à la soumission du Christ à l'autorité temporelle afin de justifier la suprématie royale, le rejet de l'autorité du pape, et la soumission du clergé à la couronne. Il y parvient en intégrant au discours de ses personnages des éléments tirés de plusieurs passages néotestamentaires. Il s'agit en particulier du passage de l'Épitre aux Romains sur le tribut[19], de l'invitation dans l'Évangile de Luc à rendre à César ce qui est à César[20], et d'autre part

19 Romans 13 : 6-7 : « For for this cause pay ye tribute also : for they [rulers] are God's ministers, attending continually upon this very thing. / Render therefore to all their dues : tribute to whom tribute is due ; custom to whom custom ; fear to whom fear ; honour to whom honour. »

20 Luke 20 : 22-25 : « Is it lawful for us to give tribute unto Caesar, or no ? / But he perceived their craftiness, and said unto them, Why tempt ye me ? / Shew me a penny. Whose image and superscription hath it ? They answered and said, Caesar's / And he said unto them, Render therefore unto Caesar the things which be Caesar's, and unto God the things which be God's » – ce qui semble contredire le passage de Luc 23 : 2-3 où Christ est amené devant Pilate et accusé précisément d'avoir incité le peuple à ne pas payer le tribut.

de l'exhortation, dans la première Épitre de Pierre, à « souffrir », même l'injustice, à l'exemple du Christ[21]. La soumission absolue du Christ à la volonté divine, jusqu'au sacrifice, est transposée à la soumission à l'autorité civile, impériale (« de César »), et les injonctions néotestamentaires à obéir à Dieu plutôt qu'aux hommes[22] sont omises, en sorte que le Christ lui-même apparaît comme un modèle d'obéissance à l'autorité temporelle, proposé au public pour une *Imitatio Christi* en version henricienne.

Autre élément de persuasion et non des moindres, l'appel au sentiment d'identité nationale, en association étroite avec la personne du roi. Il n'est pas anodin que le personnage qui du début à la fin de la pièce apporte un soutien indéfectible au roi et au droit divin du roi est une allégorie de l'Angleterre, Widow England, seul personnage féminin de la pièce. Une de ses répliques ("till death do us depart" / jusqu'à ce que la mort nous sépare) assimile d'ailleurs sa relation au roi à un mariage, bien que, comme elle l'explique, ce soit de Dieu qu'elle est veuve. Non pas que Dieu soit mort, mais il a été chassé hors du royaume par les œuvres de l'Église papiste et elle en appelle au roi pour rétablir l'époux dans le royaume, restaurer son union avec Dieu, dans laquelle on peut voir le symbole de l'union de l'Église et de l'État. En tant qu'épouse de Dieu l'Angleterre, entité politique, s'investit aussi d'une dimension mystique puisque telle est traditionnellement la fonction de l'Église, épouse du Christ. La mission du roi est de rétablir le règne du Christ dans son pays.

À l'apologie du pouvoir légitime du roi répond le dénigrement du pouvoir usurpé du pape. Les techniques utilisées à cette fin dans *King Johan* sont assez rudimentaires (mais celles-ci ne sont-elles pas les plus efficaces ?) ; il s'agit de susciter la répulsion, l'aversion, tout autant que de tourner en ridicule.

---

21 1 Peter 2 :19-21 : « For this is thankworthy, if a man for conscience toward God endure grief, suffering wrongfully. / For what glory is it, if, when ye be buffeted for your faults, ye shall take it patiently ? but if, when ye do well, and suffer for it, ye take it patiently, this is acceptable with God. / For even hereunto were ye called : because Christ also suffered for us, leaving us an example, that ye should follow his steps : [...]. »

22 En particulier Acts 5 :29 « Then Peter and the other apostles answered and said, We ought to obey God rather than men ». Cette priorité de l'obéissance à Dieu devant l'obéissance aux hommes, que Tyndale soulignait, est éludée chez Bale.

Facteur de répulsion, les arguments en faveur de la suprématie du pape et des privilèges du clergé sont placées dans la bouche des vices (Sedition et ses acolytes) et associés à une auto-dénonciation involontaire, par la bouche de Clergy, des travers, de la corruption, de la débauche, de l'avidité et de la noirceur de l'Église romaine, en particulier des moines, du clergé régulier, mais aussi des évêques, en tant qu'ils relayent l'autorité du pape. Le texte se fait l'écho de la propagande anticléricale la plus virulente de la période[23], des polémiques sur le double système de justice et le privilège de clergie, par lesquels le clergé prétend se soustraire à la justice civile, échapper au pouvoir royal et maintenir un pouvoir parallèle (le « kingdom within the kingdom » / royaume dans le royaume / que dénonçait Simon Fish dans sa *Supplication for the Beggers*)[24]. L'échange de répliques révèle la noirceur du complot fomenté pour protéger les privilèges d'une caste rapace et impitoyable qui va détruire le roi parce qu'il a voulu taxer l'Église, soumettre le clergé à la justice, et proclamer l'Évangile.

Le tout est soutenu par l'association systématique du pape et de ses partisans et acolytes à l'espèce porcine dont nous donnerons quelques échantillons. Le Pape est désigné comme « the wild boar of Rome », « that Babylon boar » (p. 178, 281). Widow England s'indigne : « These vile popish swine hath clean exiled my husband » (« Ces vils cochons de papistes ont chassé mon époux en exil ») (p. 179). Et par un de ces jeux de mots dont Bale est friand, le nom du moine assassin, Swinsett, du monastère de Swinstead, devient Swinestead.

La satire des cérémonies, la parodie d'absolution, de remise « a pena et culpa » (accordée pour tous les crimes et péchés à condition de ne surtout pas prêcher l'Évangile, p. 212), le latin d'Église travesti (*Auctoritate Roma in pontificis ego absolvo te* / [...] *in nomine Domini Pape, amen !* p. 227) vise à exorciser par le ridicule la peur de l'excommunication qui transparaît dans l'horreur, l'effroi ou le dégoût qui s'empare des personnages Nobility, Civil Order, Commonalty, et les fait s'éloigner d'un roi devenu à leurs yeux impur, séparé de Dieu par la sentence du Pape. Les vices donnent libre cours à des jeux de mots grotesques, et souvent vulgaires ; ainsi

23 Comme *A Supplication for the Beggers* de Simon Fish, 1529 ; F.J. Furnivall, ed., Early English Text Society, Extra Seires, xiii, 1871, ou *The Commons' Supplication against the Ordinaries*, de 1532 (State Papers Hen. VIII, Theol. Tracts, vol. I, no. 22).

24 Simon Fish, *op. cit.*

Sedition s'exclame : « What, Usurped Power ? Cock's soul ! Ye are our Pope ? » (« Eh quoi, Pouvoir usurpé ? Foutre donc ! Tu es notre Pape ? ») (p. 211), et Dissimulation s'adresse à Usurped Power comme à « Your Horrible Holiness » (« Votre Satanée Sainteté ») (p. 213)....

Dans ces scènes dont la fonction en déclenchant le rire est à la fois de ridiculiser, de susciter la répulsion, l'aversion en grossissant les traits les plus déplaisants de l'Église romaine, et de procurer des intermèdes divertissants entre les passages pontifiants qui pourraient lasser, Bale donne libre cours à la grossièreté qui lui valut ses surnoms de « Bilious » ou « foul-mouthed » et le comique sombre parfois dans le scatologique :

SEDITION
[...] I would thou hadst kissed his arse, for that is holy.

PRIVATE WEALTH
How dost thou prove me that his arse is holy now ?

SEDITION
For it hath an hole, even fit for the nose of you ! (p. 214)

« SÉDITION
[...] Que n'as-tu point baisé son séant, car il est saint.

BIENS PRIVÉS
Comment me prouves-tu que son séant est saint ?

SÉDITION
Il est saint car il sent, tu peux y mettre le nez ! (p. 214) »

Lors de la rencontre entre Usurped Power et les autres vices, il est convenu au terme d'une concertation que Usurped Power, Dissimulation, Private Wealth porteront Sedition sur leurs épaules. Private Wealth s'exclame : « the whoreson knave weigheth and it were a crooked oak. » (« Cet enfant de putain pèse comme un vieux tronc de chêne. ») (p. 209). Une didascalie indique : « here they shall bear him in, and Sedition saith » : « [...] marry ! now I am aloft ! – / I will beshite you all if ye set me not down soft. » (« Ici ils le portent en scène et Sédition dit » : « [...]Hé là me voici donc bien haut ! / Posez moi doucement, ou je vous conchie tous ») (p. 210).

Ces passages sont au demeurant ceux qui relèvent véritablement d'une mise en scène théâtrale, alors que le jeu des acteurs dans les autres parties de la pièce paraît plutôt statique : comme on l'a vu, une proportion importante du texte consiste en une transposition sur scène, tantôt sur le mode dialogique, tantôt sous forme de monologues et de déclamations pompeuses, des dénonciations contemporaines de l'Église romaines, et de l'apologie de la suprématie royale.

La pièce reste proche du modèle de la moralité médiévale, mais aussi d'un autre type de spectacle en vogue dans la période, l'interlude, ou le « revel » des « Inns of Courts », souvent irrévérencieux, parodique, voire polémique. Il est possible que certains éléments de *King Johan* aient été inspirés par un « revel » qui avait fait scandale quelques années plus tôt, un *Merry and Pleasant Interlude*, donné à Gray's Inn pour les fêtes de Noël 1526. Une Lady Public Weal y était mise à mal par des personnages nommés Dissipation, Negligence, Evil Counsellors, qui détournaient d'elle Lord Governance, avant d'être rétablie par Disdain of Wanton Sovereignty et Rumor Populi[25]. Mais en intégrant à sa pièce une trame historique élaborée et un discours théologico-politique substantiel, Bale va au-delà de l'interlude et de la moralité dans sa théâtralisation du pouvoir dans *King Johan*. En cela il est probablement le premier représentant en Angleterre (et sans doute à peu près le seul, avec le *Christus Triumphans* de John Foxe) d'un mode d'expression qui se développe aussi sur le continent, le recours à la pièce de théâtre comme voie de promotion des idées de la Réforme[26]. Il est parfois difficile de savoir si ces pièces ont réellement pu être jouées, combien de fois, avec quelle écoute, quel impact. La question reste posée pour le *King Johan* de Bale.

---

25 Il s'agissait d'une version révisée de *A Merry and Pleasant Interlude of Good and Evil Governance*, composé en 1505 par Master John Roo, avocat de Gray's Inn, en l'honneur du roi Henri VII, sur le thème du gouvernement de « l'usurpateur » Richard III. L'interlude fut adapté, à l'instigation de Simon Fish, en 1526, aux fins de satiriser le Cardinal Thomas Wolsey. Voir John Foxe, *Actes and Monuments of these Latter Perilous Dayes*, book 8, p. 1038, ed. 1583 ; John Foxe's *The Acts and Monuments Online* [http://www.johnfoxe.org/] ; John Kinpe, « The conversion of Simon Fish », *The Churchman* 46.2 (April 1932), p. 96-104 ; http://www.biblicalstudies.org.uk/pdf/churchman/046-02_096.pdf.

26 Pour l'Angleterre, Jean-Philippe Genet observe que « Une première diversification des sujets et des styles [du théâtre] a lieu sous l'impulsion des humanistes et en particulier du cercle de Sir Thomas More, tandis que les réformateurs introduisent des sujets historiques. » Jean-Philippe Genet, *op. cit.*, p. 129 ; voir aussi *ibid.*, p. 249-257. Deux pièces présentant un certain nombre de similarités avec *King Johan* parurent dans un très court intervalle, l'une en Écosse, *An Pleasant Satire of the Three Estates*, de Sir David Lindsay, donnée pour la première fois en 1540, l'autre en Allemagne, *Tragoedia Nova Pammachius*, de Thomas Naogeorg (Kirchmayer), en 1538 ; elle fut traduite en anglais la même année par John Bale, et donnée à Cambridge en 1545.

Le public auquel s'adressait la pièce pouvait appartenir à l'une ou l'autre des catégories sociales représentées par les personnages Nobility, Clergy, Civil Order, Commonalty – à quiconque était susceptible de prêter l'oreille au discours anti-papal, anticlérical, aux propos nationalistes voire xénophobes, mais aussi de s'ouvrir à certaines idées de la Réforme et au moins à la promotion de l'Évangile.

La pièce s'adresse aussi au roi lui-même – car à travers le discours des personnages c'est à la fois une supplique qui est adressée à Henri VIII[27] et un miroir qui lui est tendu (avec le roi Jean et surtout Imperial Majesty) ; miroir où il peut voir ce qu'il a entrepris de faire – défier le pape, l'expulser du royaume (Civil Order to Imperial Majesty « [...] Exile that monster and ravenous devourer ! With his venom worms, his adders, whelps, and snakes, His cuculled vermin [...] » / [...] Exilez ce monstre, ce rapace vorace ! Lui et ses vers venimeux, ses serpents, ses vipères, et tous leurs rejetons, Sa grouillante vermine [...] p. 282), taxer l'Église, contrôler les monastères, humilier le clergé et l'amener à reconnaître la suprématie de la couronne (Clergy : « I promise you here to exile Usurped Power, / And your supremity to defend each day and hour » // Clergé : « céans je vous promets d'exiler Pouvoir Usurpé, / Et jour et nuit de défendre votre Suprématie » p. 282-283) – mais aussi ce que les partisans de la Réforme souhaiteraient qu'il fasse, en vrai « défenseur de la foi » (Civil Order to Imperial Majesty « of the Christian faith, play now the true defender ! » / Ordre Civil à Majesté Impériale « de la foi chrétienne, soyez désormais le vrai défenseur ! » p. 282) – publier la Bible en anglais, réformer l'Église, promouvoir la « vraie religion ». C'était à cela qu'appelait Tyndale pour qui le vrai prince chrétien promeut l'Évangile dans son royaume et c'est le signe de sa légitimité. Bale – qui partage cette idée – met cependant en avant autre genre d'argument (qu'on trouve notamment chez Simon Fish) selon lequel la diffusion – convenablement encadrée - de la Bible auprès des laïcs apparaît serait un moyen de renforcer encore le pouvoir du roi. On l'entend dans la bouche de Widow England :

If your grace would cause God's word to be taught sincerely,
And subdue those priests that will not preach it truly,
The people should know to their prince their lawful duty [...]. (245)

27 On y entend des échos de *The Commons' Supplication against the Ordinaries*, de 1532 (*op. cit.*) et de *A Supplication for the Beggers* de Simon Fish, 1529 (*op. cit.*).

> « Si votre Grâce voulait promouvoir l'enseignement sincère de la Parole de Dieu,
> Et soumettre ces prêtres qui ne la prêchent pas véritable,
> Le peuple connaîtrait envers son prince son devoir légitime [...]. (p. 245) »

Et dans un dialogue entre Sedition et Imperial Majesty :

> *SEDITION*
> *Ye gave injunctions that God's word might be taught;*
> *But who observe them? full many a time have I laught*
> *To see the conveyance that prelates and priests can find.*
>
> *IMPERIAL MAJESTY*
> *And why do they bear God's word no better mind?*
>
> *SEDITION*
> *For, if that were known, then would the people regard*
> *No head but their prince : with the Church then were it hard;*
> *Then should I lack help to maintain their estate,*
> *As I attempted, in the North, but now of late [...]* (p. 286)

> « SÉDITION
> Vous avez promulgué des injonctions pour que soit enseignée la Parole de Dieu;
> Mais qui les observe? Que de fois n'ai-je ri
> De voir les manigances qu'inventent prêtres et prélats.
>
> MAJESTÉ IMPÉRIALE
> Et pourquoi n'ont-ils plus de respect pour la Parole de Dieu?
>
> SÉDITION
> C'est que si elle était connue, alors le peuple ne reconnaîtrait
> D'autre tête que leur prince : ce serait alors bien dur pour l'Église;
> Et je ne trouverai point d'aide pour maintenir leur emprise,
> Comme j'ai tenté de le faire dans le Nord, encore tout récemment [...] (p. 286) »

À cet égard la pièce fut un échec. Il est difficile de savoir si Henri VIII eut connaissance de son existence et de son contenu - *King Johan* fut sans doute joué devant un cercle assez restreint de proches de Cromwell – mais dans l'affirmative il n'en retint que l'exaltation du pouvoir royal et non les exhortations à le brandir pour défendre l'Évangile. Ironiquement la première représentation de la pièce fut bientôt suivie de la chute de son promoteur, et si la dissolution des monastères et la saisie des biens d'Église furent menées à leur terme, la loi dite des Six Articles (1539)[28] imposa

28 *An Act abolishing diversity in opinions*, 1539. 31 Hen. VIII, c. 14.

un conservatisme doctrinal, et de sévères restrictions furent apportées à la lecture de la Bible par les laïcs, naguère autorisée par des injonctions royales, tandis que 1540 voyait interdire les pièces à sujet religieux[29]. Ce ne fut qu'avec le règne d'Edouard, puis l'avènement d'Elisabeth que Bale put voir le dénouement de sa pièce devenir réalité dans le pays avec l'instauration sous l'autorité du monarque de la « vraie » religion.

Monique VÉNUAT
Clermont-Ferrand 2 –
université Blaise-Pascal

29 *Cf.* Jean-Philippe Genet, *op. cit.*, p. 129. Ce qui n'empêcha pas la représentation à Cambridge en 1545 de la pièce *Pammachius*.

CULTURE DE LA PROCESSION

et réappropriation par le pouvoir laïc de la mise en scène religieuse

INTRODUCTION

La théâtralisation a deux fonctions sociétales : celle de la réconciliation entre les partis ennemis et la réconciliation de chacun avec son passé individuel et le passé collectif. Dans les lignes qui suivent, seront étudiées l'invention de la visite royale, phénomène tout autant européen que britannique, les deux faces de l'image de la reine, le corps royal et sa personne comme image du corps politique, et le rôle des portraits de Nicholas Hilliard dans la sanctification de cette double image.

L'INVENTION DE LA VISITE ROYALE[1]

LE PÈLERINAGE, ET LA PROCESSION RELIGIEUSE, PRENNENT UNE VALEUR LAÏQUE

En témoignent la tombe d'Arundell et une gravure montrant la procession religieuse funèbre, et, d'autre part, l'invention d'un calendrier spécifique au règne, celui de l'anniversaire du couronnement, baptisé *Accession Day Tilts*[2]. On connait la miniature en pied de George Clifford

---

1 Sir Roy Strong, *The Cult of Elizabeth – Elizabethan Portraiture and Pageantry*, London : Thames & Hudson, 1977.

2 Frances A. Yates, « Elizabethan Chivalry : the Romance of the Accession Day Tilts », *Journal of the Warburg and Courtauld Institute*, vol. XX, 1957, p. 4-25. Voir aussi John

par Nicholas Hilliard[3]. Certaines images sont devenues la propriété de l'imaginaire collectif en Angleterre et celles faisant référence aux tournois en présence de la reine en font partie. Ces fêtes s'inscrivent dans un ensemble de manifestations s'adressant à deux parties de cette nation encore féodale et dont l'idéologie cherchait à renforcer ces institutions, d'une part une aristocratie encore partagée entre deux partis religieux, les Catholiques et les Protestants, et d'autre part un peuple encore divisé par les différences régionales auquel il s'agit d'inspirer un sentiment d'unité nationale. À cela vient s'ajouter l'émergence de la classe bourgeoise dont Londres est l'exemple le mieux connu. Alors que le théâtre évolue de troupes d'acteurs ambulants et de représentations privées dans les châteaux vers un lieu théâtral fixe à Londres précisément, créant ainsi une relation au spectacle – où domine d'abord le drame historique – semblable à la relation entre prédicateur et paroissiens et le récit du drame religieux, les fêtes religieuses connaissent une évolution plus marquante car elles concernent toutes les classes de la société. C'est donc le calendrier même des fêtes religieuses qui devient une source de lutte d'influence. En parallèle, les déplacements de la personne royale elle-même sont programmés pour la même raison : ses déplacements ont fait l'objet d'inventaires et d'une cartographie détaillée comme celle intitulée « The route taken by Elizabeth I for her progress in 1561[4]. » Le commentaire qui accompagne ce document est le suivant : « the whole of the Court and a large retenue accompanied the Queen. The reasons for the progress were to reduce the costs of the court, show 'Majestie' to the people and to avoid the plague in large cities ». Ces voyages réunissent à la fois les conditions économiques permettant de répartir la charge de la vie de la cour parmi les nobles du royaume, un theme que l'on retrouve dans *King Lear*, et les intérêts politiques d'une propagande auprès des masses, sans oublier la nécessité d'échapper au fléau des épidémies en zone urbaine.

L'idée de l'institution d'une procession anti-papiste annuelle avait été suggérée à Henry VIII par un traité d'un certain Richard Morison

---

Nichols, « Devices at the Tilt-Yard, 1581 », *The Progresses and Public Processions of Queen Elizabeth*, London, 1823, p. 312-329.

3 Sir Roy Strong & V J. Murrell, *Tudor Artists – The Portrait Miniature Rediscovered, 1520-1620*, Victoria and Albert Museum : Londres, 1983, n° 216, *George Clifford, 3rd Earl of Cumberland*, *c.* 1590.

4 www.gallery.nen.gov.uk, consulté le 25 mai 2014.

dans les années 1530. Il proposait une commémoration annuelle de la libération des Anglais de la soumission au Pape, « out of bondage of the most wicked of all Pharaohs, the bishop of Rome », comportant des enseignements et des prêches. Des spectacles anti-papistes devaient remplacer les traditionnelles pantomimes populaires : « Into the common people things sooner enter by the eyes, than by the ears… ». On pense à John Bale qui mit en pratique ces idées dès l'accession de la Princesse Elisabeth au trône et son propre retour d'exil en 1560, en écrivant et produisant des Morality Plays qui parodient et subvertissent les Morality Plays catholiques auxquelles le public anglais était habitué. Le lien entre le pouvoir royal et le pouvoir religieux prend ici un tour particulier par le biais de la théâtralisation du discours de la Réforme. Par exemple, sa pièce intitulée *The Three Laws of Nature, Moses, and Christ, corrupted by the Sodomytes, Pharisees and Papystes most wicked* fut produite en 1538 sous Henry VIII, mais à nouveau en 1562 après l'accession d'Elisabeth I. Il donne des directives pour les costumes qui illustrent le caractère systématique de sa propagande : « Let Idolatry be decked like an old witch, Sodomy like a monk, Ambition like a Bishop, Covetousness like a Pharisee [...] False Doctrine like a popish doctor and Hypocrisy like a gray friar. » Il est resté surtout connu pour avoir créé le premier drame historique quinze ans environ avant *Gorboduc*, *King Johan* (1538). L'instauration de fêtes annuelles pour commémorer l'avènement d'Elisabeth I répond donc à cette pratique déjà envisagée sous Henry VIII. Leur origine est généralement attribuée à Thomas Cooper, Vice-Chancelier de l'université d'oxford et évêque de Winchester par la suite, célébrant la fête de Saint Hughes patron du diocèse le même jour que la commémoration royale. Comme l'écrit à ce sujet Sir Roy Strong « the Accession Day festivities were thus an adaptation of an old Catholic festival to the ethos of Protestantism[5]. » Cette transformation d'une fête calendaire religieuse en une fête calendaire laïque est typiquement élisabéthaine, commente l'auteur. Selon la légende, Lincoln College à Oxford était une forteresse pro-catholique lors de l'avènement d'Elisabeth I, et soupçonnée d'être un séminaire à la solde de Rome. Tous les ans le 17 novembre, les internes du collège célébrait un jour de fête, « gaudy day », en l'honneur de leur saint patron St Hughes. En 1570 environ, les fêtards allèrent sonner les cloches à All Hallows pour s'amuser. Le maire s'indigna et les accusa

5 Strong, *op. cit.*, p. 118.

de papisme ('popery') pour avoir sonné un éloge funèbre en l'honneur de la reine Marie Tudor ; l'un d'entre eux se défendit en déclarant qu'il s'agissait de célébrer l'avènement d'Elisabeth. Sur ce le maire s'en alla ordonner à toutes les cloches de la ville de sonner en l'honneur de reine. Sir Roy Strong souligne qu'il s'agit bien d'une légende car l'habitude de sonner les cloches pour cet anniversaire était déjà répandue à cette date. Il s'agit cependant également d'une réaction populaire à la bulle papale excommuniant Elisabeth I en 1570.

Le fait qu'il n'y ait pas eu de législation avant les années 1585 démontre le caractère populaire de ces manifestations. Elles comportaient dans tout le pays un programme à l'identique devenu de plus en plus organisé par le gouvernement, à savoir le son des cloches à toute volée, la récitation collective de prières composées pour l'occasion, le chant collectif d'hymnes faisant suite à une lecture de la Bible de passages permettant d'inscrire Elisabeth parmi les Rois d'Israël, le roi Salomon, ou encore le roi David, et, à terme, une réinscription des Empereurs Romains eux-mêmes. On voit le discours de la Réforme se cristalliser ainsi dans une forme européenne avec la prétention de l'Angleterre–déjà présente au « camp du drap d'or » par la rivalité entre Henry VIII, François Ier et Charles Quint – tous trois candidats à la suprématie européenne. La descendance Troyenne, l'âge d'or, la Renaissance, sont autant de mythologies auxquelles les déplacements de la reine d'un château à un autre, accompagnée des membres de sa cour, et en particulier des membres de l'ordre de la Jarretière crée par Henry VIII, contribuent en participant à la fois de la procession spectaculaire, du jeu de rôle du 'Player King', et de l'image de la richesse par le luxe des costumes et des bals, image grâce à laquelle l'aristocratie pouvait décemment s'allier publiquement à la bourgeoisie. On assiste également à la naissance d'une vision de l'histoire d'Angleterre pour ceux nés dans les années 1560 qui se consolidait autour de la date du 17 novembre 1558 comme l'origine ultime de l'histoire nationale[6].

ELISABETH ET L'OPINION PUBLIQUE

Le voyage royal en 1564 lors d'une visite depuis Oxford (c'est-à-dire La Tamise) jusqu'à Cambridge où elle passa 5 jours et 5 nuits nous

6 Strong, *op. cit.*, p. 128.

servira d'exemple. On avait loué pour elle un carrosse à un constructeur hollandais (Gullian Boonen) qui introduisit l'amortisseur : 'spring suspension', en Angleterre. Le Chancellier William Cecil (plus tard Lord Burghley) était l'organisateur de ce séjour tandis que son ennemi de toujours, Robert Dudley (plus tard Earl of Leicester), jouait le rôle de maître de cérémonies. Selon Guzman de Silva, l'ambassadeur d'Espagne, Elisabeth prononça un discours faisant l'éloge de toutes les pièces ou 'comédies' et 'disputes' (i.e. 'disputations'), mais certains étudiants anti-catholiques exprimèrent le souhait de lui jouer un autre spectacle de leur invention, ce qu'elle refusa tout d'abord, puis finit par accepter. Donc, dans la cour d'une maison, Elisabeth I et ses courtisans se réunirent à la lumière des torches pour assister au spectacle donné par les étudiants. Il s'avéra rapidement qu'il s'agissait d'une parodie burlesque aux dépens de membres importants du clan catholique qui avaient été emprisonnés à la Tour de Londres. L'université de Cambridge était devenue de plus en plus en faveur des protestants, ayant fondé un groupe sous le nom de Puritan Movement, mais à cette même période la reine et Cecil cherchaient à mettre un terme aux hostilités avec la France tout en gardant de bonnes relations avec l'Espagne. De Silva s'empressa de rapporter la chose au roi Philippe II :

> *The actors came in dressed as some of the imprisoned bishops. First came the Bishop of London carrying a lamb in his hands as if he were eating it as he walked along, and then others with devices, one being in the figure of a dog with the Host in his mouth…*

Vêtus comme les évêques emprisonnés à Londres, les acteurs présentèrent une pantomime burlesque où un agneau était dévoré par un évêque, ou encore une hostie par un chien. La reine exprima sa colère et quitta les lieux en faisant éteindre toutes les torches. On trouve ici un bon exemple du goût pour la comédie satirique d'un John Bale cité plus haut, et aussi, par la réaction de la reine, un exemple qui annonce 'The Mousetrap' de *Hamlet* plus tard, puisque l'émotion éveillée chez les spectateurs trahit leur engagement, ici les secrètes manœuvres politiques du gouvernement[7].

Un deuxième exemple d'iconographie fondée sur la théâtralisation de la royauté sera rappelé ici, le tableau de 1600 baptisé *Queen Elizabeth's*

7 www.heritage-history.com consulté le 25.05.2014.

Visit to Blackfriars June 16, 1600[8]. Ce tableau de 1600 environ, en tout cas avant 1603, permet d'évoquer ces différentes orientations de lecture à partir d'un cas précis que nous rappellerons ici. De toutes les images appartenant à la mémoire collective, celle-ci est sans doute l'une des plus attirantes, et la représentation du mouvement collectif de la procession y est sans doute pour quelque chose. À découvrir en pieds dans un grand pas en avant, des personnages dont nous ne connaissons souvent que la tête et les épaules tels que Lord Howard of Effingham, 1605, ou Lord Hunsdon, ou même à compléter par son image en pied en champion de la reine, un portrait qui ici se dévoile comme en secret entre Howard et Hundson[9], celui de Cumberland, on est fasciné par l'unité du 'battement' de jambes évoquant la chorégraphie d'un ballet.

La composition du rectangle respecte la règle du nombre d'or par l'ajout d'un rectangle au double carré, tandis que le centre est indiqué par l'axe vertical du pied d'Edward Somerset, 4eme comte (Earl) de Worcester, le dernier Master of the Horse (Ministre des transports) de la reine. Cet axe vertical rejoint celui de l'image royale, tandis que le mouvement de Somerset est souligné par la forme en S – le 'contrapposto' – de l'inclinaison de sa tête sur notre droite contredisant l'orientation de son buste et sa jambe droite orienté vers la gauche. La silhouette de la reine s'inscrit également dans une sorte de carcan en S par le bustier triangulaire de sa robe que contredit l'orientation des épaules suggérant une perspective et l'axe de son visage légèrement incliné sur la gauche grâce à la courbe du cou. Ce 'contrapposto' a pour effet de la situer au sommet d'une pyramide semblable à celle évoquée par Lomazzo à propos de la pyramide du mouvement de Michel Ange[10].

L'éclairage latéral depuis le haut à gauche divise non seulement la façade de la grande maison au second plan en une face éclairée côté soleil, et une face à l'ombre servant de décor où se détachent les visages plus clairs, mais également les jambes en bas – ou hauts de chausses ? – blancs, l'une raide, éclairée et blanche, la seconde pliée dans l'ombre et donc décalée. Cependant trois courtisans sont mieux éclairés de sorte qu'ils scandent le ballet d'un rythme suggérant une rime, Howard, en tête à

8 By the Earl of Ilchester *Walpole Society*, n° 9, 1921, revue en ligne.

9 Strong, *op. cit.* 32-33.

10 R., Haydocke, *A Tracte containing the Artes of curious Paintinge, Carvinge, & Buildinge written first in Italian by Jo. Paul Lomatius painter of Milan and Englished by RH student in Physik*, Oxford, 1598. Amsterdam, Da Capo Press, 1969.

gauche, dont le bras droit montre la voie à suivre et le bras gauche est replié vers sa taille, tandis qu'il se retourne vers ceux qui le suivent, à savoir, au centre, Somerset, et, à droite, le 'marié', Henry Somerset, fils de Somerset, et derrière lui la 'mariée', Anne Russell. L'effet de symétrie ou de rime en blanc permet d'encadrer la robe blanche de la reine et le fond blanc brodé de fleurs du dais qui la protège, aux quatre coins desquels surgissent une 'plume d'autruche' blanche. Tandis qu'aucune femme ne montre le moindre petit pied, les gentilshommes sont tous chaussés de blanc avec un ruban noué sur la cheville.

Qu'il s'agisse d'un spectacle et donc d'une théâtralisation de la vie publique, est indéniable, comme en témoignent les dames aux fenêtres du premier étage et du second, tendant le cou pour ne rien manquer. Derrière le cortège une haie d'honneur est formée par les membres de la garde rapprochée de la reine, en noir mais portant collerette blanche, une lance au pied dont le fer qui ponctue le tableau par une régularité géométrique semble orné d'un ruban blanc. Cette scansion aux deux tiers de la hauteur du tableau permet aussi d'indiquer la ligne d'horizon pour le spectateur du tableau, par une ligne de fuite à gauche rejoignant celle des courtisans hors du cadre sur la gauche. Cette perspective contribue au sentiment d'un mouvement en avant, tandis que la seconde partie du tableau assure la transition entre la ville et la campagne, symbolisant la nation toute entière.

Quant à l'identification des personnages, Sir Roy Strong apporte une nouvelle interprétation du tableau dont le commanditaire serait Somerset lui-même ; les deux châteaux seraient les siens aux frontières du pays de Galles. Le 'mariage' aurait déjà eu lieu, car la mariée ne porte pas les cheveux dénoués des vierges, mais il s'agit bien de l'événement qui est commenté et rapporté dans la correspondance de cette année-là. La mariée fut accompagnée à l'église par les grands aristocrates de ce milieu très fermé, Lord Cogham et Lord Herbert of Cardiff (le futur 3e Earl of Pembroke, et son frère auxquels Shakespeare a dédicacé son premier folio …) et revint de l'église avec Roger Manners, 3e Earl of rutland (à la veille de sa chute avec la chute d'Essex) et George Clifford, Earl of Cumberland[11]. Il y eut un dîner chez Lady Russell, et un bal, ainsi qu'un 'masque' de huit dames, parmi lesquelles la sœur de la mariée qui devait décéder quelques jours plus tard. La procession à Blackfriars ne date pas de cet été 1600, selon

11 Strong, *ibid.* p. 29.

des diplomates français car Jean de Thumery, Sieur de Boissise, décrit une entrée d'Elizabeth à Londres en litière quelques mois après le mariage. Worcester est celui qui est en tête, remplaçant Essex tombé en disgrâce. Cependant il y est question de seigneurs à cheval. Strong suggère que puisque le tableau ne dépeint que le petit groupe autour de la reine, il pouvait ensuite y avoir eu une procession en cavalcade derrière ou devant. Strong s'arrête ensuite sur Worcester, le père du marié, qui est au beau milieu de la scène représentée, juste au-dessous de la reine. Il est entouré des Chevaliers de la Jarretière, alors que seul Cumberland était présent au mariage. Par ailleurs, toujours selon Sir Roy Strong, il ne s'agirait pas d'une litière mais d'un trône monté sur roues au-dessus duquel on porte un dais, comme c'était le cas en Italie (Strong cite l'entrée triomphante d'Alphonse le Grand à Naples en 1443, sur un bas-relief italien). Ce serait donc une référence aux triomphes impériaux dont la Renaissance italienne avait repris les rites, et dont les monarques de toute l'Europe avaient à leur tour imité les usages[12]. Si l'on observe en détail le centre du tableau, on voit qu'une main pousse le chariot : Et la description de la procession jusqu'à St Paul pour célébrer la victoire sur l'Armada en 1588 nous dit qu'elle était sur un chariot ou 'char triomphal' et protégée par un dais tenu par des membres de sa garde ('Gentlemen Pensioners'). Non seulement le tableau fait référence à un mariage important pour la politique intérieure du pays, mais le motif du mariage est le prétexte à un motif autrement plus significatif, celui de l'ambition en politique étrangère de l'Angleterre de prétendre la couronne impériale. Sans doute n'est-il pas inutile de rappeler ici un incident concernant Somerset rapporté par le même Sir Roy Strong[13]. En 1600, Somerset avait environ cinquante ans lorsque l'aîné de ses fils encore en vie épousa l'héritière de la famille Russell. En 1571, Somerset avait épousé Frances Hastings, une des filles du Comte (Earl) de Huntingdon, un mariage auquel la Reine avait assisté. Jeune homme, il avait la réputation d'être le meilleur cavalier et jouteur de sa génération, et, quoique Catholique, il était un favori d'Elisabeth. Cette dernière avait déclaré à son sujet : « he reconciled what she believed impossible, a stiff papist to a good subject[14]. » Le tableau devient de ce

12 Strong, *ibid.* p. 37.

13 Strong, *ibid.* p. 27.

14 D. Lloyd, *State Worthies*, London, 1766, p. 469 ; voir aussi *DNB*, *Complete Peerage*, XII, 854-856.

point de vue aussi une célébration du triomphe de l'Église Anglicane et du choix d'une tolérance mesurée qui valut à son chef religieux, Elisabeth I en l'occurrence, d'assurer près de quarante ans de paix civile à l'Angleterre.

Il s'agit donc bien d'une réconciliation opérée grâce aux processions publiques de l'instance monarchique entre deux camps adverses, et, comme nous le verrons maintenant, par le biais d'un détour par une autre dimension mythologique, celle du roi Richard II, d'une réconciliation avec le passé par-delà la Guerre Civile entre la maison d'York et la maison de Lancastre grâce à la nouvelle dynastie des Tudors.

L'IMAGE DE LA REINE : CORPS POLITIQUE *VS* CORPS NATUREL

Une autre dimension de l'utilisation de l'image royale à des fins de propagande politique est celle de la théorie établie par les Tudors fondant l'identité royale sur une double identité, public et privée[15]. Tout comme l'effigie royale qui servait de caution dans les procès, ainsi que le sceau validant les documents officiels[16], la décision de confier à Nicholas Hilliard la tâche de créer une image à la fois réaliste, par le choix du 3/4 introduit par Horenbout, et Holbein, et néanmoins idéaliste par la persistance des codes chromatiques des enluminures médiévales s'est avéré cruciale. Il s'agissait en outre, par la création d'une image unique de la reine qui soit également reproductible à de nombreux exemplaires, d'établir d'une manière indiscutable sa de la légitimité du monarque. Cette effigie, Hilliard en parle comme d'une image mentale qu'il était capable de reproduire sans même la présence du modèle[17]. L'instauration d'un portraitiste en miniature attitré, Nicholas Hilliard, et son premier portrait officiel de 1572[18]apparaît donc comme la réponse à la Bulle papale excommuniant Elisabeth I de 1570 au même titre que

15 E. H. Kantorowicz, *The King's Two Bodies : A Study in Mediaeval Political Theology*, Princeton, Princeton University Press, 1957.

16 E. Auerbach, *Tudor Artists*, London, The Athlone Press, 1954.

17 N. Hilliard, *The Arte of Limning*, (*c.* 1600), eds. R.K.R. Thornton & T.G.S. Cain, Ashington, The Mid Northumberland Arts Group & Carcanet Press, 1981, 1992.

18 Tudor Artists, *op. cit.*, *Nicholas Hilliard, Elizabeth I*, 1572, n° 182.

la fête nationale du 17 novembre, Accession Day. Cependant Hilliard qui parlait français à la suite de son exil à Genève avec la famille de Bodley sous Marie Tudor[19] s'absenta en France après deux portraits à l'huile, le *Pelican Portrait* et le *Phoenix Portrait* de 1572-1576, date de son départ. Ayant sans succès brigué le poste de peintre officiel pour la peinture à l'huile sur toile, lorsqu'il revint, c'est à George Gower que le poste avait été confié. Il dut donc s'établir comme miniaturiste de cour, un genre encore peu connu en Angleterre et peu estimé, quoique jouissant du privilège de miniaturiste attitré de la reine. Le premier visage officiel, c'est-à-dire le plus ressemblant car modelé par l'éclairage latéral, de Elizabeth I est généralement reconnu comme le portrait à l'huile sur toile d'un peintre italien qui resta peu de temps en Angleterre, Federigo Zuccaro en 1575, connu sous le titre de '*Darnley Portrait*'. Ce qui frappe dès lors que Hilliard entreprend de créer la miniature de cour, c'est l'invention d'un canon de beauté différent pour le visage de la reine, loin de la réalité et auréolé d'une beauté évoquant la jeunesse et la grâce. Le portrait moderne : 3/4, buste, couleur mêlant réalisme et mythologie, les deux faces de la légitimité du pouvoir, est ici remplacé par un portrait idéalisé et méconnaissable autrement que par les attributs royaux et/ou le costume. Le choix d'un angle en légère contre-plongée, arrondissant le visage et de proportions générales accordant une place plus petite au visage dans un corps élancé, suivant en cela les proportions de Dürer, a fait dire à un Pope-Hennessy que l'art d'Hilliard est un art maniériste[20]. Il s'agit des dix dernières années du règne, et donc d'une période où l'écart entre le culte d'une image idéale et la réalité recouvre la dichotomie analysée par Kantorowicz et théorisée par les Elisabéthains, les deux corps du roi, le corps politique, ici élevée au rang d'icône semi-divine, et le corps naturel passé sous silence mais dont le vieillissement fut aussi celui du siècle touchant à son terme en 1599. Le rapport qu'Elisabeth elle-même a commenté entre cette image publique et celle du Roi Richard II mérite donc que l'on y consacre un peu de temps dans ce contexte de la théâtralisation du religieux et du politique.

19 E. Auerbach, *Nicholas Hilliard*, Boston (Mass.), Boston Book & Art Shop, 1961.

20 John, Pope-Hennessy, « Nicholas Hilliard and Mannerist Art Theory », *Journal of the Warburg and Courtauld Institute*, vol. V, 1943, p. 89-100.

RICHARD II ET ELISABETH I

À la fin de son règne l'idée d'un lien entre la reine Elisabeth et le roi Richard II était devenue répandue au point qu'elle-même y fait allusion en 1601 : "I am Richard II. Know ye not that[21] ?" Il y aurait à cela deux raisons : la première qui serait un soupçon de faiblesse de la part de la reine qui aurait été sensible aux flatteries ; prêtant une oreille trop attentive à ses favoris tels que Leicester et Burghley. Le danger était une hausse des impôts et une tolérance trop affirmée à l'égard du parti Catholique. La seconde raison serait les craintes entretenues par le manque d'héritier de la couronne d'Angleterre. Richard II était non seulement la proie de ses 'mignons' mais également sans héritier. Au moins quatre pièces furent produites sur Richard II parmi, *Jack Straw* (1590), *Woodstock* (1591), la tragédie de Shakespeare *Richard II* (1595) et une quatrième produite au Globe en 1611. Si la pièce de Shakespeare fut menacée d'interdiction, c'est qu'elle comporte la scène de l'abdication qui fut d'ailleurs interdite dès 1595, et dont la publication ne fut autorisée qu'après 1603. La pièce comporte aussi des scènes où les opposants à la reine auraient pu se reconnaître, telles que celle du complot de Northumberland, Ross et Willoughby (II, i, 241 ff) « The King is not himself, but basely led / By flatterers.... the commons hath he pilled with grievous taxes.... Daily new exactions are divised ». On retrouve là les critiques adressées à la reine pour ses dépenses en déplacements à travers le pays, même si celles-ci étaient en partie assurées par ses hôtes. Mais ces critiques étaient formulées par les opposants catholiques, et des tracts circulaient qui menaçaient Elisabeth de connaître le sort de Richard II[22]. Inversement, des Puritains radicaux exprimaient aussi leur mécontentement dans les mêmes termes au parlement : en 1576, un certain Peter Wentworth attaqua publiquement ces 'flatteurs' qui cherchent à dominer notre princesse légitime « devour our natural prince », au sujet de la tolérance d'Elisabeth I à l'égard de Marie Stuart. C'est donc la mémoire de la guerre civile déclenchée par la chute de Richard II qui

21 Andrew Gurr, Preface to *King Richard II*, The New Cambridge Shakespeare, Cambridge, C.U.P., 1984.

22 Lily B., Campbell, *Shakespeare's 'Histories' : Mirrors of Elizabethan Policy*, 1947, p. 168-194.

préside à ces critiques, d'une part, c'est-à-dire le passé, et, d'autre part, pour le parti protestant, la crainte d'un retour des tragédies du règne de Marie Tudor, et de la contamination des tragédies qui se déroulaient sur le continent du fait des guerres de religion. Des débats tout aussi animés eurent lieu sur la question de l'héritier de la couronne, et cela dès son accession au trône en 1558[23]. C'est surtout à partir du conflit avec Essex que les représentations de la pièce devinrent problématiques, car le rôle dévolu à Essex évoquait celui joué par Bolingbroke. C'est donc surtout dans les dernières années du règne, au moment où se cristallise le mythe d'Elisabeth avec une force telle que Jacques Ier en fit bon usage pour assoir sa propre autorité, que la figure de Richard II s'est chargée de connotations historiques.

D'un point de vue symbolique, la scène de la déposition constitue un moment clef puisqu'il y va de l'alliance entre le roi et le pouvoir divin. La pièce oppose le pouvoir politique de Bolingbroke et ses alliés au pouvoir du théâtre, en suggérant que le second est supérieur au premier. Si le roi exprime les différents rôles politiques qu'il doit jouer il reste maître de sa propre image justement grâce à sa maîtrise de la théâtralisation même du rituel[24].

NICHOLAS HILLIARD
ET L'ICONOGRAPHIE TUDOR DU POUVOIR

La distinction et la complémentarité des deux corps du roi, le corps politique et le corps naturel, qui émane de la dimension sacrée de ce pacte entre le divin et l'humain a été élaborée afin de fonder le principe de la succession sur la justification de l'institution monarchique partout en Europe, laquelle perdure à la mort du roi, et fonde la théorie du pouvoir absolu[25]. Mais en Angleterre où le pouvoir du parlement est fort, cette théorie n'a de valeur que si elle consolide les traditions politiques nationales. C'est

23 Charles R., Forker, Introduction to *King Richard II*, The Arden Shakespeare, London, Thompson Learning, 2002, p. 5-23.

24 Wiiliam Shakespeare, *Richard II*, IV, 1.

25 E.H. Kantorowicz, *op. cit.*

ainsi que Richard II a pu devenir une icône d'une civilisation perdue pour les Elisabéthains, et l'iconographie de la reine Elisabeth prend en charge cette nostalgie, instaurant un deuxième niveau de signification, non plus inscrite dans un dialogue politique comme une forme de théâtralisation des conflits contemporains se glissant ainsi dans une pièce de théâtre que certains menacent de faire revivre tout comme la pièce elle-même faisait revivre sur scène le passé. Cette dimension symbolique du roi Richard II est indirectement rappelée par Elisabeth lorsqu'elle rappelle "I am Richard II", usant d'une ironie à double tranchant à l'égard de ses détracteurs : d'une part cette phrase leur donne tort puisqu'elle est au bout de plus de quarante années de règne, et, d'autre part, il s'agit d'ré-investir le passé perdu. Un monologue d'Henry V évoque cette fonction symbolique de la personne royale élevée au rang de figure mythique lorsqu'il rappelle le *Wilton Diptych* qu'il a commandité :

> *Not to-day, O Lord ! / O ! Not to-day, think upon the fault / My father made in encompassing the crown. / I Richard's body have interr'd anew, / And on it have bestow'd more contrite tears, / Than from it issu'd forced drops of blood* (*Henry V*, IV, I, 312-317).

Le fondateur de la dynastie des Lancastre justifie sa légitimité par la tombe en or qu'il fit ériger à Westminster Abbey, le corps naturel du Roi assassiné étant ainsi transfigure&. Le portrait de Richard II que celui-ci avait commandité, connu sous le nom de *Wilton Diptych*, célébrait au contraire le corps politique du roi et sa relation privilégiée avec le pouvoir divin, figuré par la Vierge et l'Enfant. La beauté extraordinaire de ce diptyque ne pouvait en rien être éclipsé par le gisant étincelant du tombeau[26].

Dans son traité *The Arte of Limning* (c 1598-1600) Hilliard défend les couleurs du moyen-âge utilisées pour les enluminures et il inclut le noir et le blanc en se fondant sur une mythologie personnelle, où il fait correspondre les couleurs aux pierres précieuses[27]. Outre le fait qu'il témoigne de rencontres privées avec la reine lorsqu'elle a posé pour son portrait, sa défense des couleurs pures contribue au style si particulier qu'il a créé : le fond outremer imitant le lapis lazuli et la robe noire

26 Dillian, Gordon et als., *The Regal Image of Richard II and the Wilton Diptych, The National Gallery*, London, Harvey Miller, 1997.

27 R., Costa de Beauregard, *Silent Elizabethans : The Language of Colour in the Miniatures of Nicholas Hilliard and Isaac Oliver*, CERRA, Montpellier, 2000.

au col blanc, le tout serti de pierres précieuses, sans oublier les pierres dans les cheveux (le vrai diamant par exemple), signifiant un monde néo-platonicien où l'âme est distincte du corps. Avec la naissance du thème impérial, ces couleurs basculent dans une harmonie nouvelle, le fond rouge mettant en valeur la robe blanche[28]. Cette correspondance des couleurs entre deux mythologies distinctes, l'une néo-médiévale, l'autre néo-classique, ne trouve aucun écho dans l'art de la figure et de la forme. L'hésitation systématique entre une pose du personnage qui tourne la tête vers nous pour apparaître de ¾, suggérant la capture d'un mouvement, et un angle de face plus hiératique se fait jour avec la miniature du couronnement évoquant le portrait de face du roi Richard II à Westmisnter Abbey[29].

Avec le médaillon, The *Heneage Jewel* (1600)[30], nous assistons à la mise en scène un pèlerinage jusqu'au saint des saints d'un sanctuaire. Ici la miniature entre en étroite relation avec l'orfèvrerie[31]. Sans pouvoir attribuer le bijou à Hilliard, il faut rappeler sa formation de graveur et d'orfèvre, et le milieu dont il est issu : celui des orfèvres à Exeter, par son père, et à Londres, chez Brandon où il fit son apprentissage et dont il épousa la fille Alice Brandon. Ainsi ce pendentif comporte une structure dramatique, d'une part, et poétique d'autre part.

Une structure dramatique car le médaillon, contenant le portrait en miniature, se porte autour du cou, sur la peau, ou se tient dans la main. Avec la forme d'un médaillon, tout comme le diptyque portatif de Wilton dont il vient d'être question, il y a manipulation d'un objet précieux par son ouverture, signifiant le passage de l'extérieur à l'intérieur, et l'initiation depuis un profil 'impérial' en or sur fond bleu sur le couvercle à une miniature d'un très gros plan de la reine au regard fixé selon son habitude sur l'observateur. Tandis que le roi Richard est

28 R. Costa de Beauregard « Du violet au brun : aspects de la pensée européenne à la Renaissance », dir. M.-T. Jones-Davies, *L'Europe de la Renaissance : Cultures et Civilisations*, Paris, Touzot, 2002, p. 81-101.

29 R. Costa de Beauregard « Le masque de la royauté », dir. François Laroque, *Figures de la royauté en Angleterre – De Shakespeare à la Glorieuse Révolution*, Paris, Presses de la Sorbonne Nouvelle, 1999, p. 117-132..

30 *Tudor Artists*, *op. cit.*, *Nicholas Hilliard, The Heneage Jewel, formerly known as the Armada Jewel, c. 1600*, n° 208.

31 Sans pouvoir attribuer le bijou à Hilliard, il faut rappeler sa formation de graveur et d'orfèvre, et le milieu dont il est issu : celui des orfèvres à Exeter, par son père, et à Londres, chez Brandon où il fit son apprentissage et dont il épousa la fille Alice Brandon.

représenté en donateur sur le panneau de gauche, Elizabeth est à la fois la 'donatrice' et la Vierge du panneau droit du diptyque. En effet sur l'intérieur du couvercle se trouve des roses, son emblème personnel, tandis qu'au revers apparaît un emblème politique à savoir Elisabeth comme arche de Noé ayant un pacte privilégié avec Dieu.

Cependant on nous accordera qu'une structure poétique se dégage également du médaillon, puisqu'un véritable chiasme en commande la composition en quatre parties. Il y a inversion entre A – le couvercle au profil de médaille, 'impérial', du 'corps politique', et C l'intérieur emblématique : les roses, et encore B, l'intérieur figuratif où la vérité du corps naturel se dévoile, et D, un retour à un emblème, non plus intime mais politique. La représentation symbolique oppose l'intime au public par le jeu de l'opposition intérieur extérieur, et le matériau précieux, l'or, enchâsse l'exposition d'une matière fragile et périssable, la carnation, et en parallèle les pigments qui ont servi pour teinter le parchemin.

CONCLUSION

La théâtralisation de l'image royale a donc deux fonctions sociétales : d'une part, celle de la réconciliation entre les partis ennemis d'un point de vue contemporain, tant en politique intérieure qu'en politique européenne. La symbolique des entrées royales au XVIe s'est développée encore davantage au XVIIe siècle avec l'instauration de la monarchie absolue. Elisabeth I fut ainsi un modèle pour Jacques Ier. Et, d'autre part, la seconde fonction, celle de la réconciliation de chacun avec son passé individuel et le passé collectif, à savoir, dans le cas de l'Angleterre Tudor, une réconciliation espérée avec la paix entre les Églises par la réunion sous une seule autorité religieuse et politique, des partis ennemis, sous l'égide d'un néo-féodalisme de circonstance.

Raphaëlle COSTA DE BEAUREGARD
Université Toulouse Le Mirail

LE THÉÂTRE COMME UNE REPRÉSENTATION DU MONDE

à travers l'œuvre *The Cries of London* d'Orlando Gibbons

Quelle source plus intéressante que les fameux *Cris de Londres* pour observer la « représentation du monde comme théâtre » ? Dans les périodes élisabéthaine et jacobéenne, ce genre a passionné compositeurs et musiciens au point qu'il nous reste aujourd'hui plusieurs partitions manuscrites pouvant faire l'objet d'une étude comparée. Inclure les cris des marchands saisis dans les rues au sein d'une texture polyphonique pour représenter le petit théâtre du monde, tel fut l'objet de cette tradition relativement éphémère, bien que Georg Friedrich Haendel y fît encore allusion au début du deuxième acte de son opéra *Serse*[1] et que Luciano Berio ressuscitât le genre au XXe siècle avec ses *Cries of London*[2].

Si la tradition des cris remonte presqu'aux origines de la polyphonie (on trouve des *Cris de Paris* dans le manuscrit de Montpellier[3]), elle s'inscrit dans la pratique médiévale du quolibet qui se développera au cours du seizième siècle avec de nouvelles techniques polyphoniques. L'Angleterre n'échappe pas à cet essor ; mais si de récentes études[4] montrent que *Les cris de Paris* de Clément Janequin[5] initient une pratique qui vise de plus en

---

1 Au début du 2e acte de *Serse* (*Xerxès*), Haendel fait entrer, Elviro, déguisé en vendeur de fleurs chantant des appels de rues qui devaient être familiers du public du King's Theatre de Haymarket en 1738.

2 Luciano Berio, *Cries of London*, pour six voix solistes, 1973-1974, révisé en 1975 pour huit voix.

3 Anonyme (XIIe-XIIIe s.), *Cris de Paris* (« On parole / A Paris / Frese nouvelle »), Manuscrit de Montpellier, Faculté de médecine, ms. H 196, motet à 3 voix, n° 319, éd. Yvonne Rokseth, éditions de l'oiseau-lyre, 1939-1948.

4 Svetlana Kim, *La fricassée, étude d'un genre*, mémoire de master sous la direction de Jean Duchamp, Université Lumière Lyon 2, 2014.

5 Clément Janequin, *Voulez ouyr les cris de Paris*, chanson à 4 voix, Paris, Pierre Attaingnant *c.* 1528.

plus à une théâtralisation comprenant une caractérisation des personnages, on peut constater que les traditions musicales insulaires sont marquées par une singularité qu'il s'agit ici de caractériser. Ainsi, nous attacherons-nous dans les lignes qui suivent à décrire les fondements stylistiques qui sous-tendent ces pièces d'origine anglaise, puis nous nous questionnerons sur la nature et l'ampleur de la théâtralité au sein des cris de Londres et en particulier, ceux de Thomas Weelkes, Orlando Gibbons et Richard Dering.

DU QUOLIBET AUX CRIS DE RUES

Les cris traditionnels qu'utilisaient les marchands pour héler le chaland ont inspiré les compositeurs soucieux de rendre dans leur musique une polyphonie naturelle des villes et des marchés[6].

Dès l'Ars antiqua (XIIe-XIIIe siècles) les compositeurs occidentaux ont cherché à combiner les cris des marchands dans un tout harmonieux, mais aussi par des jeux burlesques dont l'aspect comique se verra de plus en plus théâtralisé. Que ce soit en Italie[7] avec la *caccia* ou, plus tard en Allemagne, les pratiques musicales polyphoniques s'intéressent toutes à combiner les cris des marchands comme autant d'éléments thématiques. Aux XVe et XVIe siècles, les cris constituent des moments de choix au sein des farces comme la *Farce des cris de Paris*[8]. Avec le développement de la chanson polyphonique à la Renaissance, Clément Janequin et Jean Servin combinent des cris au sein d'un genre nommé fricassée. Il s'agit en fait d'un développement du Quolibet, genre fondé sur une combinaison de citations aussi nombreuses que disparates. Maria-Rika Maniates a tenté de classer les quolibets en deux types :

– le quolibet successif : une voix combinant un texte-centon fait de différentes citations mises bout à bout (ce sera le cas des *Cries of London* de Weelkes)

6 Gustav Mahler, encore à son époque, aimait rappeler à l'orchestre de Vienne que la symphonie devait rendre la vie naturelle du marché.

7 Magister Zacharias, « Cacciando per gustar » in *Early Fifteenth-Century Music*, éd. Gilbert Reaney, American Institute of Musicology, 1977 (CMM 11-VI), p. 126-133.

8 https://sottiesetfarces.wordpress.com/2013/06/28/les-cris-de-paris.

– le quolibet simultané : combinaison entre deux ou plus de voix, chacune constituée de diverses citations (Gibbons et Dering répondront partiellement à cette définition).

Ce dernier cas correspond à la démarche d'Henri Fresneau dont la fricassée publiée à Lyon combine la citation de plus de cent incipits de chansons au sein des quatre voix de sa polyphonie[9]. La pratique des cris de ville occupe donc une place légitime au sein du genre du quolibet comme en témoigne le titre de la pièce de Janequin : *Fricassée des cris de Paris.*

En France la mode des cris de ville et quolibets tombe avec l'avènement de la chanson en forme de voix de ville ou d'air dont la verticalité et la danse sont deux constituantes importantes surpassant l'intérêt pour la polyphonie[10].

CRIES OF LONDON

En Angleterre, le foisonnement des manécanteries témoigne d'un goût particulier pour la polyphonie. Le quolibet tient alors du jeu de société auquel on appréciait de se livrer à un par voix, chacun tenant sa part dans le fragile édifice contrapuntique. C'est ainsi que dès le quinzième siècle apparaissent des pièces sur cris de marchands comme le *London Lickpenny*, attribué *à* John Lydgate (*c.* 1370–1449/50 ?)[11].

Avec la dissolution des monastères et l'acquisition des biens ecclésiastiques par les couches bourgeoises on trouve aussi un certain développement des pratiques musicales domestiques. L'éducation à la musique fait désormais partie de l'éducation des jeunes bourgeois dont les familles

9 François Lesure, « Éléments populaires dans la chanson française au XVIe siècle », in *Musique et poésie au XVIe siècle*, Paris, CNRS, 1953, p. 174, 179.

10 Voir la fricassée de Denis Gaignet éditée par Svletlana Kim, *La fricassée, étude d'un genre*, *op. cit.*, tome 2, p. 34-43.

11 Thomas Humphry Ward, ed., *The English Poets*, 1880–1918, Vol. I. Early Poetry, Chaucer to Donne. Édition numérique : http://www.bartleby.com/337/24.html. Voir le catch anonyme *New oysters*, dans *« New Fashions », Cries and Ballads of London*, Circa 1500, dir. Nancy Hadden, 1992, CRD 3487.

rivalisent de faste avec celles de l'aristocratie « les membres de la famille, auxquels se joignent souvent les domestiques, chantent volontiers un madrigal ou un air accompagné au luth[12] ». Cependant, les sources écrites de la musique anglaise pré-élisabéthaine sont rares et souvent fragmentaires.

Les *Cries of London* se nourrissent de la tradition des *part songs*, entièrement vocales à quatre et surtout cinq voix, dans laquelle on prend l'habitude (comme sur le continent) de remplacer à l'envie les voix par les instruments (vers 1600, on trouve le terme : « fit for voices or violes »). On remarque le goût anglais pour le style canonique, par exemple chez Thomas Ravescroft (*c.* 1582-*c.* 1635), chanteur de St Paul actif dans la *Company of childs actors* qui fournissait aux musiciens de la cour des pièces d'un goût sophistiqué associant éléments populaires et raffinement contrapuntique[13] caractères laissant entrevoir les liens que ce compositeur avait gardé depuis sa jeunesse avec le monde théâtral[14]. On notera son recueil de 1611 *Melismata Musicall phansies Fitting the Court, City and Countriy humours* (de trois à cinq voix)[15] qui présente des cris mélangés avec des madrigaux d'influence italienne dans lesquels il a conservé des airs du peuple savamment mélangés et associés, tout en gardant le ton populaire de la musique de son temps. Ses cris peuvent même revêtir le ton paillard des *catches* dont David Johnson a remarqué :

> *Their words are usually on such subjects as drink, tobacco, music, different trades and their shortcomings, poor service in taverns and, specially sex and its most ridiculous and least mentionable forms, the bodily function of women being described with schoolboyish gusto*[16].

La tradition des cris de Londres, quant à elle, a été principalement illustrée par les œuvres de Thomas Welkes, Orlando Gibbons, Richard

---

12 Jacques Michon, *La musique anglaise*, CollU, Armand Colin, 1970, p. 98-99.

13 David Mateer et Ian Payne, "Ravenscroft" *in The New grove Dictionary of Music and Musicians 2de ed.*, Stanley Sadie, 2001, vol. 20, p. 880-881.

14 On trouve ses chansons mentionnées dans *Jack Drum's entertainment* de John Marston (*c.* 1599–1600), dans *Twelfth night* de Shakespeare (1601-1602) et dans *The knight of the Burning Pestle* de Francis Beaumont (1607). http://www.hoasm.org/IVM/SecularPartSongs.html.

15 S. Schou, Gederab, bilhorn, og skyskrabere med lyd : Om at sattestorbyen i musik (cris de rues, klaxons de moteurs et Skyskrapers avec des sons) : sur la mise en musique de la cite, in Byens Konkyliesang 1999, p. 40-59.

16 Voir illustration : *The New grove Dictionary*, V, p. 280.

Dering (*City Cries* auxquels il ajoute des *Country Cries*) mais on compte aussi deux exemples anonymes conservés dans des manuscrits londoniens[17]. Le regroupement de ces sources dans la période 1590-1620 met en évidence un phénomène de mode qui associe les cris de villes à la pratique très insulaire des *consort songs*.

LA TYPOLOGIE MUSICALE

Ces cinq pièces partagent la particularité d'être écrites pour consort de violes à cinq parties utilisant la voix. Cependant, les parties vocales sont intégrées au consort et les partitions ne nous disent pas si les violistes doivent chanter en jouant ou s'ils s'adjoignent des chanteurs qui n'interviennent que lorsque le texte apparait sous la musique.

Le terme *consort song* a été proposé par Thurston Dart pour définir cette pratique typiquement anglaise, peut-être héritée du *Tenor Lied* allemand. Le consort de violes apparaît vers 1540 à la cour d'Angleterre, mais il est très tôt mélangé à des éléments vocaux, parfois issus des *courts entertainement*, dans un style essentiellement contrapuntique et possédant des imitations, voire un *cantus firmus*, tel l'*in nomine*[18]. Cette pratique se confond avec la *verse anthem* (ou *consort anthem*), fréquente chez William Byrd[19] qui est d'usage domestique et mêle aussi la musique vocale (parfois d'origine liturgique) et la musique instrumentale. Dans les *consort songs* de Willam Byrd, la voix se trouve cantonnée à la partie supérieure au-dessus d'une trame contrapuntique continue ressemblant à

17 Voir l'édition de Philip Brett, *Consort songs*, (musica Britanica, XXII), p. 102-113 (Weelkes), 114-126 (Gibbons), 127-132 (Anonyme 2), 133-147 (Dering, *City cries*), 148-157 (Dering *Country cries*). On trouvera des extraits de la partition anonyme 1 (British Museum (Add. MSS 37402-37406) dans l'article de Nors Josphson, « Interrelationships between the London Street cry settings », in *Musica disciplina* 52 (1998-2002), p. 139-180.

18 Christopher Tye écrivit d'ailleurs un *In nomine* sous-titré « Crye » avec des notes répétées rappelant les cris des marchands. Sur la pratique de l'*In nomine*, voir Denis Stevens, « Les source de l'in nomine » in *La musique instrumentale de la Renaissance* sld. Jean Jacquot, CNRS, 1955, p. 85-90.

19 Voir Richard Turbet, « The Consort Music of William Byrd » et Laurence Dreyfus, « The five and six part consort Music of William Byrd », *The Viol* 1 (2005-2006), p. 18-19, 20-21.

une fantaisie. C'est la typologie que l'on rencontre dans les *Cries of London* de Thomas Weelkes, sans doute les plus anciens de notre groupe, qui sont les seuls à suivre cette tradition ; la voix y évoluant en de courtes phrases dépourvues d'émotion[20].

FIG. 1 – Thomas Weelkes, *The cries of London.*

Cette présentation visant à unir des éléments de nature si différente est tout à fait singulière des *consort songs* ; la fantaisie instrumentale s'inscrit dans une pensée musicale spéculative, voire méditative, alors que les cris tiennent, par définition de la spontanéité et du naturel populaire. S'ajoute évidemment le niveau de langage fruste d'un côté et des plus raffinés de l'autre, rencontre qui ne peut que créer un effet savoureux et comique. Les cris utilisés par Weelkes ne semblent pas associés à un personnage incarné. Dans la première partie, plusieurs fragments sont lancés *recto-tono* à la manière d'un récitatif, alors que la seconde partie débute par l'incrustation d'une danse.

Le tableau ci-dessous présentant les aspects généraux des cinq partitions montre que celles-ci partagent, du point de vue musical, un certain nombre de points communs.

20 John Irving, *Guide de la musique de la Renaissance*, sld Françoise Ferrand, Fayard, p. 1103.

	Nombre de voix	Distribution des cris[i]	Particularités
Thomas Weelkes :	5 voix	S	*consort song*
Anonyme 1	5 voix (1 perdue)	S, ?, A, T, B	cris itinérant sur les voix
Orlando Gibbons	5 voix	S1, S2, A, T, B	présence de l'*In nomine* au S2
Anonyme 2	5 voix	S1, S2, A, T, B	style fantaisie
Richard Dering	5 voix	S, A, T, T, B	*c.* 150 cris avec effets théâtraux

i S : Soprano, A : Alto, T : Ténor, B : Basse.

FIG. 2 – Les cinq *Cries of London*[21].

Si toutes ces partitions sont conçues pour cinq voix, seule celle de Weelkes consigne les cris à la seule voix supérieure. La nomenclature de Richard Dering vise, elle, à mettre en valeur les parties médianes plus que les parties supérieures mises en avant dans les quatre autres.

On remarquera que Gibbons répartit les cris à l'ensemble des voix qui semblent se répondre sans se superposer. Il souhaite que toutes les voix prennent part au jeu (car il s'agit bien d'un jeu), soit que les notes du *cantus firmus* soient transformées en cris, soit que la voix s'affranchisse de la citation. Les cris passent bien d'une voix à l'autre, ce qui permet de créer des chaines subtiles de correspondance comme celle générée par l'idée de nouveauté au début de la partition et qui envahit peu à peu l'espace sonore matinal :

New mussels, new lilywhite mussels ——————————————————— ——————————————————————New cockles, new great cockles—————— ———————————Hot codlings, hot ———————————————

21 On trouvera des enregistrements des *Cris de Londres* dans *« New Fashions », Cries and Ballads of London*, Circa 1500, dir. Nancy Hadden, CRD 3487, 1992. *The cries of London*, Les sacqueboutiers, dir. Jean-Pierre Canihac, Naïve 9965, 2005.

———————————————New fresh herrings—————— —————— New thornback, new —————————————————————————————— —————— New great lampreys——————new haddock ——— —————— new great sprats, new——————Fi : new great smelts, new—————— —————

Mais on ne trouve pas d'effets sonores de masse avec superpositions de mots et allitérations si fréquents chez Janequin. Ce n'est qu'à la fin des parties que l'harmonie vient unir le concert vocal sur « And so we make an end » et "and so good night" à la manière d'un madrigal. Même s'il va au-delà de la *consort song*, Gibbons demeure attaché à la tradition puisqu'il est le seul à baser sa partition sur la citation de l'*In nomine* placé à la voix d'alto[22].

Anonyme 1 (British Library, Add. MSS18936-18939) se montre, lui, moins traditionnellement polyphonique et fait un usage moderne de la modulation. C'est aussi le cas de l'Anonyme 2 qui est assez proche de Gibbons en présentant des cris répartis à toutes les voix et qui tendent au dialogue. Cette pièce se termine d'ailleurs par un *tutti* jovial.

Les *City cries* de Richard Dering sont les moins traditionnels. En effet, l'auteur tourne le dos à l'*In nomine* et assouplit la dimension instrumentale de la fantaisie. Il fait souvent usage de déclamations *recto tono*, mais fait aussi montre d'une grande variété rythmique en ayant recours à la danse. Le brio et la clarté dont il fait preuve révèlent l'influence italienne des comédies madrigalesques d'Adriano Banchieri et Orazio Vecchi. Les personnages sont un peu plus incarnés et leurs cris s'alternent sur une seule note ; toutefois plusieurs incises dépassent la dimension d'appel pour devenir de véritables chansons incrustées[23].

22 Cette mélodie est extraite du *Benedictus* de la *Missa Gloria tibi Trinitas de* John Taverner qui est devenu en Angleterre la base de multiples compositions instrumentales.

23 Richard Dering renouvelle aussi le genre en opposant aux *City cries* des *Country Cries* : Richard Dering, *Consort songs*, Paul Brett ed., *Musica Britanica*, xxii, 1967.

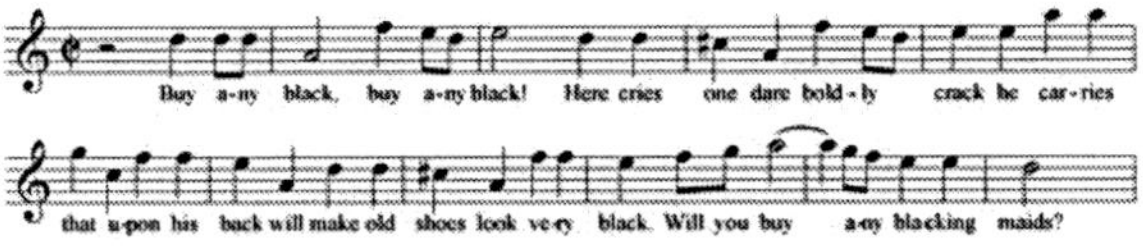

FIG. 3 – Richard Dering, mes. 89.

Le recours à la déclamation *recto-tono* d'une part et à d'amples mélodies d'autre part nous pousse à nous demander si, en évoluant, cette tradition ne vise pas à styliser les interventions tout en tournant le dos aux anciennes citations.

Il reste que malgré leurs différences, ces cinq pièces partagent des cris que l'on peut retrouver d'une partition à l'autre[24].

LES TEXTES

Bien qu'il ne soit pas possible ici de présenter une géographie complète de chacune de ces partitions, on peut dire qu'elles sont toutes organisées comme des balades sur le marché.

Chez Gibbons la pièce est structurée en fonction des denrées : les poissons et crustacés, les tartes et tourtes, la quincaillerie, les herbes, les baies et les légumes… Mais la dimension sonore prime aussi parfois avec un usage intense des allitérations et des répétitions :

White cabbage, white young cabbage, white.
White turnips, white young turnips, white. White parsnips, white young parsnips, white.
White lettuce, white young lettuce, white
Buy any ink, will you buy any ink, very fine writing ink, will you buy any ink ?

24 Voir les comparaisons opérées par Nors. Josphson, *op. cit.*, p. 154-165.

L'auteur se plaît aussi à créer de la vie grâce à des ruptures dans l'organisation des denrées :

Rosemary and bays, quick and gentle, Ripe chestnuts, ripe.
Buy a cover for a close-stool.
Ripe walnuts, ripe. Ripe small nuts, ripe.

L'annonce d'un objet à vendre ne tient pas, par définition de la dramatisation cependant, on remarque dans ces cris que plusieurs incises échappent à l'annonce stricte d'un produit pour tendre vers la prise de parole incarnée et caractérisée ; c'est pourquoi, nous nous proposons de définir trois types :

A. Les cris traditionnels organisés selon la géographie du marché :
Oysters, Mussels, et différents légumes. Dans ce premier cas, seule la denrée est vocalisée, souvent sur un intervalle générique : quarte chez Weelkes et tierce chez Gibbons et Dering avec deux formules :

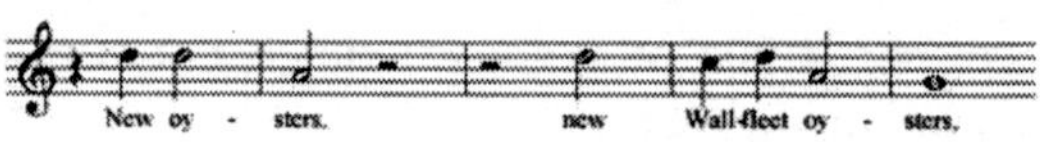

FIG. 4 – Welkes, mes. 6.

FIG. 5 – Gibbons, 1re partie, mes. 57.

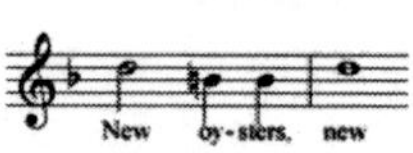

FIG 6 – Gibbons : 2e partie, mes. 179 ; Dering, mes. 32.

Outre leur intonation, ces cris ont un caractère rythmique marqué qui vient contrebalancer les longues tenues des violes.

B : Des phrases plus développées mettent le produit en situation en infléchissant la voix sur des tierces, quartes ou octaves :

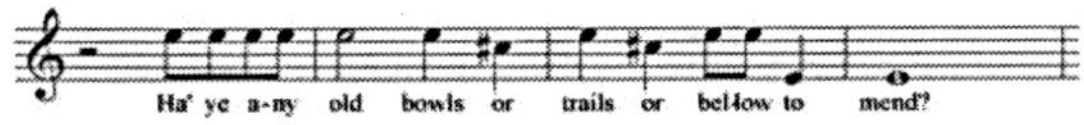

FIG. 7 – Richard Dering, mes. 60.

Certains cris, encore plus longs, constituent de véritables mélodies. Celle des ramoneurs représente un passage obligé dans le genre. L'allusion sexuelle est alors d'une évidence crue qui résonne avec de multiples autres chansons continentales comme *Ramonez-moi ma cheminée* de Nicolle Des Celliers d'Hesdin[25] ou *Visin, visin*, chanson anonyme du carnaval florentin de l'époque de Laurent le Magnifique[26].

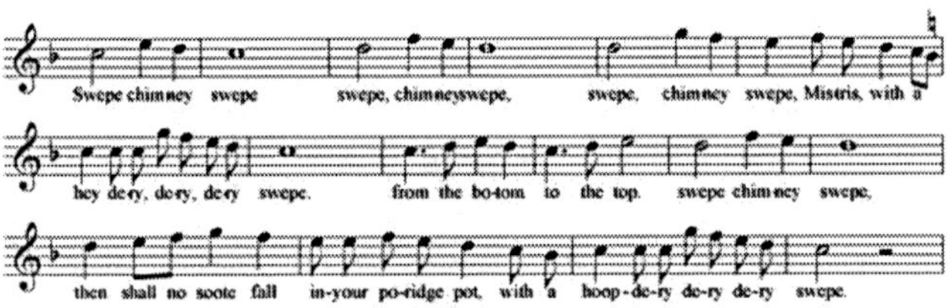

FIG. 8 – Gibbons, mes. 241.

Avec ce type de chanson comme celle du soldeur de bottes de Weelkes, le contrepoint change et tient alors de la mélodie accompagnée.

C. Une troisième catégorie est marquée par des prises de paroles plus longues que les compositeurs traitent généralement de façon *recto tono*. Ce style ne doit pas être confondu avec le style récitatif qui se développe à la même époque en Italie. Ces longues tirades sur une seule note tiennent ici davantage de la pédale ou du *cantus firmus* ancien ; la voix tient alors un rôle statique, effet qui contrebalance la mobilité du contrepoint environnant des violes en style fantaisie.

Cette prise de parole théâtralisée est, par exemple, celle du crieur qui lance un avis de recherche pour une jument :

25 RISM 1536/4.

26 Ces chants populaires ont alors été harmonisés à plusieurs voix : Florence, Biblioteca Nazionale Centrale, Ms. Panciatichi 27. Voir les enregistrements dans : *Lorenzo il magnifico. Trionfo di Bacco. Chants de carnaval (1449-1492)*, Ensemble Doulce mémoire, dir. Denis Raisin-Dadre, Astrée-Auvidis E 8626, 1998.

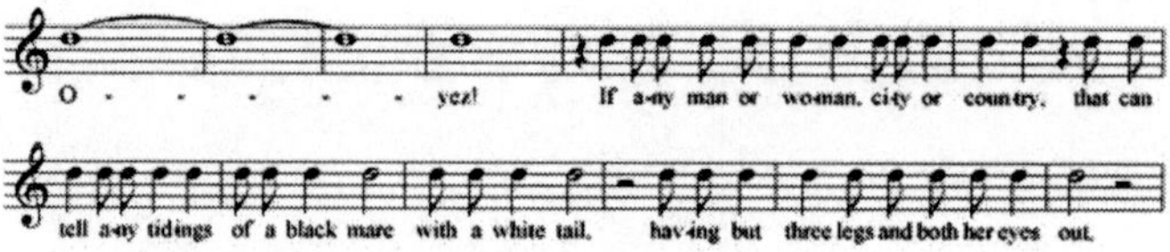

FIG. 9 – Weelkes, mes. 87.

Chez Gibbons, il s'agit d'une femme de quarante-quatre ans qui s'est perdue. C'est d'ailleurs cette même annonce que l'on retrouve chez Dering et qui débute le cri anonyme2 ; ces textes humoristiques circulant avec quelques menues variantes :

Gibbons	Weelkes	Dering
Oyes ! If any man or woman can tell any tidings of a grey mare with a long mane and a short tail ; she hath but one eye and that is almost out ; and a hole in her arse and there your snout. He that can tell any tidings of her, let him come to the Crier, and he shall have well for his hire	If any man or woman, city or country, that can tell any tidings of a black mare with a white tail, having but three legs and both her eyes out, with a great hole in her arse and there your snout. If there be any that can tell me any tidings of this mare, let him bring word of the crier and he shall be wel rewarded for his labour and God's blessing	If any man or woman, city or country, that can tell any tidings of a grey mare with a black tail, having but three legs and both her eyes out, with a great hole in her ear and there your snout. If there be any that can tell me any tidings of this mare, let him bring word of the crier and he shall be well please'd for his labour

La confrontation des textes montre que les compositeurs n'ignoraient pas les versions précédentes et qu'ils jouaient avec en ajoutant au besoin un attribut à la jument ou en retirant une grossièreté (substitution de « harse » en « ear » chez Dering). Au plan musical, le jeu consiste à jouir d'une écriture contrapuntique des plus raffinées sous une note unique (pédale) sur laquelle est scandé un récit à tendance scatologique. D'ailleurs, le public de Dering répond : « And there your snout » (et là tu mets ton, tarin !) ce qui rend encore plus savoureux le mélange des niveaux de langage.

Ce détail est un argument intéressant quant à la prise en compte de l'élément scénique et même burlesque. Il confirme que les voix sont conçues dans un tout polyphonique, certaines sortant du caracan musical pour entrer parfois en relation à la manière d'une comédie burlesque.

Outre le crieur, on compte aussi les interventions des pauvres qui dramatisent le discours (Gibons et Dering) anisi que les demandeurs d'emplois : « Have you any work for a cooper (tonnelier), a tinker (chaudronnier), a maid (servant) » mais aussi les quêteurs et les mendiants.

La dimension dialoguée est suggérée chez Gibbons puisque l'on saisit pendant quelques instants le monologue d'un client :

> *Good morrow, Master Chandler, God's blessing, there is thieves in your shop this rainy morning. Look to it quickly, they are a-filching. Sing on to me now, night, night, night.*
>
> « Bonne journée, Maître Chandler, avec la grâce de Dieu, il est des voleurs dans votre échoppe en ce matin pluvieux. Veillez-y rapidement, ils sont en train de rapiner. Chantez-moi un peu plus, bonne nuit, bonne nuit, bonne nuit. »

Remarquons que le pas n'est cependant pas franchi, ici, vers la véritable scène dialoguée.

On appréciera enfin la scénographie des *Cris* de Gibbons construits avec le veilleur de nuit qui ouvre la première partie au matin : « past tree o'clock and a faire morning » et qui conclue la seconde au soir : « Twelve O'clock. »

Le groupe des *Cries of London* que nous venons d'évoquer constitue un bel ensemble de pièces pour consort de grande ampleur qui mettent en scène la rue en utilisant un groupe instrumental et vocal. Il existe toutefois au moins une autre pièce tenant littérairement de la même veine mais apparentée aux *lute songs* ; il s'agit de *Will you find a dog with a hole in his head ?* de Thomas Morley[27]. Depuis le succès du *First book of songs* de John Dowland en 1597, l'*ayre* ou *lute song* connaît un engouement sans précédent, à l'imitation de l'air de cour français où la voix est accompagnée par le luth auquel on ajoute parfois quelques instruments. Ainsi, la pièce de Thomas Morley se distingue-t-elle des *consort songs* précédentes par un rapport aux instruments de nature moins contrapuntique et une vocalité plus lyrique. Son texte représente une parodie des cris de colporteurs qui vendaient des accessoires de mode

27 Thomas Morley, *First book of ayres or little short songs to sing and play to the lute, with the base viole*, London, William Bartley, 1600. Cette pièce, bien que mentionnée dans l'index (fol. 17) manque dans l'édition qui s'arrête au folio 14, laissant ensuite des pages blanches.

féminine. Présenté de façon burlesque, le personnage vente ses articles avec force double sens et sous-entendus sexuels comme « the dog with a hole in his head » en insistant sur le *dildo*[28] sur lequel repose l'essentiel du refrain allitératif.

With a dildo, dildo, diddle, diddle, diddle, dildo !

Cette savoureuse pièce nous montre que la tradition anglaise des *Cries* ne s'est pas limitée aux *Consort cries* mais qu'elle pouvait toucher le domaine du théâtre dans l'évocation de personnages aussi truculents que burlesques.

Jean DUCHAMP
Université Lyon 2

28 Bien que l'étymologie du terme « dildo » ne soit pas très sûre, l'*Oxford English Dictionary* et le *Dictionnaire étymologique on line* font remonter ce terme aux années 1590 en proposant que *Dildo* soit une forme corrompue du terme italien « diletto » (du latin *dilectio*).

HÉRITAGE ET RÉCEPTION AU XIXe SIÈCLE

de la théâtralisation de la musique à la période élisabéthaine. Contribution à la genèse du romantisme francais

PROLÉGOMÈNES : SITUATION

Rapprocher la recherche des compositeurs du XIXe siècle romantique de l'originalité du théâtre élisabéthain ouvre un large champ d'investigation. Or parce que le domaine est vaste il court assez rapidement le risque de devenir confus, sinon même ambigu, d'où la nécessité première de préciser sous quel point de vue ont été pensés les propos qui suivent. Il s'agit de saisir en quoi l'intérêt pour le théâtre élisabéthain a pu correspondre à une sensibilité en quête de changement en attente d'un idéal renouvelé.

Suivons tout d'abord pour mener cette enquête musicologique une métaphore architecturale.

L'Architecture élisabéthaine qui succède elle-même au style Tudor (mais que parfois on lui associe aujourd'hui) peut en effet, à titre de comparaison moins abstraite qu'une recherche sur les philosophies des époques, fournir un assez bon exemple de ce qui motive notre réflexion. Car il s'agit pour nous de comprendre quelles furent les contraintes spécifiques qui guidèrent la forme de nouveauté triomphante et gagnante dont, pour l'immédiate actualité, put s'enorgueillir la grandeur du règne d'Élisabeth 1re et observons aussi en son temps, si l'autorité saisissante des nouvelles formes qu'inventa le discours romantique, dépend d'une même situation de départ. Née de l'esprit renaissant tenté par le retour à l'art classique antique et rompant avec le style gothique, l'architecture élisabéthaine illustre l'étonnante vitalité inventive qui marque le règne entre 1558 et 1603 de celle que l'on nomme parfois « la reine vierge ». En outre, ce phénomène de rupture d'avec l'âge précédent n'est pas aussi brutal qu'il n'y paraît car c'est parfois plutôt de fusion avec certains de ses principes qu'il faudrait parler. Ce monnayage d'une transition qui pourtant fonde un style, nous semble en soi assez facile à rapprocher sur le plan esthétique de l'essor que connut dans le dernier quart du XVIIIe siècle le néoclassicisme ainsi que les autres mouvements plus passagers qui l'ont progressivement accompagné, voir combattu : les barbus, le style troubadour, les nazaréens… Une analogie que l'on pourrait dire de réajustement peut être envisagée entre ces deux époques qui reprennent peut-être par des cheminements inverses, comme il sera dit, quelques démarches semblables sans doute liées à des situations culturelles comparables. C'est sur un fond de crise sociale, politique et religieuse que ces nouveaux styles s'élaborent. C'est sous ce motif que nous nous proposons en glissant un peu rapidement sur l'archéologie élisabéthaine de n'envisager le phénomène élisabéthain qu'à partir de sa réception, voire de sa recréation, au XIXe siècle. Nous ne poussons par conséquent pas plus avant une enquête sur la réalité stylistique, si remarquable qu'elle fût qu'accomplit, en sa seconde moitié, le XVIe siècle anglais.

Conservons néanmoins le guide de la métaphore architecturale.

Malgré le goût de la symétrie et de la clarté du style renaissance importé sur le sol anglais aussi bien par les Flandres que par l'Italie pour la réalisation des nouveaux monuments du nouveau règne, cette architecture d'adoption conserve des points d'ombre. Les survivances du style ancien, qui sait d'un goût spécifique, modifient les schémas adoptés sur le continent. Il semble que la recherche de synthèse entre l'ancien et le moderne, entre le monde gothique que l'on veut quitter et l'antiquité que l'on veut épouser, ne soit pas sans poser quelques problèmes, quelques résolutions délicates, à la sensibilité anglaise. Au moment d'affirmer la culture, et qui sait la définition de la place que l'identité anglaise veut occuper dans le monde occidental moderne, des singularismes se dessinent. C'est ainsi que les importantes et vraiment nouvelles verrières des façades du château de Hardwick Hall [fig. 1], comme également l'ordonnance très classique – d'une grande lisibilité de plan – de tout ce monument, n'empêchent curieusement pas les intérieurs de rester encore très sombres.

FIG. 1 – Hardwick Hall
de Robert Smythson (1590-1597).

Par delà la rupture d'avec les façades ouvragées et décoratives encore réalisées peu avant sous les Tudors, les complexités que posent à ces mutations classiques et rationnelles une forme de persistance médiévale, expliquent sans doute cette prolifération des contradictions. Or n'est-ce point précisément cette contrainte qui fonde pour la postérité et notamment pour l'après 1789 en France, la véritable richesse de la période élisabéthaine ? Tout au moins n'est-ce pas cela qui vit aussi dans le goût postrévolutionnaire ? Car l'énergie d'un affrontement des contraintes comporte, parce que tout en étant exposée elle est en somme jugulée, quelque chose de l'ordre de la fascination qui va attirer les romantiques ?

La question musicale abordée maintenant se nourrit de cette même forme de complexité paradoxale qu'il semble aisé de mettre en évidence dans l'architecture. La musique des romantiques va chercher à établir un lien essentiel entre un XIXe siècle qui ne peut pas prolonger l'histoire culturelle dont il hérite et des sources délaissées, oubliées qui retiennent leur attention. Le XIXe siècle va s'orienter vers une histoire *a priori* encore peu familière de la tradition culturelle française : celle d'une part du Moyen-Âge comme celle même encore éloigné de la Renaissance qu'il veut également célébrer pour sa liberté et sa prodigalité d'invention. Le modèle anglais intervient certes parmi d'autres formes d'inspiration et de fiction tel le théâtre du siècle d'or espagnol, mais c'est dans le modèle anglais, en Shakespeare, qu'il va rencontre les ressources les plus inspirées. Les regards que jettent les artistes et les penseurs romantiques sur le passé français et européen, parce qu'ils procèdent de la Révolution, renouvellent en quelque sorte la perception de l'histoire culturelle. On peut oser dire sans exagération, que les romantiques accèdent déjà à la notion que l'on pense avoir créer de « patrimoine culturel mondial de l'humanité ».

RAPPELS ET SITUATION

La perception que le siècle dit romantique a pu avoir plus particulièrement en France des dramaturgies étrangères trouve peut-être son signe le plus éloquent dans l'entreprise lancée sous la Restauration par l'éditeur Pierre-François Ladvocat dit « Camille Ladvocat ». Il s'agit des vingt-cinq volumes de la collection sous-titrée *Chefs-d'œuvre des théâtres étrangers*[1]. Au sein de cet ensemble à prétention sinon mondiale, tout au moins recouvrant du Danemark à la Chine une part importante de l'ancien monde, les dramaturgies européennes ont été soigneusement transmises. Pour ce qui concerne l'Angleterre et plus particulièrement le théâtre élisabéthain, le théâtre de William Shakespeare a été observé avec précision. Rappelons que Ladvocat a également été l'éditeur de la nouvelle traduction par François Guizot du *Théâtre de Shakespeare* (1821), édition reprise elle-même de celle réalisée par Pierre Le Tourneur à la fin du XVIIIe siècle (1776-1783[2]). Il faut au demeurant revenir à Le Tourneur afin de rappeler comment il a éveillé l'intérêt pour Shakespeare en le plaçant sous l'invocation d'un mot qu'il est le premier nous dit-on à employer dans la langue française écrite et qu'il emprunte alors à l'anglais en en francisant l'orthographe, le mot « romantique ». Mot qu'il situe à l'exacte intersection des vocables nationaux devenus insuffisants : « pittoresque » d'une part et « romanesque » d'autre part. Les romantiques eux-mêmes, à la suite de Le Tourneur et avec les modifications que suggère François Guizot dans sa longue préface de la

1 Chefs-d'œuvre des théâtres étrangers. Allemand, anglais, chinois, danois, espagnol, hollandais, indien, italien, polonais, portugais, russe, suédois / traduits en français par Messieurs Aignan, Andrieux, Paris, Ladvocat, 1821-1832, 25 volumes.

2 Pierre Prime Félicien Le Tourneur, *Shakespeare traduit de l'Anglois, dédié au Roi*, Paris, Veuve Duchesne et Mérigot, 20 volumes, 1776-1783.

réédition déjà citée, ont œuvré à la cause de la réhabilitation de William Shakespeare. Mais s'ils cherchèrent à lui donner une prestance que le Royaume de France lui avait jusqu'alors plus ou moins refusée, c'est qu'ils trouvaient en cet art un aliment à leur propre recherche.

Soyons néanmoins vigilants. Dans le cas qui nous intéresse, face à un courant stylistique, c'est en fait la personnalité d'un auteur unique, Shakespeare, qui va s'imposer parce qu'il apparaît justement comme une figure qui a transcendé son terrain d'origine pour atteindre l'universel. Mais nous savons que Shakespeare en France était par excellence le représentant de la barbarie théâtrale anglaise. Remarquons également, pour rester dans notre sujet, que la question *a priori* générale de la théâtralisation de la musique, qui voudrait être une question de la définition d'un style, reste aussi tributaire de signes ou d'objets qui ont trouvé en Shakespeare leur sens le plus fort, mais qui existent également en dehors de lui. Aussi tout élisabéthain qu'est Shakespeare ou que l'on fait Shakespeare, son art conserve-t-il encore et à sa manière, en dépit de la sobriété déjà toute moderne qu'il semble pouvoir recouvrir, quelque chose de la nostalgie des entrelacs et des sections flamboyantes qui ont prévalu à l'éducation d'Elisabeth première. Pour faire court la grandeur de Shakespeare tiendrait dans sa capacité à harmoniser des influences contradictoires, par exemple tout comme Johann-Sebastian Bach saura le faire entre le style ancien et l'avant-garde de son époque dans le déclin de l'ère musicale baroque.

Le phénomène de théâtralisation de la musique, c'est-à-dire de la place décorative, voire triviale qu'elle occupe le plus souvent sous formes de chansons faciles dans le théâtre élisabéthain, se dérobe en fait au projet d'un théâtre classique tel que la France pourra le concevoir bientôt et tel qu'elle l'imagine déjà avec l'apparition des airs de cour. Ce même mélange déconcertant du théâtre anglais qui juxtapose la grivoiserie des tavernes avec l'inspiration épurée, soit encore entre paillardise et angélisme, se retrouve de façon assez frappante même si dans un registre plus nuancé et déjà plus bridé, dans le traitement du chiffre de la comtesse Elisabeth de Shrewbury placé à l'étage des corniches supérieures de sa résidence de Hardwick Hall déjà évoquée. Ici, nous voulons souligner que la lisibilité des lettres « E » (Elisabeth) et « S » (Shrewbury), s'allie encore de façon à vrai dire relativement harmonieuse à la pratique médiévale de la décoration. Or cette forme de confusion qui marque semble-t-il une maladresse, tourne vers l'enluminure un art qui pense renouer avec les inscriptions des monuments antiques. On serait en droit de penser qu'une théâtralité très manifeste dans la prestance du bâtiment, renvoie soudain aussi au mystère de signes codés, ramenés cependant, quant à eux, au statut d'éléments décoratifs et ostentatoires. La théâtralisation d'un motif de décor fondé néanmoins sur des lettres « significatives » – des initiales – indique comment l'esprit du temps change, comment il revoit la tradition et la monnaye à d'autres fonctions. Elle indique comment s'efface d'une part le sens de l'enluminure qui perd malgré tout en qualité décorative pour devenir signe ; elle incorpore, d'autre part, à la géométrisation des formes architecturales – balustrade et frontons entre autres – un message presque d'héraldique. Le message devient de ce fait tout autre puisqu'il est dénué de sa valeur de langue réservée.

De même, la naissance au début du XIXe siècle de ce qu'on appelle d'ordinaire notamment en peinture mais également en littérature et architecture le « style troubadour », souligne assez clairement l'engouement qui est de mise pour une recréation archéologique cependant plus ou moins directement fidèle à la sensibilité de l'époque. Un tel goût encourage bien sûr les procédés de reconstitution, mais peut aussi déployer un imaginaire et c'est peut-être sous cette forme d'exotisme l'occasion de délimiter une forme de virtuosité réaliste qui échappe en réalité au génie du romantisme.

FIG. 2 – Paul Delaroche, *L'Exécution de Jane Grey.*
Huile sur toile, 246 x 287 cm signé et daté Paul Delaroche 1833.
Exposé au salon de 1834. Londres National Gallery.

Pensons à *L'Exécution de Jane Grey* par Paul Delaroche (1833) [fig. 2], ou encore au château néo-gothique Abbotsford House que se fit construire en 1800 sur les ruines... d'une ferme, le poète, antiquaire et écrivain si important sous la Restauration, Sir Walter Scott lui-même.

Ce n'est cependant pas à cette littéralité-là que nous voulons nous intéresser parce qu'elle représente un monnayage trop peu exceptionnel de l'utilisation des modèles et de leurs migrations à l'identique. Ce que nous recherchons c'est une invention à partir d'un modèle : l'équivalent d'un transfert, non pas d'une copie.

Aussi, décider de se pencher sur « l'héritage et la réception au XIXe siècle, de la théâtralisation que connut la musique à l'époque élisabéthaine », suggère une méthodologie. L'étude sera guidée par cette opposition si étrange dont le règne d'Élisabeth première est peut-être devenu le symbole premier et l'énigme fascinante pour le XIXe. Cette reine si elle représente le triomphe inflexible des puissances de l'autorité politique sur les émois du cœur, passe en effet notamment auprès des esprits français, pour l'illustration jusqu'au monstrueux de la froideur et de la cruauté anglaise. Son combat intérieur, celui qui est le plus souvent tu, a fait l'objet des réflexions les plus intéressantes, puisque selon la légende qui entoure cette souveraine, elle faisait plier par un absolu de pensé, un émoi sentimental dont le refoulement devient un élément intérieur des plus passionnants à aborder. Le genre du monologue, le genre même du rêve éveillé, l'univers des fantasmes et des formes obscures appartiennent donc aux préoccupations moins du théâtre que de la théâtralisation des sujets, dont le but est de rendre évidents et perceptibles des phénomènes cachés.

En bref nous postulons que la situation de refondation que connaît et traverse le début du XIXe siècle, a pu percevoir dans l'exemple de la période élisabéthaine une forme d'identité de conjoncture qui lui fournissait en quelque sorte sinon des arguments, au moins des sujets et surtout des procédés de mise en abyme. Ce sont ces procédés mêmes qui restaient à décrypter et à s'approprier qui intéressèrent les romantiques. Car ces procédés purent leur paraître propices à l'émancipation dont rêvait la jeunesse vis à vis d'un classicisme trop dogmatique. Après les revers de l'Empire c'est ce climat que prépare la Restauration et dont les journées de juillet 1830 crurent célébrer l'avènement. Il s'agit donc de souligner entre les deux époques historiques l'anglaise et la française aux esthétiques fécondes – moments dont l'un est l'interprète de l'autre –, de souligner une opportunité de rencontre, même si elle repose *in fine* peut-être sur des contresens. C'est la recherche du romantisme qui fait de la période élisabéthaine, si civilisée et si violente, un espace fictionnel particulièrement inspirateur, voire fraternellement proche. On remarquera néanmoins que le style élisabéthain s'efforce dans son propos de renoncer au Moyen-Âge pour assimiler la leçon qui lui vient par le continent de la Renaissance et de l'Antiquité classique, tandis que le Romantisme quitte l'académisme à certains égards noyés dans une rhétorique classicisante pour réinventer le Moyen-Âge. À l'intersection de ces mouvements qui procèdent en sens contraire le style élisabéthain lui-même représente peut-être une sorte d'équilibre. Il représente peut-être surtout un « nulle part » proverbial pour l'imaginaire, un instant de pure génialité. Or cet instant repose, on l'a dit, sur un auteur lui-même délié de ses appartenances d'époque parce qu'à proporyions universelles : William Shakespeare.

L'EXTÉRIEUR ET L'INTÉRIEUR

Il y a un danger à choisir des thèmes d'inspiration dans la culture du passé. Car comme il se doit, et comme l'a dénoncé très vite Charles Baudelaire dans ses propos avisés sur le romantisme dès son *Salon de 1846*, le fait de renouer avec une période jusqu'à présent assez peu principale dans la culture française, comportait le risque d'une erreur, celui de l'historicisme et aussi celui d'un réalisme méthodique de la couleur locale. Ce risque a été lamentablement illustré par nombre de suiveurs de petite envergure. Baudelaire à propos des thèmes d'inspiration des romantiques – parmi lesquels, soyons juste, il ne cite pas précisément le style élisabéthain –, écrit : « s'il est resté peu de romantiques, c'est que peu d'entre eux ont trouvé le romantisme ; mais tous l'ont cherché sincèrement et loyalement. [...] Ils l'ont cherché en dehors, et c'est en dedans qu'il était seulement possible de le trouver[3] ». Ce que nous

3 Charles Baudelaire, chapitre 2 « Qu'est-ce que le romantisme », dans *Salon de 1846*, devenu *Curiosités esthétiques* [1868], *Œuvres complètes*, Claude Pichois éd., Paris, Gallimard, collection bibliothèque de la Pléiade, vol. 2, 1976, p. 420-422, 420.

devons par conséquent étudier c'est comment le style élisabéthain a pu aider à libérer chez certains auteurs cette force intérieure ?

Tout est dit.

Baudelaire affirme par la nuance de point de vue qui existe entre ce qu'il nomme l'*intérieur* et l'*extérieur*, comment la perception puis l'appropriation d'un même thème d'inspiration peut donner lieu à des solutions stylistiques extrêmement différentes. La problématique que nous allons tenter de développer s'intéresse par conséquent à la version la plus inattendue, la plus intériorisée, de cette « théâtralisation de la musique ». C'est-à-dire qu'elle s'intéresse à la fonction de la présence et de la participation de la musique dans le théâtre élisabéthain telle qu'elle fut comprise par certains auteurs romantiques lorsqu'ils en découvrirent l'usage.

Soulignons encore dans ce processus d'appropriation, comment tout domaine artistique qui procède d'un transfert, tel ici le fait d'associer à la parole, la musique, suggère en lui-même plusieurs champs d'investigation, plusieurs perspectives qui délimitent à leur tour, diverses techniques d'application. Ainsi reste-t-il toujours possible dans chaque sujet ou thème d'inspiration de favoriser la prédominance d'un des aspects de la double permanence latente ou de la double lecture que le sujet propose entre ce que l'on pourrait nommer en suivant Baudelaire, son *envers* et son *endroit*. Expliquons-nous, car c'est de ce choix que résulte, nous le pensons, la si juste définition historique du « romantisme » qu'en donne l'auteur des *Fleurs du mal* : « Le romantisme est l'expression *la plus récente, la plus actuelle* du beau[4] ».

DU GENRE

S'il semble naturel que le genre musical le plus approprié à la théâtralisation de la musique soit au siècle romantique, lorsqu'il rêve sur l'époque élisabéthaine, celui de l'opéra, nous éviterons néanmoins ce répertoire si applaudi aujourd'hui encore pour les réussites et les chefs-d'œuvre principalement de l'opéra italien, qu'il comporte. Disons néanmoins

4 *Ibid.*, p. 420.

que ces partitions se sont très vite imposées. Ce n'est cependant peut-être pas en elles que s'affirme une théâtralisation de la musique, mais plutôt une « musicalisation » du théâtre – s'il est permis de tenter une si horrible formulation.

Nous nous tournons en revanche vers le grand rival de l'opéra et qui plus est de l'opéra italien, pour lui préférer le domaine symphonique, voire même plus simplement celui de l'orchestre ou encore de la musique instrumentale, définissant une forme de dramaturgie inclassable, dont Hector Berlioz a été l'exceptionnel représentant.

Cet autre genre donne en effet à percevoir moins une surface lisse, qu'une intériorité complexe. Il évite ce que Berlioz appelait au sujet de la cantilène italienne, « une sorte d'émotion voluptueuse à laquelle le cœur ni l'émotion n'ont point de part[5] ». Il favorise en revanche l'émergence de ce qu'il nomme ailleurs et plus tardivement « l'incomparable beauté de la mélodie du cœur[6] ». Dans le genre symphonique se joue a priori l'absence des voix et au plus paradoxal l'absence des personnages qui sont distribués à l'orchestre. Dans sa Symphonie dramatique *Roméo et Juliette*, Berlioz remet de façon devenue très célèbre la scène de la nuit d'amour aux instruments et il a soin de noter dans la « préface » de sa partition : « C'est aussi parce que la sublimité même de cet amour en rendait la peinture su dangereuse pour le musicien, qu'il a dû donner à sa fantaisie une latitude que le sens positif des paroles chantées ne lui eût pas laissée, et recourir à la langue instrumentale, langue plus riche, plus variée, moins arrêtée, et, par son vague même, incomparablement plus puissante en pareil cas. »

Les œuvres tirées de façon en somme moins détournée de la réelle profondeur de la source élisabéthaine semblent de nos jours beaucoup plus intéressantes à étudier puisqu'elles sont justement moins pittoresques, moins romanesques mais romantiques. Elles délimitent une dramaturgie et non pas ce théâtre « de cape et de cœur » cependant tant prisé sous la Restauration à la faveur entre autres de l'anglomanie et cela jusque dans les romans d'Alexandre Dumas. Elles approfondissent dans l'étude de l'âme humaine des dimensions moins de décorum à l'avantage d'une

5 Hector Berlioz, « Aperçu sur la musique classique et la musique romantique », *Le Correspondant*, 22 octobre 1830, dans Yves Gérard et Robert H. Cohen (dir.), Hector Berlioz, *Critique Musicale*, Paris, Buchet/Chastel, vol. 1, 1996, p. 63-68, 67.

6 Hector Berlioz, Chapitre 1, *Mémoires*, [1870], Lyon, Symétrie, 2010, p. 34.

recherche plus essentielle, voire même plus directement métaphysique et surtout le plus souvent profondément poétique. Ce qui retient en elle l'attention c'est d'observer en quoi, si cela est envisageable, la musique a su trouver dans ce théâtre une spécificité naturellement musicale, c'est-à-dire littéralement une théâtralisation de la musique.

LE STATUT DE LA MUSIQUE : THOMAS MOORE AVANT SHAKESPEARE

Le point de vue qui nous intéresse ici est celui de la théâtralisation musicale du théâtre élisabéthain, lui-même déjà parcouru par la musique. Il s'agit de s'intéresser à la part dévolue à la musique dans cette forme de dramaturgie lorsqu'elle est reprise par les compositeurs, et de saisir en quoi au XIXe siècle les compositeurs ont pu trouver des prédispositions à la musique dans les canevas des livrets élisabéthains, dans l'approche unique que Shakespeare a proposé de l'analyse du cœur humain. Hector Berlioz est l'un de ceux qui peut-être en France a le plus pensé à cette redéfinition d'un théâtre dont l'énergie s'exprimait de son point de vue, au travers de la musique et de la musique seule. Quelques fait nous expliquent peut-être comment l'auteur de la *Symphonie fantastique* fut à même de se constituer ce système dramatique à partir de Shakespeare, dont il reconnut dans ses *Mémoires* qu'il le considérait comme un père, c'est-à-dire comme Dieu le Père.

Les liens de Berlioz avec l'Angleterre débutent néanmoins par la découverte d'auteurs plus proches de lui, les romans de Walter Scott et la poésie de Thomas Moore. Il est indispensable de souligner que c'est le genre de la poésie qui retient alors l'intérêt du musicien à peine encore prévenu de sa vocation, lorsqu'il n'est qu'étudiant en médecine, fraîchement débarqué à Paris de sa province natale et qu'il fréquente aussi l'Académie royale de Musique, voire le théâtre de l'Odéon. De sa lecture de Thomas Moore qu'il lit dans la traduction par Louise Swanton Belloc des *Amours des Anges*, et des *Mélodies irlandaises*, Berlioz retient ceci de la mélodie XXXVII : « Ô divine musique ! Le langage impuissant et faible se retire devant ta magie ! Pourquoi le sentiment parlerait-il jamais, quand tu peux seule exhaler toute son âme ? ». Parallèlement les romans de Walter Scott l'intéressent pour l'action, la passion, les figures héroïques. Un troisième auteur fait peut-être le lien entre ces deux artistes, c'est Byron. Tous trois sont connus de Berlioz avant que Shakespeare ne lui soit révélé, tous trois suscitent en lui des énergies créatrices encore en quelque sorte désordonnées dont les aboutissements sont incertains.

La découverte de Shakespeare par Berlioz est aussi très intéressante à étudier. Il s'agit en septembre 1827 lors du retour qui va cette fois être triomphal des comédiens anglais. Les pièces qui ne comportent pas que du théâtre élisabéthain sont jouées en anglais mais un livret est vendu qui propose une version bilingue du texte de Shakespeare. Il semble évident que Berlioz comme spectateur prit connaissance de l'intrigue puis se consacra exclusivement au spectacle scénique dont il ne comprenait pas nécessairement les paroles. Tout est là de ce que peut contenir l'idée d'une théâtralisation musicale. Mais outre cette évidence, il faut saisir encore que la parole devenant peu intelligible elle se faisait poésie, et se muait pour son expressivité dans le jeu des acteurs comme aussi dans celui des accents, des inflexions et des modifications expressives de la physionomie. Ce que Berlioz s'est efforcé de faire dans la transcription musicale qu'il a tentée de ce spectacle est de ce fait extrêmement précis, détaillé, annoté sur sa partition quand bien même à l'audition il n'y paraît plus. Les gestes, les intonations des acteurs sont en quelque sorte assimilés au temps du déroulement musical. Tant et si bien que cette musique non destinée à la scène est souvent devenue une musique prétexte à la chorégraphie. L'exemple le plus saisissant à cet égard reste la scène d'amour de *Roméo et Juliette* symphonie dramatique avec chœur. Il faut pour bien s'imprégner de la démarche du compositeur en lire la préface et plus particulièrement ce fragment :

> On ne se méprendra pas sans doute sur le genre de cet ouvrage. Bien que les voix y soient souvent employées, ce n'est ni un opéra de concert, ni une cantate, mais une symphonie avec chœurs. [...]
>
> Si, dans les scènes célèbres du jardin et du cimetière, le dialogue des deux amants, les *apartés* de Juliette et les élans passionnés de Roméo ne sont pas chantés, si enfin les duos d'amour et de désespoir sont confiés à l'orchestre, les raisons en sont nombreuses et faciles à saisir. [...] C'est aussi parce que la sublimité même de cet amour en rendait la peinture si dangereuse pour le musicien, qu'il a dû donner à sa fantaisie une latitude que le sens positif

> des paroles chantées ne lui eût pas laissée, et recourir à la langue instrumentale, langue plus riche, plus variée, moins arrêtée, et, par son vague même, incomparablement plus puissante en pareil cas.

Ce qu'affirme Berlioz, c'est bien simplement que la langue instrumentale, celle qui n'a pas de mots, libère l'expression. Ce n'est pas pour rien que tout l'œuvre du compositeur s'acharne à faire passer la musique devant les paroles même dans sa musique vocale pourtant d'une grande intelligibilité, mais parce que c'est tout ce qui procède du mystère que les mots écarte qui est le domaine par excellence de la musique. Au théâtre de mots il préfère à certains égards la pantomime.

CONCLUSION

La présence de l'Angleterre qui devient vite dans l'art de Berlioz celle de Shakespeare à l'exclusion de tout autre auteur[7], est à partir de sa découverte, de l'ordre d'une permanence. On doit observer que si le compositeur a tout d'abord suivi la *mode*, celle plus particulièrement pour Walter Scott et lord Byron, assez vite il s'en écarte pour épouser en réalité un *modèle*. Le théâtre de Shakespeare, s'affirme pour lui comme le lieu possible d'une théâtralisation de la musique. Ici l'on doit donc se poser la question suivante. Ce que la musique tenait comme rôle dans le théâtre de Shakespeare n'a pas tant dicté à Berlioz de reprendre un schéma qu'il pouvait dans une certaine mesure trouver dans les modèles du théâtre français, pensons aux comédies de Molière. Ce qu'il aperçu dans la métaphysique shakespearienne c'est qu'elle attendait une mise en musique, une *musicalisation*. Cette certitude, qui est peut-être une intuition correspond au fait que seule la musique pouvait parfaire ce que le théâtre si admirable de Shakespeare parvenait déjà à évoquer. Ainsi, c'est bien pourquoi – de 1827 à 1863 – Shakespeare devient présent à la recherche musicale du compositeur. Il intervient souvent donné en exergue à une partition ou à un numéro d'une œuvre. Tel est le cas par exemple dans les *Huit scènes de Faust* où Goethe est introduit

7 Se reporter au tableau en annexe qui établit la liste des œuvres inspirées à Berlioz, qu'elles soient réalisées ou non, par la culture anglaise.

par Shakespeare. On le retrouve dans *Benvenuto Cellini*, sous couvert de scènes de taverne et de mélange des genres dans la pantomime de la fin du premier acte. Shakespeare traverse la musique symphonique comme la musique vocale, mais il est présent dans une forme de mystère poétique, insaisissable, caché. Berlioz évite souvent soigneusement la scène de l'opéra, même s'il est tenté à plusieurs reprises de monter un opéra à partir de Shakespeare et qu'il y parviendra dans son œuvre ultime *Béatrice et Bénédict* qu'il désigne comme un opéra comique. Déjà avec les *Troyens* d'après Virgile, il rappelle sans cesse qu'il concilie Virgile à Shakespeare. Enfin convenons-en, le dernier écrit de Berlioz, ses *Mémoires*, publiés selon sa volonté après sa mort est remis de façon théâtrale à Shakespeare par la citation si connue des berlioziens de Macbeth :

> *Life's but a walking shadow; a poor player,*
> *That struts and frets his hour upon the stage,*
> *And then is heard no more; it is a tale*
> *Told by an idiot, full of sound and fury,*
> *Signifying nothing*[8].
>
> « La vie n'est rien autre qu'une ombre qui passe ; un pauvre comédien
> qui, pendant son heure, se pavane et s'agite sur le théâtre,
> et qu'après on n'entend plus ; c'est un conte
> récité par un idiot, plein de fracas et de furie,
> et qui n'a aucun sens[9]. »

Que trouver de plus clairement explicite ?

C'est donc ainsi qu'un long processus de théâtralisation de la musique peut être effectivement observé, et si son effet le plus puissant est l'invention déclarée par Berlioz lui-même en 1830 d'un genre « instrumental expressif », il est juste d'en rendre l'intuition à Shakespeare, un Shakespeare réinventé, livrée comme homme de théâtre au pouvoir démiurgique de l'art des sons.

Alban RAMAUT
Université Jean-Monnet

8 William Shakespeare, *Macbeth*, actes V, scène v.

9 Nous respectons la traduction proposée par Hector Berlioz.

ANNEXE
Liste des œuvres de Berlioz en lien avec la culture anglaise

Dates	Œuvres projetées	Œuvres réalisées
1825/1826		*La Révolution grecque* 1825-1826 reprise 1833 (citation de Thomas Moore sur la page de titre) « Où sont-ils, les glaives des anciens jours ? Où sont les hommes qui les portaient ? Armés pour défendre leurs droits / ils s'élevaient sublimes et les grands rampaient devant eux. »
1826/1828	*Richard en Palestine* (Walter Scott : *Le Talisman*) Mai 1826 – février 1827	*Grande ouverture de Waverley* (d'après Walter Scott) 1826-1828
1827	*Robin-Hood* 1827	*La Mort d'Orphée* (1827) citation ajoutée de Thomas Moore « Oh ! le cœur qui a vraiment aimé, jamais n'oublie ; mais aime encore, fidèle jusqu'à la fin, comme la fleur du soleil tourne vers son dieu, quand il se couche, le même regard dont elle a salué son lever. »
1828/1829		*Huit scènes de Faust* 1828-1829 (avec textes de Shakespeare en exergue pour certains numéros et sur la page de titre Goethe et Moore : « Je me consacre au tumulte, aux impuissances les plus douloureuses, à l'amour qui sent la haine, à la Paix qui sent le désespoir // On fatal remembrance, one sorrow that throws, / Its bleak shade alike o'ver our joys and our woew)
1829		*Mélodies irlandaises* mai décembre 1829 (Thomas Moore)
1830		*Symphonie fantastique* (1830) (allusion shakespearienne par le *Roi Lear* : « Nous sommes aux Dieux ce que sont les mouches / aux folâtres enfants ; ils nous tuent pour s'amuser »)
1830		*Ouverture de la Tempête* (août-octobre 1830)
1831		*Grande ouverture du Roi Lear* (avril-Mai 1831)

1831		*Intrata di Rob-Roy MacGregor* (Walter Scott) 1831 Nice repris pour *Harold en Italie*
1831		*Méditation religieuse* (Thomas Moore) 1831 pour chœur et sept instruments à vent avec Chœur 1849.
1832		*Le Retour à la vie (éloge de Shakespeare = fantaisie sur la Tempête*
1833	*Much ado about nothing.*	
1834	*Hamlet* 1834	*Harold en Italie* janvier juin 1834
1839		*Roméo et Juliette* Janvier-septembre 1839
1844	*Scène de la comédie*	*Marche funèbre pour la dernière scène d'Hamlet* 1844 *Ouverture la Tour de Nice.* Cf entrée suivante
1846/1851		*Ouverture du corsaire rouge d'après* Fenimore Cooper
1849/1851		*Tristia* 1849 (2 textes) 1851 (3 textes : *Méditation religieuse, Ballade d'Ophélie, Marche funèbre pour la dernières cène d'Hamlet*)
1856/1858		*Les Troyens* d'après Virgile « shakespearisé »
1859	*Roméo et Juliette*	
1859	*Cléopâtre*	
1860-1862		*Béatrice et Bénédict* « opéra imité de Shakespeare »

THÉÂTRALISATION DU POUVOIR DANS *DIDON ET ÉNÉE* DE PURCELL

Le principe d'incarnation comme solution dramatique

Didon et Énée de Henry Purcell est à considérer comme un aboutissement avant que d'être un point de rupture dans l'histoire de l'émergence de l'opéra anglais. L'œuvre de l'*Orpheus britannicus* se fait l'écho des recherches musicales et dramatiques qui se sont échelonnées sur un siècle et dont les origines se retrouvent dans le théâtre élisabéthain. Nous pourrions remonter au-delà de la seconde moitié du XVIe siècle pour saisir les origines de l'opéra anglais, mais l'époque élisabéthaine marque plus particulièrement un moment capital dans la création du théâtre lyrique britannique. Pour autant, si cette période lance les réflexions qui vont permettre à l'opéra de se développer, elle ne parvient étonnamment pas à en générer la création. Comme le remarque Eric Walter White, il est d'ailleurs surprenant que l'Angleterre de la fin du XVIe siècle n'est pas capable de créer l'opéra alors qu'elle est aux mains de Shakespeare et qu'elle regorge d'excellents musiciens[1]. Quoiqu'il en soit, en s'appuyant sur l'ère élisabéthaine, l'opéra anglais accepte de se fonder sur une des identités dramatiques inhérentes à cette période, à savoir la théâtralisation du pouvoir. Et malgré les nombreuses mutations politiques que l'Angleterre subit durant tout le XVIIe siècle, la théâtralisation du pouvoir se maintient comme élément fondateur et fédérateur du théâtre lyrique anglais, parcourant l'ensemble du XVIIe siècle jusqu'au *Didon et Énée* de Purcell. Cela dit, si la théâtralisation du pouvoir revêt plus volontiers les atours de la représentation d'apparat tout au long du XVIIe siècle, elle apparaît chez Purcell sous une nouvelle forme. Elle délaisse le spectacle au profit du drame. La théâtralisation du pouvoir passe de la représentation à l'incarnation.

1 Eric Walter White, *The Rise of English opera*, New York, Da capo press, 1972 (éd. orig. 1951), p. 26.

On ne sait pas grand-chose de la création de l'œuvre si ce n'est qu'elle fut donnée au pensionnat de jeunes filles de Josias Priest en 1689. Cependant, pour Curtis Price, la musique de *Didon et Énée* reste proche de celle des années 1680-1685 de Purcell, suggérant que l'œuvre ait pu remonter à une période antérieure à la représentation de Josias Priest. Price note également qu'il semble difficile d'imaginer que la pièce ait pu être créée pour l'orphelinat de jeunes filles dans la mesure où certains rôles sont destinés à des hommes et que l'œuvre exige une machinerie un tant soit peu complexe. Il émet l'hypothèse que l'opéra ait pu être donné au printemps de l'année 1689, en réponse à la Glorieuse Révolution de 1688, dans un contexte privé de cour[2]. Aussi, s'il reste étonnant que le premier opéra anglais n'ait pas vu le jour sur les planches d'un théâtre, il demeure tout aussi remarquable que l'œuvre ne se détache pas du pouvoir politique, que ce soit par le contexte possible de création hypothétique ou le sujet même de l'action.

Dès lors, il apparaît intéressant de se demander en quoi la théâtralisation du pouvoir observée à travers le principe d'incarnation soulevé plus haut permet de faire de *Didon et Énée* un premier opéra anglais. En d'autres termes, il s'agit de s'interroger sur les outils musicaux et dramatiques que Purcell utilise afin de faire du sujet politique le cœur du drame plutôt qu'un simple décor au divertissement. À partir de là, deux points nous intéresse plus particulièrement, à savoir la mise en scène – ou plus exactement la mise en mouvement – d'une forme de hiérarchie, et la capacité à humaniser le personnage de la reine en faisant de ses vertus de véritables passions.

HIÉRARCHISER

L'incarnation du pouvoir – la monarchie qui se fait chair – dans *Didon et Énée* s'oppose au principe de représentation dans la mesure où la représentation s'appuie sur une extériorisation du faste politique quand l'incarnation recherche la nature vivante du pouvoir en s'intéressant à

2 Curtis Price, « Dido and Aeneas », *The New Grove dictionary of opera*, Stanley Sadie éd., Londres, Macmillan, 1997, vol. 1 / 4, p. 1169-1171, p. 1169.

l'intimité et à la condition humaine de la reine. Le principe d'incarnation s'inscrit alors dans une forme d'introspection, occasionnant un travail sur la limite et la contrainte. À partir de là, le contexte privé et intime de la création de l'œuvre ainsi que les dimensions très réduites de l'opéra prennent tout leur sens.

La concision du drame devient évidente dans la mesure où le refus de la représentation au profit de l'incarnation élime tout divertissement et impose à l'action de se limiter à l'essentiel. Il faut reconnaître que le livret de Nahum Tate participe de ce mouvement car il propose à Purcell un canevas où aucun élément extérieur ne vient interférer l'action principale. Robert Etheridge Moore souligne d'ailleurs que le livret va même jusqu'à faire l'impasse sur les raisons qui poussent la magicienne à détester Didon. Moore compare cette situation à celle de l'*Alceste* de Gluck dans laquelle on ignore pourquoi le roi Admète doit mourir[3]. En laissant de côté les raisons qui expliquent le nœud même du drame, Tate fait de la haine que la magicienne voue à Didon non pas un élément de l'action, mais une passion. Ainsi, la concentration du livret offre l'occasion au compositeur de développer la nature et l'intensité de chacune des passions et, de ce fait, d'atteindre à une certaine intensité tragique. De ce point de vue, Purcell anoblit le genre et fait de *Didon et Énée* le lieu idéal et naturel pour la théâtralisation du pouvoir.

La rencontre entre l'esprit de concision et la théâtralisation du pouvoir permet l'émergence d'une certaine idée de la hiérarchie. L'esprit de concision, soumis au besoin d'organiser et de mettre en mouvement la cour de Didon, se mue en un besoin de cloisonner, de définir et de classer. Chaque personnage va devoir trouver sa place dans la hiérarchie carthaginoise et habiter le drame à partir de cette identité sociale. Prenons pour exemple le rôle de Belinda. Price rappelle que le premier air de la confidente, « *Shake the cloud* », demeure attaché au premier chœur « *Banish sorrow* » et que ce couple de numéro forme un fonctionnement dramatique que l'on retrouve tout au long de l'opéra. L'association d'un air de Belinda avec un chœur en réponse se propage sur l'ensemble de l'œuvre au point de devenir un élément de symétrie. Ainsi, l'acte I et la scène au bosquet se retrouvent introduits et conclus par cet élément dramatique. Il est intéressant de remarquer que l'acte III s'ouvre et se

3 Robert Etheridge Moore, *Henry Purcell and the Restoration Theatre*, Wetsport, Greenwood Press, 1961, p. 41-42.

ferme également à l'aide de ce principe, à la différence près que Belinda cède sa place à un marin lors de l'ouverture de l'acte, et à Didon pour la conclusion du drame. Si la présence de Didon s'explique facilement par le fait que la tension dramatique exige l'intervention de la reine à la fin de l'œuvre, l'apparition du marin intrigue davantage. Cela dit, dans la mesure où l'air de ce dernier se réjouit du prochain départ, et donc, d'une certaine façon, de la fuite d'Énée, on peut envisager sa présence comme une certaine émanation de la magicienne elle-même. Cette dernière nous a habitués, depuis sa première intervention, à se dissimuler et à agir à travers d'autres. Il n'y aurait donc rien d'étonnant à ce que le discours du marin rejoigne, d'un point de vue dramatique seulement, et en dehors du divertissement qu'il incarne, celui de la magicienne. De cette façon, l'acte III oppose les deux forces principales de l'œuvre, la magicienne et Didon. Mais revenons au personnage de Belinda. Si Price réduit le rôle de la confidente aux besoins de l'architecture, Moore recadre lui aussi la fonction dramatique de Belinda en estimant que, pour son premier air, le terme de chanson conviendrait davantage[4]. Les deux commentaires de Moore et Price nous conduisent à nous questionner sur la nature du personnage de Belinda, car si son air est réduit au genre de la chanson et s'il se limite à l'élément de symétrie, on peut se demander dans quelles mesures Belinda ne serait-elle pas, en quelque sorte, un élément d'architecture ? Ne servirait-elle pas à articuler le drame au bénéfice de la peinture de Didon ? Elle serait l'incarnation de la fonction de confidente avant que d'être un personnage à part entière. Le traitement de chacun des protagonistes à la lumière de sa fonction sociale conduit à une définition plus précise de chacun d'entre eux. De cette façon, chaque élément de l'action, soutenu par la peinture de la fonction sociale des personnages qui l'anime, s'affirme et garantit une plus grande intensité dramatique. Aussi étonnant que cela puisse paraître, le renforcement de la hiérarchie favorise l'autonomie des personnages : si Belinda reste asservie au rôle de Didon, sa peinture musicale limitée et précise lui accorde une certaine autorité puisqu'aucun autre personnage – pas même la seconde dame – ne peut prendre sa place.

Lorsque l'on compare les rôles de Belinda et de Didon, on s'aperçoit que la hiérarchie mise en place est certes avant tout sociale mais également dramatique. L'action s'intéressant au destin de Didon, la reine se

4 Robert Etheridge, Moore, *op. cit.*, p. 47.

place au centre de l'œuvre. Ainsi, à l'instar de l'opéra italien de l'époque, hiérarchie monarchique et hiérarchie des personnages se trouvent rassemblées. Par conséquent, si Belinda demeure socialement subordonnée à Didon, elle est, selon une hiérarchie plus esthétique, le personnage qui permet à la reine de se réaliser dramatiquement. La confidente, en dehors de l'aide qu'elle peut apporter à Didon, devient le personnage qui assume les questions de divertissement, déchargeant la reine de cet aspect-là. On touche alors à une des plus grandes différences qui séparent *Didon et Énée* du *Venus et Adonis* de John Blow. La déesse Vénus est présente tout au long de l'opéra et, en l'absence d'une confidente, prend en charge les passages réservés au divertissement. Elle couvre même, d'une certaine façon, le personnage de la magicienne lorsqu'au milieu du second acte elle appelle les Grâces de la même manière que la magicienne appelle les sorcières dans *Didon et Énée*. Vénus offre un personnage certes diversifié mais qui demeure un alibi au bénéfice d'un spectacle varié. En refusant le divertissement, Didon occupe moins la scène, mais elle peut se réaliser en véritable tragédienne.

Enfin, les langages musicaux utilisés marquent eux aussi la mise en place d'une hiérarchie dramatique, et tout particulièrement au moment des récitatifs. Nous pouvons en distinguer essentiellement trois types. Tout d'abord il y a celui confié à Didon, unique, personnel et riche. Les premières mesures de sa première apparition en sont une des plus belles manifestations, conjuguant opulence vocale et inventivité mélodique pour une expression juste et épanouie de la détresse de la reine. Une deuxième catégorie regroupe plusieurs sous-langages plus stéréotypés, ou tout du moins répondant à davantage de conventions rhétoriques. Plusieurs personnages secondaires se retrouvent dans cette famille d'écriture, à savoir Belinda, la seconde dame, les deux sorcières et l'esprit. Le récit de l'acte I qui fait se rencontrer Didon, Belinda et la seconde dame, rend par exemple assez bien compte de la nature différente qui oppose ce type de langage à celui de Didon. Si les deux confidentes se limitent à l'utilisation de formules déclamatoires ou de danse, Didon façonne un discours affirmé à partir d'une palette de moyens larges, tant en termes de variété de formules qu'en termes de tessiture. Enfin, une troisième catégorie s'intéresse à une forme de négation du langage, regroupant la magicienne et Énée. Dans le cas de la magicienne, la négation s'opère par l'utilisation de courbes mélodiques les plus droites possibles. L'organisation dramatique de ses récits se limite à la gestion globale des phrases quand tous les autres personnages ont droit, en plus de ce travail, à un traitement quasi figuraliste de certaines expressions. La magicienne s'exprime entre parole et cri. Dans le cas d'Énée il s'agit plutôt d'une absence de caractère qui le conduit à usurper le langage des autres, tantôt courtisan, tantôt amoureux. C'est d'ailleurs peut-être à cause de cette lacune de langage qu'Énée reste dépourvu d'air.

Cette construction d'une hiérarchie fondée à partir des idées d'étanchéité et d'accès réservés prend corps à travers une justification dramatique. Didon, au centre du drame, demeure la seule à avoir le droit d'exprimer ses émotions, et c'est avant tout à partir de cela qu'elle se réalise en monarque.

HUMANISER

Le travail sur les émotions représente la manifestation la plus remarquable de l'incarnation du pouvoir dans *Didon et Énée*. Cet intérêt pour le développement des émotions, ou plus exactement des passions ressenties – ou subies – par la reine, n'est en réalité que la représentation visible d'une volonté de donner chair au pouvoir. Deux moyens sont essentiellement mis en œuvre pour y parvenir, à savoir le désir de donner un plus grand rôle – voir une plus grande autonomie – à la musique, et la volonté de mettre en mouvements certaines vertus.

Lorsque nous soulignons le fait que Purcell confie davantage de responsabilités à la musique, nous voulons dire que le compositeur souhaite que les directions de son art répondent avant toute chose aux exigences du drame. Bien sûr la musique de Purcell reste éminemment dictée par certaines règles de rhétorique, mais il n'empêche qu'elle tente malgré tout de s'incarner en un vecteur d'expression à part entière.

Une des manifestations les plus convaincantes de ce principe se trouve dans la gestion des influences musicales étrangères. Les écritures italiennes et françaises, alors tout à fait intégrées au modèle anglais, sont, dans les mains de Purcell, réévaluées en fonction des besoins dramatiques du compositeur anglais. Les musiques italiennes et françaises sont séparées des codes auxquels elles étaient attachées afin d'être investies d'une portée en quelque sorte plus universelle. Il s'agit de transcender les styles nationaux au profit d'un langage plus proche de l'homme.

L'influence française tout d'abord est sensible dans la construction même de l'œuvre de Purcell. Charles Whitfield va même jusqu'à noter que *Didon et Énée* « est conçu comme une tragédie pastorale à la française[5]. » Mais si Purcell s'approprie le modèle français, c'est avant tout pour des raisons dramatiques, car en s'éloignant du modèle anglais, il peut éviter les intermèdes musicaux inhérents au masque et se concentrer uniquement sur l'intérêt dramatique d'une action unique. Les fonctions articulatoires confiées au chœur et à la danse, particulièrement développées dans l'opéra français, se trouvent ici non seulement reproduites, mais également renforcées. Courts et disposés avec une grande acuité dramatique, les chœurs et les danses soutiennent une action rapide et favorisent le principe de vraisemblance. On peut noter ici que Purcell rejoint assez le travail de Blow qui, six ans avant *Didon et Énée*, associe déjà les chœurs et les danses au déroulement dramatique.

Quant à la réflexion sur la musique italienne, elle se manifeste par un intérêt tout particulier porté à l'air, ce qui, là encore, démarque le compositeur de la démarche de Blow. Là encore, Purcell ne se contente pas d'imiter le modèle, il utilise l'influence italienne comme le moyen de favoriser les qualités d'expression inhérentes à la musique, notamment pour faire de Didon un personnage plus humain. Prenons pour exemple son premier air, « *Ah ! Belinda* ». Il renvoie à la question de l'opéra italien dans la mesure où il s'articule, comme le souligne Price, selon la découpe de l'*aria da capo*[6]. Si le modèle italien est récupéré, il est également sérieusement aménagé. Le récit qui précède tout air italien est remplacé par une section déclamatoire donnée deux fois, et quant à l'air, il n'a de commun avec le schéma italien que la forme ABA. Le langage utilisé est bien, ne nous y trompons pas, parfaitement anglais. Mais ce qu'il y a d'intéressant dans l'emploi de l'*aria da capo*, c'est la volonté de se référer à un monde musical connu pour sa capacité à développer les passions des personnages par le seul moyen de la musique. Aussi, en se

5 Charles Whitefield, « Purcell et Charpentier : deux opéras pastoraux en regard », dans *Purcell, Revue Internationale d'études musicales* n° 5, Paris, Jean-Michel Place, 1995, p. 89-102, p. 90.

6 Curtis Price, *op. cit.*, p. 1170.

référant au modèle italien, Purcell fait en sorte que la compréhension de la détresse de la reine ne passe pas par la communication verbale, rationnelle, mais émotionnelle, charnelle. Nous rejoignons ici White lorsque celui-ci tente d'expliquer pourquoi la naissance de l'opéra anglais voit le jour avec Purcell. Alors que, selon lui, la figure marquante du drame musical demeure, tout au long du XVIIe siècle, le dramaturge, Purcell renverse la situation en prenant le pas sur le librettiste[7]. Il est à noter enfin que l'*aria da capo* permet au compositeur anglais, grâce à sa structure close, autonome et repliée sur elle-même, d'offrir un sentiment de satiété au public. Le numéro musical fermé et complet donne l'illusion d'une expression des sentiments aboutie et par là-même, plus touchante.

L'utilisation des influences étrangères par Purcell et tout particulièrement sa faculté à les transcender rappelle que le compositeur anglais « vint pour achever et non pour entreprendre[8]. » Cela dit, si Purcell n'innove pas par les moyens musicaux employés, il interpelle par sa capacité à renouveler le sens dramatique du langage musical, reléguant de plus en plus la rhétorique derrière le besoin de faire vivre l'action et de mettre en mouvements les personnages.

Plus précisément en ce qui concerne la question de la théâtralisation du pouvoir, le travail d'humanisation passe par la volonté de transformer les vertus en passions. Et puisque Didon demeure le seul personnage noble – nous laisserons ici Énée de côté tant son cas soulève de questions – la reine de Carthage devient l'unique protagoniste à pouvoir bénéficier du traitement des émotions. Cela se concrétise par le fait que seule Didon bénéficie du temps dramatique de l'air, c'est-à-dire d'un développement musical suffisamment long pour rompre avec le temps de la péripétie et faire de l'émotion le centre dramatique du moment. Deux numéros correspondent à ce type de situation, à savoir la première et la dernière interventions de la reine, l'air : « *Ah ! Belinda* » au début de l'acte I et l'air « *When I am laid* » à la fin de l'acte III. Notons à ce titre que nous retrouvons ici l'idée de symétrie que nous avons évoquée tout à l'heure avec le personnage de Belinda. La similitude dramatique de ces deux moments est d'ailleurs soulignée par l'écriture musicale avec notamment le recours au *ground* et à la ritournelle conclusive. Ces deux éléments, en dehors du fait qu'ils rapprochent les deux airs de Didon et qu'ils font

7 Eric Walter, White, *op. cit.*, p. 42.

8 Manfred Bukofzer, *La Musique baroque*, Paris, Jean-Claude Lattès, 1982, p. 222.

partie des outils préférés de Purcell en particulier et des compositeurs anglais du XVIIe siècle en général, favorisent l'installation d'un temps propice à l'expression des passions. Le *ground* accentue la rupture du temps linéaire de la narration pour le temps beaucoup plus cyclique de l'introspection, et la ritournelle conclusive installe une distance avec ce qui suit, marquant à la fois une barrière sociale et une distinction de temps dramatique. Il nous faut ici parler de l'air de la seconde dame « *Oft she visits* », dans la scène au bosquet puisque ce passage fonctionne également sur un *ground* et bénéficie lui aussi d'une ritournelle conclusive. Il s'agit d'un moment singulier dans le drame puisque nous avons affaire à du théâtre dans le théâtre. Les deux amants se reposent dans un bosquet et la seconde dame est chargée de les divertir en leur narrant l'histoire d'Actéon. Le fait d'utiliser le modèle employé pour les airs de Didon n'est donc pas si étonnant, puisqu'il s'agit, là encore, de rompre avec le temps dramatique habituel. Par ailleurs, il faut relativiser l'importance de ce moment car les dimensions du numéro restent très réduites, et la ritournelle conclusive n'est autre chose qu'une danse servant le divertissement.

Enfin nous voulons rappeler que le traitement des émotions de Didon a ceci de particulier qu'il prend en compte son statut de monarque. Ainsi, les passions traitées ne représentent pas uniquement les sentiments de Didon, mais également les vertus que sa fonction lui impose d'incarner. Dès lors les vertus ne se meuvent plus au sein d'une représentation d'apparat, mais elles se justifient par le fait qu'elles sont inhérentes au personnage. Le dernier air de Didon n'est-il pas l'instant où les devoirs d'abnégation et d'intégrité accèdent à l'expression du sentiment ?

Les modèles de théâtralisation du pouvoir de l'époque élisabéthaine sont déjà d'une autre époque au moment où Purcell compose *Didon et Énée*, mais il n'en reste pas moins que l'idée même de théâtralisation du pouvoir infiniment présente et renouvelée dans la seconde moitié du XVIe siècle s'est maintenue jusqu'à Purcell. Et lorsque ce dernier s'approprie cette idée, il la manipule de telle sorte qu'elle offre le dernier maillon nécessaire à l'émergence de l'opéra anglais. Le passage de la représentation à l'incarnation, en lien avec l'intérêt que l'époque porte de plus en plus au traitement des passions, permet au politique de devenir drame et à la fonction royale de s'humaniser. Si cette incarnation passe par une mise en mouvement du principe de hiérarchie, elle s'effectue surtout par l'humanisation des vertus royales, en l'occurrence celles véhiculées par Didon. Cela dit, notre travail reste encore à l'état de chantier et demanderait d'observer davantage la question du sacré. Dans cette volonté de se départir du divertissement, tout au moins en partie, dans cette distinction de nature entre Didon et les autres personnages, dans cette volonté enfin de peindre une reine prête à se sacrifier pour son salut et celui de son peuple, Purcell fait de Didon une monarque de droit divin.

Julien GARDE
Université Jean-Monnet

THÉÂTRE DU MONDE SHAKESPEARIEN

et représentation de la représentation politique

> All the world is a stage, and all the men and women merely
> players: they have their exits
> and their entrances; and one
> man in his time plays many parts, his acts being seven ages
> *As You Like It*, Act II, scene 7

Shakespeare's world is not only a stage of the worldly preoccupations of man in general. Numerous studies have been written on the political dimension of Shakespearian characters and theatre[1]. This world sets off the flaws of the monarchy and the tendency of the kings and queens of his time to use their naturally predominant position as a stage.

Critics like Kernan have shown how Shakespeare stages kingship and political stances in his historical plays, in his article 'Pageant of History', analyses very precisely the staging of politics both in real life, and on the Shakespearian stage.

> Because Shakespeare was a poet, a writer of fictions, the extent to which he was also a great cultural historian is not generally recognized. He had a sharp and penetrating eye for the realistic motives and cues for passion that lie behind certain basic political stances: the unbending pride in self and the contempt for the weakness of others of a man on horseback like Coriolanus; the inability of a legitimist like Richard II to comprehend that the social order that supports him is not eternal and immutable; the political innocence of an idealistic upper-class revolutionary like Brutus; the icy efficiency of the successful prince like Octavius Caesar; and the utter cynicism about all matters of state of a hedonist like Falstaff. Shakespeare portrays with equal power certain central scenes of political life; Richard III carefully staging the occasion on which the citizens of London petition him to accept the crown; Claudius' cool and efficient management of the many tricky affairs of state in his presence chamber in the second scene of Hamlet; Octavius and Antony negotiating at the council table the bargain that divides the world between

1 See, for instance, J. Palmer, *Political Characters of Shakespeare*. London, Macmillan, 1945.

> them; Bolingbroke's 'Moscow-trial' contrivance of Richard's confession of his failures and resignation of his crown; the debate about the return of Helen to the Greeks, which resolves nothing in Priam's Trojan palace; Julius Caesar's control of his public image in the state procession at the Lupercal and before the Roman crowd shouting for him to be king[2].
>
> These few examples illustrate the observant and critical eye Shakespeare had for the real attitudes and occasions that are the substance of political life, and these observations in turn rest solidly on a substratum of historical fact, although scholars have tended to ignore this aspect of his plays by treating them primarily as art with universal implications and little to do with hard facts of Elizabethan economic and social life. And indeed Shakespeare does not treat social questions in the immediate realistic terms of his great contemporary Ben Jonson, who saw the power alignments of his time, such as the connection between capitalism and protestantism, with uncanny accuracy.
>
> Rather, Shakespeare transmutes the immediate facts into poetic fables of the fall of Troy, the War of the Roses, and the transformation of the Roman Republic into an empire, which in turn reveal the metaphysical, moral, and psychological values brought into play and put at risk by the enormous social and economic changes of his age.
>
> (Kernan, 'Pageants of History', p. 10-11)

Thus for Kernan, the transmutation of political facts into poetic fables endows them with a particular depth, a metaphysical and moral dimension.

The representation of this theatricalisation of kingship, often interpreted as a critical representation of Tudor propaganda, further implies an interaction between kingship and theatre.

The present paper endeavours to analyse the forms and expressions of the theatricalisation of power. The transmutation of politics into poetic fables goes far beyond the criticism of the Elizabethan staging of power and cult of the Queen. It permits a clear-cut analysis of the perversion of a representation of the private sphere of family relationship mixed with the public sphere of politics, which was one of the flaws of the Essex affair but also concerned the courtly love poetry developed around the Queen. It reaches out for deeper philosophical questions on legitimacy and relationship to the people.

Moreover, if we understand theatre as a call for witness and testimony, a close look at the direct calls of the mighty to the lower class in Shakespeare's plays reveals the playwright's perspective: a king or a

---

2 Alvin B. Kernan, '*King Lear* and the Shakespearean *Pageant of History*', in *On 'King Lear'*, *ed.* Lawrence Danson, Princeton, Princeton Univ. Press, 1981, p. 10-11.

queen should not need to establish such a direct demagogical relationship. His power emanates both from the people and from his lineage and should never be reduced to one or the other. Even though theatricalisation of power appears at first to enhance the political message, it perverts politics and eventually becomes destructive.

Shakespeare's plays demonstrate that theatre should remain for theatre only, and kingship should not use that dangerous weapon or it will disappear and perish. Two plays in particular enhance those points, *King Lear* and *Coriolanus*, although the political use of the public stage can also be perceived in *Julius Caesar, Antony and Cleopatra*, and even to a certain extent in the *Henry* plays.

The first part of the present analysis focuses on the philosophical concept of legitimacy of kingship staged as opposed to the legitimacy of staging legitimacy of kingship.

THE TENANT OF POWER AS A PERFORMING ACTOR

ACTING A SHOW ON LEGITIMACY

One of the first scenes of *Julius Caesar* evokes an emblematic scene of the theatricalisation of politics. Caesar calls for the people's support and witness through a dumb scene in which he feigns to refuse the crown three times. The scene is most interesting because the coliseum where the scene takes place constitutes a symbolic return to the origins of theatre. Simultaneously, Caesar is unequivocally depicted by Casca as an actor playing a part:

> [...] If the tag-rag people did not rag-tag
> clap him and hiss him, according as he pleased and
> displeased them, as they use to do the players in
> the theatre, I am no true man. (I,2,256-259)

The comparison of Caesar with an actor is not a mere metaphor. It also refers to the traditional form of legitimisation of kingly power.

Historically, the enthronement of a king took place with three acclamations by his vassals who would then pledge allegiance and truthfulness to the new king. Thus the scene takes on a political dimension as Shakespeare criticises the hypocritical form of this false and feigned refusal of the crown together with the artifice of the vassals' acclamation which was supposed to grant a superior form of legitimacy to the new king, the thrice repeated *acclamatio*, to be followed by the *clipetatio*, the elevation of the king above the warriors' heads.

In other words, while *Coriolanus* evokes the flaws of political power and legitimacy endowed from the top to the bottom[3], Julius Caesar and that scene in particular examines the opposite controversial legitimacy, from the people, from the bottom, to the top[4].

BODY POLITICK AND BODY LANGUAGE

Theatre and politics share a game of appearances. They also share an actual form of body language meant to reach out to the lowest form of comprehension of part of the public. The theatrical dimension of the scene becomes revelatory of that histrionic sentimental flaw of politics, of that which willingly appeals to people's lowest feelings rather than addresses their reason. Caesar does not speak. He makes a dumb show of his performance:

CASCA

I can as well be hanged as tell the manner of it:
it was mere foolery; I did not mark it. I saw Mark
Antony offer him a crown;–yet 'twas not a crown
neither, 'twas one of these coronets;–and, as I told
you, he put it by once: but, for all that, to my

3 See N. Rabkin, "Coriolanus: The Tragedy of Politics", *Shakespeare Quarterly* 17,1966, p. 196.

4 The debate on the political form of power in *Coriolanus* is analyszed by Jean-Marc Chadelat, in his article '"Guerre et politique dans *Coriolan*'", *Coriolan*, Henry Suhamy ed., Paris, éditions Ellipses, 2006, (p. 53-75), p. 55. '"Par où nous retrouvons le problème évoqué plus haut de l'origne et de la nature de la souvereineté: doit-elle être descendante et résider, comme l'affirment de manière analogue Coriolan et Jacques 1er, dans l'aristocratie ou le monarque seuls habilités à gouverner en disant la loi applicable à tous ou bien faut-il la chercher dans une conception ascendante et plus démocratique du pouvoir d'où procède une légitimité empirique qui s'établit au fur et à mesure de son exercice';" See also A. Gurr, '«'Coriolanus»' and the Body Politic'" *Shakespeare Survey* 28,1975, p. 64, 68.

> thinking, he would fain have had it. Then he
> offered it to him again; then he put it by again:
> but, to my thinking, he was very loath to lay his
> fingers off it. And then he offered it the third
> time; he put it the third time by: and still as he
> refused it, the rabblement hooted and clapped their
> chapped hands and threw up their sweaty night-caps
> and uttered such a deal of stinking breath because
> Caesar refused the crown that it had almost choked
> Caesar; for he swounded and fell down at it: and
> for mine own part, I durst not laugh, for fear of
> opening my lips and receiving the bad air.
> (*Julius Caesar*, I, 2, 235-251)

Caesar does not speak until he recovers from his fit of epilepsy, which he uses as a sentimental argument to convince the crowd of his goodwill.

> BRUTUS
> What said he when he came unto himself?
>
> CASCA
> Marry, before he fell down, when he perceived the
> common herd was glad he refused the crown, he
> plucked me ope his doublet and offered them his
> throat to cut. An I had been a man of any
> occupation, if I would not have taken him at a word,
> I would I might go to hell among the rogues. And so
> he fell. When he came to himself again, he said,
> If he had done or said any thing amiss, he desired
> their worships to think it was his infirmity. Three
> or four wenches, where I stood, cried 'Alas, good
> soul!' and forgave him with all their hearts: but
> there's no heed to be taken of them; if Caesar had
> stabbed their mothers, they would have done no less.
> (*Julius Caesar*, I, 2, 259-272)

Caesar's lack of speech is made for by his demagogical use of his sickness. He does not appeal to the people's mind and reason, but only to their impulses and pulsions, as Casca remarks, the crowd would have followed him even if he had stabbed their mother. Significantly, this tragic hero shares his lack of speech with another character, who stands for the opposite political option, i.e., Coriolanus, presented as 'altogether unfit for any mans conversation' by Shakespeare's source[5] and at least embarrassed with speech in public in Shakespeare's play.

Speech, as it were, seems to disappear from this theatrical staging of power. And the royal acclamation of the new king turn into filth-breathed brawling, perhaps echoing the shouts of the groundlings of Shakespeare's theatre. Thus the theatricalisation of kingship reduces it to the lowest forms of theatre, i.e., those of farcical popular entertainment and dumb show.

ACCLAMATIONS/APPLAUSE/ AND DEMAGOGICAL DISGUISE

In a brilliant article on *Coriolanus*, Estelle Rivier has shown the implicit link between acclamations/theatrical applause/ and the inner theatrical performance at stake in the case of Coriolanus. While the two characters of Coriolanus and Caesar stand for opposite political legitimacies, they both embody the flaws of politicians when dealing with the voices of the people and cheating them:

> In early Christianity, the tradition was to choose the head of a community according to the intensity of people's acclamations. Hence the phrase 'Vox populi, vix Dei' was born although it had already appeared under Aristotle's pen. The phrase has consequently led to define the votes of the public during an election. When the vote was oral, the number of voices or rating was assessed thanks to the volume of shouts and clapping. Similarly in a theatre, the popularity of the performance of the actors was – and still is – judged according to the intensity of the applause and the encores. Hence from the beginning of our Western culture, the political and the spectacular spheres have been tightly intertwined. They are explicitly linked in *Coriolanus* where the political fate of the eponymous hero is determined by the latter's capacity to cheat the plebe. To win their votes, Coriolanus has to wear the gown of humility, hence performing a character he is not acquainted with. The word 'voice' meaning both suffrage and popularity repeatedly appears in act II. There Coriolanus begs the support of the plebe to become the new consul of Rome.
>
> CORIOLANUS
> Pray you now, if it may stand with the tune of your voices!
> That I may be consul, I have here the customary gown (II, 3, 81)

The game with the *acclamatio* of the Royal investiture and with the acclamations of theatre illustrates perfectly the demonstration at stake in

5 P. Brockbank, ed., *Coriolanus*, The Arden Shakespeare, London, Methuen & Co. Ltd., 1976, Appendix, p. 313-368; p. 314.

Shakespeare's text: if politicians stoop down to theatrical performance to convince the plebe and do not address people's minds, their investiture has no more legitimacy than that of an actor applauded by an audience. And the actor may be called to play his part until the end and die with a successful exit, as Casca's cue suggests, evoking Caesar's murder with his throat cut. Had Caesar not played the part of his «failing sickness» he would have survived his «falling sickness». Theatre overcomes politics and the suggestion of Caesar's death actually inspires the plotters:

> CASCA
> Marry, before he fell down, when he perceived the common herd was glad he refused the crown, he plucked me ope his doublet and offered them his throat to cut. (*Julius Caesar*, I, 2, 260-263)

The power of theatre is tremendous, and only actors can perform life by its rules, standing by the trap-door as being close to Evil, or in the *theatrum mundi*, entering through the right side of the stage, the entrance for life, and exiting through the left when death was their fate. In the case of kingship, the use of theatre becomes destructive for the kings, their family, and even their kingdom.

THE DESTRUCTIVE POWER OF THEATRICALISATION MIXING PRIVATE AND PUBLIC SPHERES

Pageants and tilts were organized during the Elizabethan period to strengthen the regime. The precise organisation of the staging of power is one of the main features of the Elizabethan period. What Shakespeare actually describes in most of his historical plays is how political leaders knew or failed to know how to use their position on a social stage to influence the opinion and mood of their people and of the nobility. In most plays, the Bard shows how kings exploit their image, or the circumstances, or precisely fail to do so. In the case of *King Lear*, the eponymous hero makes a series of political mistakes as he stages his family relationships and shares his land. Elizabethan tilts aimed at establishing a similar stance, since the court poets were supposed to declare their love for the Queen and compete with their poems to have the Queen recognise them. *King Lear* exposes how such a public display of private feelings can be good neither for the tenants of power nor for the family and sentimental relationship supposedly revealed to the public eye. The family crisis becomes a political crisis, and in turn the political crisis becomes a family tragedy.

THE STAGING OF A POLITICAL AND FAMILY CRISIS

The theatrical dimension of Lear's division of his kingdom has often been commented on. Not only does Lear display a map of an unknown kingdom and evoke an imaginary geography that sets the spectator's mind running, but the scene is meant to stage love relationships as relationships of fidelity resembling vassality.

> Where, beyond the castles of the main characters, never precisely located, does the play take place? In a wood, on a heath, a hovel, a room in a suddenly present farmhouse somewhere near Gloucester's somewhere castle, and the one specifically named place, Dover, which is not Dover at all, with an altogether muffled battle in a field somewhere presumably near Dover (as later stage directions have it.)
>
> The play's landscapes crop up chiefly in speeches. Early on the whole of Britain appropriately comes under Lear's official hands, but on a map and in most general terms, as he is about to tear Britain apart. Like a god, simultaneously creating a world and giving it away, as though it were his to give, he says to Goneril:
>
> Of all these bounds, even from this line to this,
> With shadowy forests, and with champains riched,
> With plenteous rivers, and wide-skirted meads,
> We make thee lady. (I, 1, 63-66)
> And Regan's share?
> To thee and thine hereditary ever
> Remain this ample third of our fair kingdom,
> No less in space, validity, and pleasure
> Than that conferred on Goneril. (I,1, 79-82)
>
> (Weiss, 'As the Wind Sits: the Poetics of *King Lear*', p. 68-69)[6]

---

6 Weiss, 'As the Wind Sits: the Poetics of *King Lear*', in *On 'King Lear'*, *ed.* Lawrence Danson, Princeton, Princeton Univ. Press, 1981, p. 68-69.

Again the staging of political actions such as the staged gift of land to recompense the faithful vassals is parodied in this passage. «Many commentators have observed that Lear presents the love auction in scene 1 as a theatrical pageant, a ceremonial enactment of events already concluded[7].» The shares are supposed to depend on merit, yet the stakes have already been drawn. The blurred geography and time-setting of *King Lear* do not mislead any of Shakespeare's contemporaries. The point at stake is made: Theatre, and the staging of power, is used by kingship for cheating, lying, and not for truth. Counterfeits lead to the revelation of a perverted justice.

THE PUBLIC STAGING OF KINGLY INJUSTICE

Lear introduces a competition between his daughters, while a wise father is supposed to prevent any form of competition, already quick to surge up quite naturally between children. Lear starts by announcing that he has divided his kingdom in three, to reveal then that he intends to judge his three daughters' love. In other words, Lear is already ambivalent, since he expresses two contradictory statements at the same time: either his kingdom is justly divided into three parts, or else he intends to grant the most loving child with the best part. To this ambivalence, his 'darker purpose', is soon added the fact that Lear judges his daughters' words and not their deeds. This implies that he actually judges their ability to express their love, and not the reality of their love: Lear is asking to be fooled:

KING LEAR

Meantime we shall express our darker purpose.
Give me the map there. Know that we have divided
In three our kingdom: and 'tis our fast intent
To shake all cares and business from our age;
Conferring them on younger strengths, while we
Unburthen'd crawl toward death. Our son of Cornwall,
And you, our no less loving son of Albany,
We have this hour a constant will to publish
Our daughters' several dowers, that future strife
May be prevented now. The princes, France and Burgundy,
Great rivals in our youngest daughter's love,
Long in our court have made their amorous sojourn,

7 Stephen Booth, "On the greatness of King Lear", *in 'King Lear'*, *ed.* David Bentam and David Scott Kastan, New York, Random House, 2004, p. 68.

> And here are to be answer'd. Tell me, my daughters,–
> Since now we will divest us both of rule,
> Interest of territory, cares of state,–
> Which of you shall we say doth love us most?
> That we our largest bounty may extend
> Where nature doth with merit challenge. Goneril,
> Our eldest-born, speak first. Act I, scene 1

The tragedy is exacerbated through the confusion of the staging of private and public spheres.

In *King Lear*, that confusion is an obvious hint at the particular atmosphere of tension of the tilts, when poets were asked to declare publicly their love for the Queen. Yet the confusion between private and public spheres also enhances the dramatic and tragic tension of the play, with close kin turned into cruel characters greedy for wealth and power. The theatricalisation of their private love has turned Regan and Goneril into public competitors for power.

The ruthlessness of their greed evokes the ruthlessness of murder for power in *Hamlet, Richard III*, and the historical plays evoking the War of the Roses. Yet the analysis of a perverted filial relationship is closer to *Coriolanus.* Shakespeare explores the depth of the destructive power in family relationships, and starts at their breaking point, when an additional interest is introduced. In a family, those next of kin are more destructive because they know each other better, and all their various weaknesses are no secret to them.

As McFarland compares *Hamlet* and *King Lear*, he underlines the increase of dramatic tension permitted by the staging of the tragedy in a family context:

> Both plays augment their pain by fistering it in the matrix of family life. After this initial congruence, however, the familial similarities diminish. The family situation in *Hamlet* follows the model of Senecan tragedy, which in its turn had its eye upon Greek tragedy, especially the familial horrors of the house of Atreus. (McFarland, 'Images of the Family', p. 93-94)

But Lear's confusion also leads him to confused views of his role both as a father and as a king. In the first scene he imposes on his daughters a public declaration of their love for him, and he uses his authority both as a king and as a father.

Then, he mixes power and love and takes one for the other:

> The tension between Lear's two roles in life, one as king with its patina of symbolic paternalism, the other as father in the play. (McFarland, 'Images of the Family')
>
> Lear pervasively assumes at the outset that his status as king and his status as father are the same, and the initial confusion leads him into the fallacious assumption that power and love are interchangeable. He mistakenly believes that so much love can equal so much land, or that he carries the confusion between love and power into the further quantification of the hundred knights, appurtenances necessary to a king but irrelevant to a father. Rather, it is that he believes that the attributes he gives up as king are ones he can retain solely as father: 'I do invest you jointly with my power, / Preeminence, and all the large effects / That troop with majesty', he says to Goneril and Regan and their husbands:
>
> Ourself, by monthly course,
> With reservation of an hundred knights,
> By you to be sustained, shall our abode
> Make with you by due turn.
> Only we shall retain
> The name, and all th'addition to a king. (I.1.130-136)
> (McFarland, 'Image of the Family', p. 100-101)[8]

In other words, Lear's mistake consists in using and staging his family relationship to establish his authority, somewhat in the way modern leaders use the press. In doing so, the king runs the risk of being publicly disavowed, which is what happens to him in the case of Cordelia. Cordelia refuses to play the part he has chosen for her. She sticks to the truth and to the real depth of her feelings and refuses to pretend in order to embellish her father's public image. Lear is then *politically* forced to react against his daughter because Cordelia's reaction is equivalent to an act of rebellion. He must show his power, or else be deposed as king, because his own courtesans will not respect him anymore.

Thus Lear has turned a relationship of love into a display of power, and because Cordelia has remained truthful to her own definition of love, deprived of power-relationship, she represents a form of danger to his authority, and must be punished.

---

8 McFarland, «The Image of the Family in *King Lear*» in *On King Lear*, edited by Lawrence Danson, Princeton University Press, 1981, p. 91-118.

King Lear does not only stage his love-relationships to his next of kin; he also commits another political mistake as he deprives himself of his land, i.e., of his power.

FROM *KING LEAR* TO THE TILTS

This episode was probably inspired by Queen Elizabeth's problematic love affairs and in particular her love affair with Essex. When Essex thought that he could threaten her and convince her to follow his rule or even to abdicate in his favour, he reached the throne hall with his sword in hand. Elizabeth managed to impose her authority over him and have him put back his sword, but she had to have him beheaded for his rebellion. This kind of love-and-power relationship was too problematic to be directly addressed by Shakespeare's plays, but the essence of the tilts is there. In the tilts, Elizabeth's courtesans were supposed to sing their love for the Queen. But did they really have the choice? Sidney was declared the 'Astrophil', according to the name of some of his poems, and because he sang his love for the queen. So did Spenser and Shakespeare. With the criticism of the king's staging of his vassals' love, Shakespeare exposes the false dimension of these courtly poets' love. And the question is all the more crucial as those poets were also important noblemen of this period.

This allusion is particularly perceivable for one of Shakespeare's contemporaries as the king's people were often compared with his children. Thus, the introductory scene of *King Lear* can be read as a staging of false love, which Queen Elizabeth commonly did with her tilts, or as the actual staging of an historical episode that took place in reality in English history.

METATHEATRICAL DIMENSION OF THE PLAY

The play is filled with metatheatrical elements that show the definite desire of the playwright to exemplify through *King Lear* the staging of power and politics:

> As commonly in Shakespeare's plays, the characters in *Lear* apply theatrical metaphors to the events of the fiction in which they are actors in both that world's pertinent senses (see, for example, 1.2.130-131: 'and pat he comes, like the catastrophe of the old comedy. My cue is villainous melancholy';

> and 5.2.89, Goneril's scornful 'An interlude!'). In *King Lear* the metaphors are especially appropriate because the play as play – as an event in the lives of its audience – is analogous to the events it describes. (Stephen Booth, 'On the greatness of *King Lear*', p. 68)

The tension towards nothingness in *King Lear* has always been interpreted from the perspective of Cordelia's original answer to her father, as she refused to play a part and wanted to be as sincere as possible. Since actors declare their cues as cues and their acting as theatre, the direction of the play itself is significant of the destructive effect of the staging of power.

Another possible interpretation of the phenomenon consists in interpreting the staging of politics as leading ineluctably to destruction and nothingness, because kingship should specifically be deprived of theatrical games and deal with the truth.

THEATRE WITHIN THEATRE AND KINGSHIP STAGING KINGSHIP: THE CASE-STUDY OF *HAMLET*

HAMLET'S STAGING OF KINGSHIP AND LEADERSHIP OF DEATH

The theatricalisation of politics has not only turned politicians into actors dependent on their audience's applause for legitimacy. It has lowered the expectancies both of the people in their king and of the king in his people. In other words, kingship becomes common if the commoners have to validate its existence. I interpret the evolution of the representation of that theatrical dimension of kingship as symbolic of the limits of such public performances of power, i.e., the death of the function of kingship itself.

Hamlet is the most famous theatrical case of theatre within theatre, since the eponymous character stages a play, *The Mousetrap*, to confront his uncle and mother and to expose their political assassination. It is therefore most significant that Hamlet – who is a stage-manager exposing kingship – should also be the character leading all the characters to death.

Angela Hurworth, who analysed at length the play of *Hamlet*, considers that the underlying metaphor structuring the entire play is the *Danse Macabre*. She first sketches the historical origins of the dance as both theatrical and religious.

> According to Emile Mâle, the origin of the *danse macabre* was dramatic: Franciscan friars wanting to add vividness to their sermons brought the dances to Europe, although they were oriental in origin[9]. In the beginning they were mimed sermons; in order to illustrate his exhortations upon death, a friar accompanied it by living tableaux: figures dressed up as kings, priests, soldiers, labourers, would be pounced on by figures swathed in white sheets dancing in front of the pulpit. At first the theme was similar to that of the *Three Living and the Three Dead*: three young people met three corpses who reminded them of the vanity of the world [...]
>
> The evolution of the Dance apparently occurred in two stages; first there were speaking and moving skeletons, and then, later, they begin to be represented as invading the living world and making it dance. The dance typically had a leader who, according to Huizinga, was 'its most indefatigable dancer, a living man in his future shape, a frightful double of his present person'[10], but by the end of the fifteenth century, the leading dancer had become a skeleton, and later Death in person replaced the individual dead man. (Hurworth, p. 116-117)

Hurworth shows convincingly that the young man leading the dance of death in the play is Hamlet. He kills several characters, starting with Polonius, and causes the deaths of others like Ophelia. The play abounds with allusions to tunes, music and rhythm, as if the rhythm of the dance were speeding up. As Hurworth notices, 'in the last scene, the processional quality of the action as a dance is made explicit: «here comes the king, the queen and the courtiers»: they exit and re-enter in the same configuration'[11]:

> LORD
>
> The king and queen and all are coming down.
>
> HAMLET
>
> In happy time. (*Hamlet* V, 2, 155)

---

9 Emile Mâle, *L'Art religieux de la Fin du Moyen Âge en France.* (Paris,, Armand Colin, 1922), p. 247-389.

10 Jurgis Baltrusaitis, *Le Moyen Âge fantastique: Antiquités et exotismes dans l'Art gothique.* (Paris, Flammarion, 1981), p. 93.

11 Angela Hurworth, «"Strange images of Death in *Hamlet*»," *William Shakespeare; Hamlet.* Pierre Iselin ed., Paris, Pierre Iselin ed., Paris: Didier érudition, 1997, p. 105-125; p. 118.

On the other hand, *Hamlet* is, par excellence, the play using theatre within theatre to stage the monarchy and its struggles for power since Hamlet stages his father's murder by his uncle.

This suggests that the theatricality of power not only leads to the destruction of all those seeking power, but also that the use of theatrical devices for political purposes leads to the inevitable death of the tenants of power. Theatre remains theatre, and cannot be the instrument of truth needed to govern a nation. Or else that government shall perish.

Theatre can be the theatre of life or the theatre of death. Such is the power and aim of the *theatrum mundi*. Yet when politicians attempt to use theatre, theatre becomes associated with destructive images because politics cannot make a good use of representation.

Yona DUREAU
Université Jean-Monnet

INARTICULATE PASSION

The eroticism of death in *Othello*

The Globe Theatre bore the inscription, *Totus mundi agit histriorem*, «The whole world plays an actor's part», which represented a Renaissance concept in general and a theatrical conceit in particular. By means of *personation* (see Thomas Heywood's *An Apology for Actors*) the player's art intimated an action that conveyed the brevity of experience against the backdrop of eternity. When we speak of the «power» of the early modern stage, the public theatre best exemplified the roles played on and off the stage, a duality common to the audience's expectation equal to the finality of the action. All humanity represents an *illusion of existence*, played out in a venue of the rich and poor–those with and those without–as if the *Great Stage Manager* had divined the collective humanity of the penny-public, gentry, and nobility within the Globe's stage world of *theatrum mundi*.

The time we fret and strut our hour upon the stage conveys life's experiences; ironically, watching others do so on the literal platform of game and play affords an equally brief respite from the tedious pain of our own sense of reality and mortality. This sense of the stage as it equates to life provides the power of the theatre: an ability to admit a renewal to life despite its hardships and to fortify its brevity in the language and gestures of love, duty, honor, and loyalty, or even the many perfidious instances common to human nature. The essence of the Shakespearean stage lies within the words and actions that express life within momentary fragments that offer illusions of a tale told *not* by an idiot, nor with mere sound and fury, but rather by common expressions of identifiable emotions, instincts, and empathy.

Yet importantly a distinction remained between *power* and *authority*: the theatre provided power, an ability to interpret both fear and respect for the realm, which the stage reinforced. On the other hand, the monarchy allowed these plays, continually opposed by city rule, but the

Master of the Revels maintained authority for the Crown. Authority dominated the temporal *platea* wherein universal truths equated to God's ordination of class structure and the country's *locus* for a people's obedience, acceptance, and pride, even if reinforced under the guise of *playing*. This in turn represented a time of transition for spectators who heard and saw the stage speak on behalf of their dictated beliefs from early childhood, whether through the apprentice system or by noble blood. In turn, the playhouse articulated what they felt but could not profess, from lack of either education or fear of authority. Therein lies true power, a place permitting its own voice and action to construct an authority of imagination, one that never demanded but rather led its people, its audience, to multiple thoughts, remembrances, and possibilities. This remained especially true when those paths seemingly ran to the unknown or exotic; in fact, the unknown merely re-directed them to familiar feelings and identifiable emotions.

Therefore, in this essay I would like to use one play of Shakespeare's to demonstrate the theatrical power of language and action, which I believe remains singular in the canon of Shakespeare's work by linking both its power and authority[1]. Shakespeare's *Othello* possesses a terrible beauty, wherein the power of its language moves the audience, even as its protagonist loses that magnificent gift with which he won Desdemona. Shakespeare's Moor also possesses actions far more admirable and powerful than the average man, more authoritative of will and patience than one could ordinarily achieve, only to lose that ability as well as his gift for language betrays him.

Language stands as the great achievement of the Elizabethan stage, as noted by the usual expression of playgoers that spoke of «hearing» a play as opposed to viewing one. In *Othello*, this signifies a great paradox, given that the Moor's belief in Desdemona's betrayal arises from that

---

1 This idea of both power and authority conveys an interpretation of staging by both viewer and reader, with necessary practical judgments as to the depiction of form. We can speak of interpretive creativity in the drama, for instance, when we allude to Olivier's, Irving's, or even the original Othello, Richard Burbage. Despite the dearth of recorded comment, we should consider such things as "internal stage directions" and variations in quarto and Folio texts so that interpretation becomes an aesthetic, creative analysis of the character and play, which remains highly subjective aside from the given plot. "Intention" is too often an inflammatory word; yet without it, the demonstrable "proof" of its argument makes for a poor critique or appreciation for a play.

of his own voice and actions, not hers. Words and action unite the two most basic of humanity's needs and emotional gifts. Moreover, they grant the ability to love and to express personal desires with their attendant affections. One's actions speak what our voices cannot, and our words convey what no actions can. The stage adapted its language of gesture to convey a language of moveable poetry: «'Action is eloquence and the eyes of th' ignorant / More learned than the ears», says Volumnia in *Coriolanus* ([3.2.6-7] Philip Brockbank, ed.; this and all subsequent citations taken from *The Arden Shakespeare: the* Q2 *version*).

Othello intimates the consummation of an action, in which time and opportunity thwart expectation for protagonist and audience alike. More to the point, Othello's actions and words win the love of Desdemona; indeed, they permit him an authority wherein, as the «Other» (the one outside the society in which he lives and yet can never truly belong), he commands respect and admiration in the «super subtle» world of the Venetians, as Iago ironically notes.

The absence of sexual completion in *Othello* defines, I contend, a basic understanding of the play, though students of Shakespeare have long argued the merits of its importance to the plot. My primary focus here applies to the failure of Othello's voice as it corresponds to his impotency of action, until the final scene when he regains, ironically, an erotic union of speech and martial strength, which causes the death of Desdemona. As an audience, we view a passionate union as opposed to violent disorder, when Othello finds his «voice» long enough to regain an *action*: it comes with his fatal words in answer to Desdemona's plea for her life: "'Tis too late" (5.2.84). As Georges Bataille argues, "the domain of eroticism is the domain of violence, of violation" (16). This idea permeates *Othello*, where its discontinuities of passion finally achieve an ironic intercourse of *Eros* and *Thanatos*, underscoring the play's thematic interests of tragedy: waste, futility, and impotent promise. "Eroticism's goal," Bataille also notes, "is not alien to death" (11), and *Othello* represents a work in which the intention of eroticism is death: it stands both literally and figuratively as an expression for climax[2].

2 The Elizabethan colloquial reference «to die,» which conveyed not only a physical death but sexual climax, remains too well known to readers / viewers of Shakespeare's works to go into detail. Juliet uses it excessively (in keeping with the plays rushed passion by its youthful protagonists) as she awaits Romeo for their secretive wedding night. Her use of the word *die* in the *serena* varies from the literal to the metaphoric (3.21-31). Most

While the play suggests the sensual passion of Othello and Desdemona from the first, that passion remains surprisingly inarticulate–not so Iago's coarse insinuations to Brabantio: "an old black ram / Is tupping your white ewe" (1.1.88-89; M. R. Ridley, ed.)–his animalistic image, suggestive of an unabashed urgency in passion, remains premature, establishing a dichotomy between the promised and the fulfilled. No imagination can fail to ascertain that "otherness" of Iago's inference–the older black warrior as he embraces the young, white nobleman's daughter. Not until the final scene of the play, however, does the forbidden seem to offer realization, when the audience, like voyeurs peering into their neighbor's window, views the bedroom of the Moor and his sleeping bride. The moment, Michael Neill observes, exposes "the private scene of the bed to a shockingly public gaze" (411). The image appeals to our seamier curiosities about embracing and loving the forbidden. Nevertheless, Othello's increasing inarticulateness in the play has led to an ironic eloquence that speaks through his first action, further underscoring his failure to consummate his marriage, which informs the tragedy, truncates reason, and ultimately life.

In Othello's several frustrating metamorphoses from "gentle lord" to repressed sadist, his martial and reasoning abilities directly relate to sexuality. Feeling and doing are one; passion and articulation remain inseparable. Gestures and acts of wooing arise from the lover's words prior to realization; yet, if Othello's "action" of love for Desdemona never materializes, it confirms the opacity between promise and fulfillment.

The connection between articulation and action is of course a basic tenet of Renaissance rhetoric. Orators and Elizabethan stage players shared many similarities, which the "common player" sought in his quest for legitimacy. Thomas Wilson's *Arte of Rhetorique* echoes Quintilian's suggestion that the orator moves his audience through true emotions, artfully controlled (*Institutio Oratoria* 11.3.61-62). Thomas Wright's *Passions of the Minde* (1604) argues that passion is active, moving physically from the heart, to outward gestures, to its reception by an audience[3]. The

---

notably in *Othello*, it's reserved for the final scene, when Othello awakens his sleeping bride in order to prepare her for death: as Othello says, «Thou art on thy deathbed», Desdemona finishes the poetic line with «Ay, but not yet to die» (5.2.52). This offers another indication of the postponed union between the pair.

3 See Jane Donawerth, *Shakespeare and the Sixteenth-Century Study of Language*, U of Illinois P, 1984: 85. Dramatists of course defied "truthful actions" when it suited characterization,

expressiveness and truthfulness of the emotion determines the believability of the action, persuading us of the orator's sincerity (Donawerth 85; see Wright, sigs. M7v-M8r). *Titus Andronicus* illustrates the association: after Titus cuts off his hand to appease the Emperor (3.1), he loses more than his ability to fight, grotesquely emphasized when he plays upon the word "hand" for the final two acts of the play[4]. The repeated reference suggests that Titus has no voice, as surely as the ravished, speechless Lavinia. He lacks a hand to give gesture to his words even as she lacks a voice, becoming inarticulate in demonstrable sorrow. To his brother, Marcus, Titus confides "Thy niece and I, poor creatures, want our hands / And cannot passionate our ten-fold grief / With folded arms" (3.2.5-7).

In like manner, Othello is equally inarticulate, having no commensurate action to express his desire. Unlike Titus, however, Othello becomes stage mute in measurable stages, from frustrated lover, to cuckold, to ineffectual warrior. As in several of Shakespeare's earlier plays, *Time* becomes the agent of fate–in this instance, more specifically, the agent of dysfunction. Whereas nearly two weeks pass in the course of the play, the "feel" is one of concentrated yet interrupted moments, of discontinuities, admitting no opportunity for the couple to share their bed. At the end of Act 1, Desdemona announces publicly her love and duty for Othello; yet, the impending war with the Turks interrupts their marriage night: "Come Desdemona, I have but an hour / Of love, of worldly matters, and direction / To spend with thee; we must obey the time" (1.3.298-300). In Act 2, when Othello arrives in Cyprus their wedding has yet to be consummated: "come my dear love, / The purchase made, the fruits are to ensue, / The profit's yet to come 'twixt me and you" (2.3.8-10).

While another day and a half passes from this point to the end of the play, Shakespeare seems at pains to underscore the forestalled union:

---

as Shakespeare did with Iago or Richard III. Yet, the association occurs in many plays of the period as well as in other treatises. They include Abraham Fraunce's *Arcadian Rhetoric* (1588), Thomas Heywood's *An Apology for Actors* (1612), Thomas Wilson's *The Passions of the Mind* (1604) and *The Passions of the Mind in General* (1621), *A Refutation of the Apology for Actors*, by I. G. (1615), Richard Edwards' *Damon and Pithias* (1571; Prologue), Thomas Dekker's *If This Be Not A Good Play, the Devil Is In It* (1612; *Prologue*), Shakespeare's *Titus Andronicus* (1590?; see below), *Richard III* (1591?; 3.5), and *Troilus and Cressida* (1602; 1.3).

4 As in "What violent hands can she lay on her life" (3.2.25), "O, handle not the theme, to talk of hands" (3.2.29), "thou shalt have justice at his hands" (4.3.104), and "I'll be at hand, sir; see you do it bravely" (4.3.108).

repetition by the dramatist always demands attention. When Iago makes use of the foolish Roderigo, then Cassio, with his "unhappy brains for drinking" (2.3.30-31), and finally Montano, a senator of unmitigated direct speech–"Come, come, you are drunk" (l. 146)–he manages to orchestrate a public brawl that brings the Moor from his bed. Othello's immediate anger comes from Iago's purposeful hesitation in providing an immediate reason for the disturbance. As M. R. Ridley astutely notes, he shows an impatience for indirectness: "Now by heaven / My blood begins my safer guides to rule, / And passion having my best judgement collied / Assays to lead the way" (2.3.195-198). Yet his dismissal of Cassio remains tendered with affection: "Cassio, I love thee, / But never more be officer of mine" (ll. 239-240).

However, Othello's anger reaches a more volatile level when Desdemona suddenly appears, with a transformed anger for his former lieutenant: "Look if my gentle love be not rais'd up! / I'll make thee an example" (2.3.241-242). Without a succinct, immediate answer, the soldier Othello grows impatient; when the disturbance interrupts his first night with Desdemona that impatience turns to rage. Ever the disciplined warrior, with Desdemona's calming effect, Othello gathers himself: "All's well now sweeting; come away to bed". Moreover, he returns / sends her to their chamber, telling her "Come, Desdemona: 'tis the soldier's life, / To have their balmy slumbers wak'd with strife" (2.3.244; 249-250). However, it becomes apparent that Othello only accompanies his bride back to their quarters, given that he offers his apologies and respect to the Venetian Senator, Montano: "Sir, for your hurts, myself will be your surgeon; / Lead him off" (245-246).

The opening of Act 3 indicates the morning following the brawl. While the play offers no specific time, it fits not only the action but the *tone* of the play, as I will argue. At the end of 2.3, Othello had accompanied his wife back to their room before attending to Montano: "Come Desdemona: 'tis the soldier's life, / To have their balmy slumbers wak'd with strife" (ll.249-250). Othello's failure to get an immediate and satisfactory answer to the cause of the disturbance causes his anger. Othello's frustration at indirectness extends to his marriage as well.

In passion denied, Othello's jealousy achieves its own ardor; or, as Shakespeare expressed it in *Macbeth*, it is a "torture of the mind to lie / In restless ecstasy" (3.2.21-22). With each postponement of passion's consummation, Othello progressively loses his ability to speak, to reason, to act. The distinction between what Othello was and becomes remains important. After their elopement and in anticipation of their marriage bed, we see the Moor as articulate lover, politic statesman, and confident warrior. When Desdemona's angry father and his servants encounter the bridegroom Othello, the Moor prevents bloodshed with straightforward calm: "Keep up you bright swords, for the dew will rust 'em; / Good signior, you shall more command with years / Than with your weapons" (1.2.58-61). The lack of an action is notable, particularly in one skilled as a soldier. Desdemona's love, it would seem, tempers one form of passion with another, though Othello is not blind to the differences: "Hold your hands, / Both you of my inclining and the rest: / Were it my cue to fight, I should have known it, / Without a prompter" (81-84). However, by play's end even Othello's martial skills become suspect: when confronted by Montano and Gratiano after Desdemona's murder, the warrior Othello manages to lose his sword twice, symbolically suggesting his reduction to impotent cuckold in a French farce.

At the play's beginning, Othello's gifts for articulate speech equal to his military prowess, a symbol of confident manhood. When faced with Brabantio's charge that Othello used witchcraft to steal his naive daughter's love, Othello relates the passive, effectively if terse nature of his wooing. His eloquent summation of their courtship endures an eloquence in its simplicity: "She lov'd me for the dangers I had pass'd, / And I lov'd her that she did pity them. / This only is the witchcraft I have us'd" (1.3.167-169). Yet as Iago's machinations take shape and the Moor begins to doubt his wife's fidelity, Othello progressively loses his ability to speak coherently. As he fears, he doubts his ability to reason: "Excellent wretch, perdition catch my soul, / But I do love thee, and when I love thee not, / Chaos is come again" (3.3.91-93)[5]. To insure disunion and uncertainty, Iago treats Othello like a confused, disordered child,

5 The reference to "chaos" remains notable, given that while readers of Genesis interpret the first of the creation narratives *ex nihilo*, "out of nothing," the Hebrew Scriptures describe "a formless waste" (see A. E. Speiser: *The Anchor Bible*). Othello's fear goes back to the tales he tells Desdemona's father, Brabantio, the times he suffered "Of moving accidents by flood and field"... struggling "in antres vast, and deserts idle, / Rough quarries, rocks and hills, whose heads tough heaven" (1.3.140-141), which describes the earliest of "order" from out of chaos. Hence, the suggestion of the unfinished, which left still in a state of "void," defines his fear.

telling the Moor no direct lies but inferring the worst through stealth and innuendo. In a telling reminder of the Serpent's gifts for half-truths and distortion, Iago's duplicity in this *Edenesque* trilogy proves that Othello's vestige, like God's first creature, remains not far from the essential miracle of creation, when Chaos became order.

As with the brawl, Iago infiltrates the Moor's intimacies, first co-opting his imagination and then his speech. In Othello's first soliloquy (3.3.246), he asks himself "Why did I marry?", only to have Iago reappear and interrupt him after two lines, which exhibits the degree of his lieutenants' profane insinuation. Even private meditation no longer suffices, leaving Othello inarticulate, reliant upon external voices and their directions. In his liminal state, he posits danger: a grotesque whose ambivalence has no home, metamorphosing until desire–his perfection of form–wars against itself (see Harpham 7-8). His cries of "blood, Iago, blood!" equate to a misdirection of longing, to which Iago willingly complies: "I am your own for ever" (3.3.458; 486). Iago can offer the tangible, which, perversely, Desdemona has not. Othello's "ocular proof" of Desdemona's adultery, the small white scarf with embroidered strawberries, claims magical powers according to Othello: "'Tis true, there's magic in the web of it... / The worms were hallow'd that did breed the silk, / And it was dyed in mummy, which the skilful / Conserve of maidens' hearts" (3.4.67; 71-73). The man who voiced artless sincerity when wooing his bride, denying witchcraft, has now descended into superstition in order to bolster his romantic ineptitude.

More than one critic has noted the handkerchief's erotic appeal, noting its symbolic association with the bloodstained sheets of the marriage night[6]. In addition, the magical powers of the handkerchief, as defined as having small strawberries in its stitching, reaches back to the Greeks: handkerchiefs spotted with blood supposedly cured, or at least mitigated, epileptic fits (the "falling sickness"). Not only do we find the suggestion in John Webster's *The White Devil*, (5.6.229 ff.), but its contextual suggestion includes the Apostle Paul's visit to Ephesus[7].

6 See Karen Newman, "'And wash the Ethiop white': femininity and the monstrous in Othello," and Peter Stallybrass, "Patriarchal Territories: The Body Enclosed."

7 In *The White Devil*, Zanche says with regard to blood, "'Tis good for the falling-sickness." Fraser's and Rabkin's note in the play says that epilepsy was "supposedly cured by sprinkling the face with blood" (5.6.231; *Drama of the English Renaissance II: The Stuart Period*). As well, the Apostle Paul apparently employs something similar in the Christian text,

As well, the handkerchief signifies the violence done virginity–the token of the handkerchief proves a figurative exemplar of unsatisfied desire that seeks to assuage a more literal, unsatisfied violence within Othello, who suffers the ailment himself (see 4.1.44 ff.).

As the most important symbol of the play, the scarf's representation of *binding love* remains equally valid as other symbols. When Desdemona fails to tie it about the head of her *distempered* lord, to relieve his pain, it anticipates the incipiency of the cuckold's horns. Equally valid, the pain Othello suffers combines with the usual practice of tying a tight band about the head in order to find relief from headaches. That the handkerchief does not "fit" about his head indicates a failure of "binding love." Whatever supposed magic the handkerchief contains, it remains inadequate for the pain of a "distempered" head, one suspicious of an incomplete love. At his point, in Othello's mind the marriage bond has begun to fail, so that the pain he suffers moves from reason to passion, from head to heart. With its symbolic investment of unrealized passion and his inability to secure his marriage, the missing love token therefore sets off a chain of ideas within Othello that robs him of coherent speech. Iago purposely uses the handkerchief to best advantage, claiming that Cassio would deny how he came by it and would merely "lie:"

> Oth. – With her?
> Iago. – With her, on her, what you will.
> Oth. – Lie with her, lie on her?..Handkerchief–confessions–handkerchief! ... It is not words that shake me thus. Pish! Noses, ears and lips. Is't possible?–Confess? Handkerchief?– O devil!

After a tortured free-association of ideas, Othello finally loses all coherence, collapsing into senselessness at the feet of the triumphant Iago, who says above the debased body of his general, "Work on, / My medicine, work" (4.1.34-45) a noticeable and typical irony as Iago equates his *cause* of Othello's fit its *remedy*. Through the duplicity of Iago, whose subterfuge throughout the play precisely measures Othello's *voice* and *actions*, he prevents the Moor from consummating his marriage, from

The Acts of the Apostles, while in Ephesus. Handkerchiefs with bloody spots would most likely come from Mark's Gospel account, when an unnamed man offers Jesus a handkerchief to wipe the blood from his face while carrying his cross to the place of execution (Mark 15:16-21). However, the association of blood and cloth for the cure or temporary alleviation from the disease reaches farther back in time to the Greeks: see Temsi.

the orchestrated arousal of Desdemona's Senator father, the "happy coincidence" of the Senate meeting to discuss the Turks, to the arranged brawl in the street below the window in Cyprus where Othello and Desdemona lie. From there, his insinuations and *only* direct lie–Cassio's confession of the illicit union in his sleep–entangle Othello's mind (combined with his epilepsy[8]) so as to do the worst. As he falls into unconsciousness, Othello's articulated passion has degenerated into a syntactical chaos of silence. As Iago stands above him, Othello's *otherness* has differentiated into the specter of uncivilized parvenu, one without rights within

Moreover, Iago has precedence on his side: his thievery of Othello's voice achieves a focused measure of horror through two biblical allusions, which juxtapose the potential ecstasy of spiritual love against the profane and physically unfulfilled. When in Act 1 he boldly announces his retribution against Othello by false appearance, he adds an important coda: "I am not what I am" (1.1.65), perverting Yahweh's assertion to Moses as to whom it was the prophet spoke with: "And God answered Moses, I AM THAT I AM" (Exodus 3:14). By mocking Yahweh's statement, Iago casts Othello into the role of hesitant prophet, as another Moses who felt inadequate to the task set before him because he was, as the book of Exodus says, "slow of speech, and of a slow tongue" (4:10). A second religious allusion suggests Iago's gifts for sullying passion; when pushed to his emotional knees by Iago's refusal to say more on Desdemona's involvement with Cassio, Othello forcibly urges him to tell him the painful truth: "if thou dost love me, / Show me thy thought" (3.3.119-120). Iago's response, "My lord, you know I love you" (121)–ironically reminiscent of Peter's avowal to Christ prior to his betrayal (John 21:15-17), suggests not ecstasy, but a passion of tears, agony, and violence. By appropriating two biblical statements, one from each covenant, Iago situates himself as Alpha and Omega, establishing his authority as the archetypal inverter of truth. Coopting Othello's voice, Iago abandons social authority, investing himself with the articulate powers of disorder (see Douglas 99).

8 Iago maintains that Othello's unconsciousness comes from epilepsy (4.1.50). However, Hoeniger doubts Iago's statement as but another lie in order to debase his general ("Othello's fit is merely a short-lived trance caused by his overwrought emotional state" p. 204).

Having fed Othello's mind with the very evils he says to ignore, Iago prepares the Moor to accept Desdemona's duplicity as a more sordid aspect of love, one in which sadism has its place: "She did deceive her father, marrying you; / And when she seem'd to shake and fear your looks, / She lov'd them most" (3.3.210-212). Moreover, Iago's observation gives a perverted credence to Othello's murder of his wife as an act of ecstatic sacrifice – her trembling and fear prior to her death unites death and *Eros* much as Iago had suggested. Indeed, the final scene of the play has an ironic unity of desire in two modes of anticipation, those of *Eros* and *Thanatos*. As Shakespeare's public looked on, what did they expect or, perversely, wish? They anticipated a tragedy; they awaited the long, promised consummation.

Awaiting her groom, Desdemona sleeps upon her bridal sheets, which she hopes will appeal to Othello's lost affection, with the ensuing consummation of their love[9]. Yet she remains unaware of the perverted justification for her death, which will ironically bring their union full circle: "strumpet, I come; / Forth of my heart those charms, thine eyes, are blotted, / Thy bed, lust-stain'd, shall with lust's blood be spotted" (5.1.34-36). In the manner of her death, Othello has already determined that strangulation provides the *superlative* means, as suggested by Iago (2.4.203-204), yet another insulation into the privacy of the couple. While in Othello's thoughts, the blood-spotted bed indicates an association of death and consummation: eroticism and death; both of define completion, union and continuity (see Bataille 13 ff.).

In preparation for the ensuing *action*, Othello's observations above the sleeping body of his bride indicate the finality of his intent "I know not where is that Promethean heat / That can thy light relume" (12-13)–as well as the belated union: "when I have pluck'd the rose, / I cannot give it vital growth again, / It must needs wither" (13-15). Othello's allusion to the rose recalls such medieval works as the French *Romance of the Rose* (ca. 13th century) and Chaucer's translation *Romaunt of the Rose* (ca. 1370), where it symbolizes virginity and loss of maidenhead[10].

9 Michael Neill points out that it was an aristocratic fashion in the early seventeenth century to be buried in the sheets from the wedding night (401; and see Clare Gittings, *Death, Burial and the Individual in Early Modern England*, Croom Helm, 1984, p. 111-112). So too, in *The White Devil*, Cornelia uses her own winding sheet, "kept this twenty year," in order to bury her son Marcello (5.4. p. 70-73; *Drama of the English Renaissance*).

10 D. W. Robertson's initial work on the Romance as a retelling of the Paradisiac Fall is here equally valid; Iago poison's Othello's mind as to his delight, Desdemona; by allowing

Each of Othello's pronouncements, the extinction of Desdemona's life and the symbolic deflowering of her virginity in "death"–the only *jus primae noctis* left to him–allude to acts not yet performed, as he steals himself for the intended consummation.

In his *Variorum* edition (1886), H. H. Furness called the scene of Desdemona's murder the "unutterable agony", which befits an unintentional irony since Othello becomes his *most* articulate once he acts upon intent. However, prior to her death, Othello indicates for the audience that, whatever his justification, a bloody, furious enactment of murder will not take place: "yet I'll not shed her blood, / Nor scar that whiter skin of hers than snow, / And smooth, as monumental alabaster" (5.2.3-5)[11].

Desdemona's staged death undoubtedly appeared as stylized; but more importantly, the manner of the enactment further suggests the paradoxical sexual ecstasy promised in the play for the first four acts but never realized, not even in the final scene. Far from appearing a violent scene, Desdemona's death, I believe, should–and probably did–horribly mimic the embraces and union of lovemaking, as the audience became witness to that passion promised from the first, if now recognized in contradictory form.

Once Othello has announced his purpose, the anticipation of what soon follows makes the scene extremely moving, as the audience identifies with the injustice and attendant emotions of the helpless Desdemona. Yet stylization, that is, the apparently decorous embrace of the pair, replaces ferocity: most importantly, *pathos–not fear*–dominates[12]. As she pleas for her life, their dialogue intimates a secondary meaning for "death," as when she responds to Othello's "Thou art on thy death-bed," with her

---

passion to dominate reason. Othello causes the destruction of both (see Charles Dahlberg's "Introduction" to *The Romance of the Rose*, Princeton UP, 1971, Dahlberg also notes that Jean de Meun "says in the Preface to his translation of Boethius that in the *Romance* he had `taught the way to seize the castle and pluck the rose'" [16-17]).

11 A similar technique for maintaining decorum within dramatic illusion occurs in *Hamlet*, when, as he approaches Gertrude's chamber, Hamlet says "let not ever / The soul of Nero enter this firm bosom; / Let me be cruel, not unnatural. / I will speak daggers to her, but use none" (3.2. p. 384-387). Shakespeare puts his audience at ease with regard to realistic stage brutality against a woman.

12 A performance of *Othello* by the King's Men at Oxford in 1610 indicates in a letter commenting on the play by one of its spectators that "Desdemona, although greatly successful throughout, moved us especially when at last, lying on her bed, killed by her husband, she implored the pity of the spectators in her death with the face alone." (Qtd. and trans. by Tillotson).

reply, "Ay, but not to die" (l. 52). Her plea, "Kill me to-morrow, let me live to-night. … But half an hour, but while I say one prayer!" depicts Othello at his most articulate since his defense before the Venetian Senate: "'Tis too late" (ll. 81, 83-84). Unable to give voice to his own behavior, he quickly prevents her from speaking as well. Passion finally takes physical form, underscored by Desdemona's lingering pleas that could easily suggest sexual ecstasy, "O Lord, Lord, Lord!", as contrasted to the clamoring of Emilia from within: "My lord, my lord! what, ho, my lord, my lord! (83-84). Emilia's antiphonal voice underscores the dual modes of passion so insistent in the play, that opposition of the physical and the spiritual.

"All eroticism," notes Bataille, "has a sacramental character" (15-16), and Othello's several attempts at naming his crime a sacrifice are erotically inspired. The universal order gives sanction to and demands a purification by moral imposition (see Douglas 3), for which Othello establishes himself its arbiter: "Methinks it should be now a huge eclipse / Of sun and moon, and that the affrighted globe / Should yawn at alteration" (5.2.100-102).

Passion's varied forms tenor the work, framing the tragedy between two extremes that both repulse and excite. First, the pornographic image that Iago uses in Act 1 to enrage a virgin's father–"your daughter, and the Moor, are now making the beast with two backs" (1.1.115-116)–and, second, the depiction in Act 5 of an eternal *menage a trois*, with the bodies of Othello, Desdemona, and her companion Emilia laid upon the bed. Between these two extremes, Othello progressively loses coherency and erotic articulation, substituting one form of passion for another as he degenerates into the chaos he feared. *Martial* prowess replaces *marital*, anticipated earlier when he determined his loss of *service* (consider both English meanings of the word), and his lost innocence: "I had been happy if the general camp, / Pioners, and all, had tasted her sweet body, / So I had nothing known" 3.3.351-353). He continues the speech with a repeated "Farewell," including "Pride, pomp, and circumstance of glorious war! / And, O ye mortal engines, whose wide throats / The immortal Jove's great clamour counterfeit; / Farewell, Othello's occupation's gone!" (3.3.360-363). Within that violence, he achieves his *desire*; again, a purposeful play on the two meanings here generated: the physical desire he has for Desdemona and his own purpose / desire in deciding her death.

As the play ends, the final emblematic union of the three bodies portrays yet another imagistic irony: in this orgy of death, Othello has once again failed to attain that pleasured privacy with his bride. In the final act of the play, the ecstatic union of love and sexuality is no longer possible, existing only in an aberrant mockery of what was anticipated, as *Thanatos* defines passion's role and actively assumes its voice. With his final words, "I kiss'd thee ere I kill'd thee, no way but this, / Killing myself, to die upon a kiss" (359-360), the play finalizes the unattainable, with Othello falling upon the bed in a statement of dysfunction, within a tragedy of erotic frustration.

Wayne NAREY
University of Arkansas

BIBLIOGRAPHY

ARIES, Phillippe, *The Hour of Our Death*, Helen Weaver, trans., New York, Vintage, 1982.

BATAILLE, Georges, *Death and Sensuality: A Study of Eroticism and Taboo*, New York, Walker and Company, 1962.

BRONFEN, Elisabeth, *Over Her Dead Body: Death, femininity and the Aesthetic*, New York, Routledge, 1992.

DAHLBERG, Charles, "Introduction and trans." *The Romance of the Rose*, Princeton, U. Press, 1971.

DONAWERTH, Jane, *Shakespeare and the Sixteenth-Century Study of Language*, U. of Illinois Press, 1984.

DOUGLAS, Mary, *Purity and Danger: An Analysis of Concepts of Pollution and Taboo*, New York, Frederick A. Praeger, Publishers, 1966.

FRASER, Russell A., and Norman Rabkin, eds., *Drama of the English Renaissance II: The Stuart Period*, New York, Macmillian, 1976.

FREUD, Sigmund, *Beyond the Pleasure Principle*, James Strachey, trans. and ed. New York, Norton, 1961.

FREUD, Sigmund, *Sexuality and the Psychology of Love*, Philip Rieff, ed., New York, Collier Books, 1963.

FREUD, Sigmund, *Totem and Taboo*, James Strachey, trans. and ed., New York, Norton, 1950.

FURNESS, H. H., *Othello*, The New Variorum, 11th ed., Philadelphia, Lippincott, 1886.

Geneva Bible, Facsimile of the 1560 edition, U. of Wisconsin Press, 1969.

HARPHAM, Geoffrey Galt, *On The Grotesque: Strategies of Contradiction in Art and Literature*, Princeton UP, 1982.

HOENIGER, F. David, *Medicine and Shakespeare in the English Renaissance*, U. of Delaware Press, 1991.

NEILL, Michael, "Unproper Beds: Race, Adultery, and the Hideous in Othello", *Shakespeare Quarterly* 40,4,1989, p. 383-412.

NEWMAN, Karen, "And wash the Ethiop white: femininity and the monstrous in Othello", In *Shakespeare Reproduced: The text in history and ideology*, Jean E., Howard and Marion F. O'Connor, eds., New York, Methuen, 1987, p. 141-162.

ROBERTSON, D. W., Jr., *A Preface to Chaucer*, Princeton U. Press, 1962.

SHAKESPEARE, William, *Othello*, ed., M. R. Ridley, Arden Shakespeare, London, Methuen and Co., Ltd., 1958.

STALLYBRASS, Peter, "Patriarchal Territories: The Body Enclosed", In *Othello: Critical Essays*, Susan Snyder, ed., New York, Garland, 1988, p. 251-274.

TILLOTSON, Geoffrey, "Othello and The Alchemist at Oxford", *Times Literary Supplement* 20,1933, p. 494.

WILSON, Thomas, *Arte of Rhetorique*, London, 1553.

WRIGHT, Thomas, *The Passions of the Mind*, London, 1604.

LA THÉÂTRALISATION DU LIVRE DANS *THE COUNTESSE OF MONTGOMERIES URANIA* DE LADY MARY WROTH (1621)

Au dix-septième siècle en Angleterre, l'idée pour une femme d'écrire un roman n'est pas seulement considérée comme saugrenue : elle est scandaleuse[1]. Genre naissant, le roman en prose apparait alors comme vulgaire, voire néfaste aux lettrés et aux moralistes car en vantant l'amour profane, il fait valoir des modèles de comportement débauchés. Nombre de moralistes s'emploient à décourager les femmes de lire de tels ouvrages, leur enjoignant à la place de lire les Écritures[2]. Seule la poésie religieuse, ainsi que la traduction, est tolérée pour les femmes qui s'entichent d'écrire[3]. Ainsi Lady Mary Wroth, avec *The Countesse of Montgomeries Urania*, fait-elle figure d'exception, et même de pionnier : elle est la première Anglaise à publier un roman, qu'elle signe de son nom, en 1621. La publication est en effet encore souvent dédaignée par

1 En témoigne l'échange de poèmes virulents entre Wroth et son détracteur Edward Denny, qui lui conseille : « Work o th' Workes leave idle bookes alone / For wise and worthyer women have writte none » (« Œuvre des œuvres, abandonne les livres frivoles / Car les femmes plus sages et méritantes n'en ont écrit aucun. »), poème reproduit dans Josephine A. Roberts, *The Poems of Lady Mary Wroth*, Baton Rouge, University of Louisiana Press, 1983, p. 33.

2 Camille Esmein écrit ainsi que : « Au XVIe siècle, les romans de chevalerie sont l'objet de critiques morales qui imputent le plaisir qu'ils sucitent au naturel vain et pécheur des hommes. Au XVIIe siècle, c'est le genre dans son entier, mais plus spécifiquement les ouvrages récents, qui font l'objet d'une critique morale ; le roman de chevalerie ou les "vieux romans" sont alors jugés, non plus dangereux, mais méprisables en raison de leur manque d'art, de leurs extravagances, de leur style rude » ; Camille Esmein-Sarrazin, *L'Essor du roman. Discours théorique et constitution d'un genre littéraire au XVIIe siècle*, Paris, Honoré Champion, 2008, p. 227.

3 Mary E. Wiesner, *Women and Gender in Early Modern Europe*, Cambridge, Cambridge University Press, 2000, p. 143-212 ; Linda Timmermans, *L'Accès des femmes à la culture (1598-1715) : un débat d'idées de saint François de Sales à la marquise de Lambert*, Paris, Honoré Champion, 1993, p. 401-446.

les cercles aristocratiques qui préféraient faire circuler leurs œuvres sous forme manuscrite[4].

Or, l'un des aspects les plus frappants de ce roman tient à la manière dont il se met régulièrement en scène, jusque dans sa matérialité, dans un épisode qui occupe en filigrane une large partie du troisième livre[5]. Après une tempête en mer, les principaux personnages féminins s'échouent sur île déserte sur laquelle se trouve un étonnant édifice qui s'avère être un Théâtre Enchanté. L'objet crucial de cet épisode n'est autre qu'un livre magique qui vient confirmer l'identité princière de la bergère Urania (et révéler celle de sa consœur Veralinda), établissant une mise en abyme complexe avec le roman lui-même. Au-delà de son rôle dans le développement de l'intrigue, cet épisode a pour but ostensible de marquer les esprits, en insistant sur le caractère spectaculaire des événements que vivent les protagonistes, tout en sollicitant l'imaginaire des lecteurs, puisque la description, pour détaillée qu'elle soit, souligne périodiquement ses failles ; mais de manière encore plus fondamentale, la théâtralisation – c'est-à-dire l'ensemble de procédés cherchant à transposer dans la lecture du texte écrit l'expérience de l'art dramatique – vise à justifier l'existence même du roman, devenant ce que Baudoin Millet a pu appeler un « dispositif de légitimation[6] ». C'est d'abord en empruntant au théâtre sa structure, recréant un espace clos au sein duquel convergent les regards des personnages devenus spectateurs, que Wroth s'y attache. Passant d'un medium à un autre, la théâtralité fait l'objet d'une mise en récit qui se heurte aux limites de son projet, mais cherche à en faire une force. Enfin, la révélation identitaire qui se trouve au cœur de ce passage fait de ce théâtre des origines l'origine du roman.

4 Voir par exemple Margaret J. M. Ezell, *The Patriarch's Wife : Literary Evidence and the History of the Family*, Chapel Hill, University of South Carolina Press, 1987, p. 64-100.

5 Lady Mary Wroth, *The First Part of the Countesse of Montgomeries Urania*, éd. Josephine A. Roberts, Tempe, Arizona : Renaissance Texts and Studies, 2005 [1995], p. 372-455.

6 Baudoin Millet, *Ceci n'est pas un roman, Ceci n'est pas un roman. L'évolution du statut de la fiction en Angleterre de 1652 à 1754*, Louvain, Paris, Dudley, MA., Peeters, 2007, *passim*.

LE THÉÂTRE COMME STRUCTURE

À l'époque où Wroth écrit son roman, dans les premières années du dix-septième siècle, l'existence de bâtiments dévolus à la représentation théâtrale est encore relativement récente : elle a moins d'un demi-siècle[7]. Aux théâtres à ciel ouvert tels que le Globe s'ajoutent les théâtres couverts tels que le *Blackfriars*, fréquentés par les classes aisées, mais aussi les galeries où avaient lieu les Masques de cour, dont la *Banqueting House* du Palais de Whitehall (aujourd'hui disparu) est l'exemple le plus flamboyant. Quoique très différents dans leurs architecture et leurs usages, l'existence de tels espaces devait révolutionner l'expérience dramatique dans ses divers aspects. Difficile, donc, d'attribuer au hasard l'emploi récurrent du terme « Theater » pour définir le monument enchanté qui va à la fois émerveiller et retenir prisonniers les personnages de *Urania*[8]. Pourtant, le terme peut à première vue sembler inapproprié : lorsqu'il est décrit, l'édifice ne contient ni scène, ni parterre ni balcon ; les personnages qui y ont pénétré y sont seuls. La première occurrence du terme s'intègre d'ailleurs dans une comparaison : « a round building like a Theater » (« un édifice rond à la manière d'un théâtre »)[9]. Mais à y regarder de plus près, pour les personnages comme pour le lecteur, le Théâtre mérite bien son nom. Wroth s'attache dans ce passage à recréer non seulement l'architecture, mais la dynamique propre au spectacle de théâtre.

Le choix de la forme ronde évoque immanquablement celle du théâtre élisabéthain à ciel ouvert, souvent appelé « wooden O ». La voix narrative précise en outre que le monument comprend un étage[10], autre point commun avec le théâtre élisabéthain. Il peut paraître étonnant que Lady Mary Wroth, femme de rang qui a participé à un Masque de

7 « [en] 1576, lorsque James Burbage, acteur du comte de Leicester, construit un théâtre permanent avec des comédiens et des musiciens sédentaires », Christian Biet et Christophe Triau, *Qu'est-ce que le théâtre ?*, Paris, Gallimard, Folio Essais, 2006, p. 158 ; voir aussi Andrew Gurr, *The Shakespearean Stage 1574-1642*, Cambridge, Cambridge University Press, 2001 [1992], p. 115-116.

8 Lady Mary Wroth, *op. cit.*, p. 372-373, p. 400, p. 455.

9 *Ibid.*, p. 372.

10 « the pillars of the upper row », *ibidem*.

cour (*The Masque of Blacknesse* de Ben Jonson[11]) lorsqu'elle était dans la suite de la reine Anne, choisisse de reprendre le squelette des premiers théâtres élisabéthains, plutôt que la forme rectangulaire des théâtres fermés ou des galeries royales[12]. Dans ce roman peuplé uniquement de rois et de princes, même lorsqu'ils portent l'habit de berger, Wroth ne montre guère d'intérêt pour le « petit peuple » ; mais la forme ronde permet à Wroth d'exploiter pleinement le jeu des regards essentiel à l'esthétique théâtrale, en plaçant les personnages tout autour d'un « trône » qui remplace la scène. À la fin de l'enchantement, on apprend en effet que : « all the couples stood round as the room was » (« tous les couples formaient un cercle, comme la pièce »)[13]. En formant un cercle à l'intérieur du cercle, ils créent une nouvelle scène, délimitée par leurs corps et le croisement de leurs regards. Le rectangle, avec ses rangées de bancs placés les uns derrière les autres, reproduirait la hiérarchie de la cour, alors que les personnages présents sont tous de rang royal, mais surtout, ordonnerait par là-même le jeu des regards et atténuerait la dimension spectaculaire de la représentation.

C'est en effet le jeu des regards, plus encore que l'architecture, qui justifie le terme de « théâtre ». Avant même d'y avoir pénétré, les personnages ne peuvent en détacher les yeux, comme en témoigne le champ sémantique déployé tout au long du passage :

> *They* found *a round building like a Theater, carved curiously, and in mighty pillars; light they might in many places* discerne *betweene the pillars of the upper row, but what was within, they could not* discover, *nor find the gate to enter it. [...] The Ladyes [...] more curiously* beholding *it, they found in one of the pillars, a letter ingraven, and on an other, another letter. [...] Pamphilia (more desirous of knowledge then the rest) went as far behind that pillar as she could, and there* perceived *a*

11 Kristen McDermott, *Masques of Difference. Four Court Masques by Ben Jonson*, Manchester, Manchester UP, 2007, p. 102. Voir aussi Margaret P. Hannay, *Mary Sidney, Lady Wroth*, Farnham, Ashgate, 2010, p. 124-129.

12 On peut d'ailleurs noter que ce sont d'abord des domestiques qui découvrent le Théâtre, mais, incapables d'en trouver l'entrée, ils y mènent rapidement leurs maîtres qui, eux, y parviennent ; Lady Mary Wroth, *op. cit.*, p. 372-373. Ce détail suggère une identité tout aristocratique entre supériorité sociale et supériorité intellectuelle. Alors que dans le théâtre élisabéthain, les nobles et le peuple pouvaient assister à la même représentation (mais à des places différentes signifiant leur rang, aux balcons ou dans le parterre), dans le roman le peuple ne peut entrer seul au théâtre, et reste cantonné à un rôle subalterne, voire quasi invisible.

13 *Ibid.*, p. 455.

> *space [...] she* look'd *upon the middle plaine which made the space [...] and therein* found *a key-hole*[14].

La plupart des verbes de cet extrait sont relatifs aux actions de voir, de découvrir, de contempler, en d'autres termes de poser un regard bref ou soutenu, scruteur ou perplexe. Ce passage établit une tension presque érotique entre ce qui se donne à voir et ce qui s'y refuse, provoquant le « désir de savoir », qui est, ici, identique à celui de voir. Même le verbe de mouvement employé ici (« went ») n'est que le prélude à une nouvelle découverte visuelle. Les personnages n'existent ici que par leur regard, alors même que leur perception est incomplète et leur capacité interprétative limitée ; la sensation pure est mise en valeur, et à travers elle, le caractère mystérieux, éblouissant, et pour tout dire, théâtral, de ce lieu.

Cette tension entre voilement et dévoilement est résolue dans l'apparition soudaine d'un théâtre à l'intérieur du premier : « Instantly appeard as magnificent a Theater, as Art could frame » (« Apparut alors instantanément un Théâtre aussi magnifique que l'Art pût en créer »)[15]. Mais le désir de voir n'est satisfait que brièvement, car l'on souhaite maintenant voir de plus près : « The other Princes seeing it open came to Pamphilia and all of them stood gazing on it [...]. Needs this richness must be neerer beheld, and (like women) must see novelties » (« Les autres Princes, en le voyant, s'approchèrent de Pamphilia, et tous s'arrêtèrent pour le regarder [...]. Une telle richesse se doit d'être contemplée de plus près, et (comme les femmes) ils doivent voir ce qui est nouveau »)[16]. Là encore, le regard est omniprésent, les personnages secondaires se fondant même avec l'héroïne (« Pamphilia and all ») pour ne plus former qu'un seul regard ébloui, comme hypnotisé. On peut voir dans cet excès une dénonciation de la curiosité comme « concupiscence

14 « Ils *découvrirent* un édifice rond à la manière d'un théâtre, couvert de curieuses sculptures, et d'imposants piliers ; la clarté, ils pouvaient tout juste la discerner en de nombreux endroits entre les piliers de la rangée du haut, mais ce qu'il y avait à l'intérieur, ils ne pouvaient le *découvrir*, tout comme ils ne pouvaient trouver la porte pour y entrer. [...] Les Dames [...] qui le *regardaient* avec davantage de curiosité, trouvèrent dans l'un des piliers, une lettre gravée, et dans un autre, une autre lettre. [...] Pamphilia (qui désirait savoir plus que les autres) s'avança derrière le pilier autant qu'elle le put, et là, *perçut* un espace [...] elle *regarda* l'espace central qui délimitait l'espace [...] et y *découvrit* une serrure », *Ibid.*, p. 373. Je souligne.

15 *Ibidem.*

16 *Ibidem.*

des yeux », selon l'expression de saint Augustin[17]. Ceci n'ôte rien au fait que le regard commun des personnages vers un même objet, ici un décor somptueux, fait de ce passage – cette scène – un spectacle. La voix narrative se contente d'ailleurs de dresser la liste des meubles et étoffes qui en constituent le décor, comme si l'ordre de l'énumération suivait la direction du regard : « there was a Throne which nine steps ascended unto, on the top were fowre rich chayres of Marble, in which were most delicate, and sumptuous imbroider'd cushions, a Carpet of rich embrodery lying before, and under them » (« il y avait là un Trône auquel menaient neuf marches, au sommet desquelles se trouvaient quatre élégantes chaises de Marbre, où étaient posés des coussins d'une grande finesse, et somptueusement brodés, avec un Tapis richement brodé devant elles, et sous elles »)[18]. Le lecteur est lui aussi inclus dans ce regard englobant, comme s'il se trouvait au milieu des personnages.

Le rôle structurant du regard est confirmé dans la dernière partie de l'épisode, lorsque la bergère Veralinda (accompagnée d'un chevalier habillé en nymphe, Leonia) fait son entrée : « Leonia went in with her [Veralinda], and passed along viewing each one, and knowing most, pittying some, and grieving for their Fates » (« Leonia entra avec elle [Veralinda], et en passant regarda chacun, et comme elle les connaissait pour la plupart, prit pitié de certains, et s'affligea de leurs Destins »)[19]. L'arrivée de ce couple dédouble les deux groupes de personnages, faisant de chacun à la fois un spectateur et un spectacle. Les personnages déjà présents, placés dans une sorte de transe par la force de l'enchantement, d'abord stupéfaits, ce qui accentue la passivité du spectateur ; passivité toute relative, puisque l'on sait que le public élisabéthain et jacobéen, qu'il soit roturier ou noble, ne se prive pas d'exprimer ses opinions[20]. Mais c'est cette initiale passivité qui permet à la voix narrative de montrer la naissance du spectateur véritable, frappé de sympathie pour ce qu'il contemple : le rythme régulier des appositions suggère que la

17 Saint Augustin, *Les Confessions*, Livre X, chapitre XXXV, Paris, Garnier Flammarion, trad. Joseph Trabucco, 1964, p. 240. Voir à ce sujet mon « Curiosité, vanité et mélancolie dans *The Countesse of Montgomeries Urania* de Lady Mary Wroth (1621) », *Études Épistémè* [En ligne], 27 | 2015, mis en ligne le 21 mai 2015, consulté le 28 juin 2015. URL : http://episteme.revues.org/491 ; DOI : 10.4000/episteme.491.

18 Lady Mary Wroth, *op. cit.*, p. 373.

19 *Ibid.*, p. 455.

20 Andrew Gurr, *op. cit.*, p. 226-229.

contemplation (à laquelle s'ajoute, dans le cas de Leonia, la connaissance préalable de certains personnages) entraîne la pitié puis la compassion. Telles sont les passions qui poussent les chevaliers à agir pour venir en aide à leur prochain dans *Urania*, comme dans les romans de chevalerie ; tels sont les sentiments que le lecteur est appelé à éprouver au fil des pages, dans une préfiguration du « lecteur idéal » de Wolfgang Iser[21]. Ainsi, le jeu des regards crée un espace scénique et délimite le spectacle, même si dans ce cas précis, la scène est réversible. Le rôle structurant du regard qui définit le théâtre comme espace fournit bien à cet épisode de *Urania* son ossature ; dans ce théâtre romanesque, ne manque plus que l'action.

LA THÉÂTRALITÉ ET SA MISE EN RÉCIT

En cherchant à transposer dans le roman l'expérience du théâtre, Wroth se confronte à un défi majeur, puisque la seule lecture ne peut prétendre offrir une expérience aussi riche que celle, multidimensionnelle et multisensorielle, de l'art dramatique. Plusieurs caractéristiques du roman le rapprochent néanmoins de l'esthétique du théâtre élisabéthain. On a vu que Wroth s'attachait à recréer la dynamique du regard propre au théâtre dans son texte. La musique avait alors une tout importance considérable au théâtre ; le roman de Wroth comprend quantités de poèmes qui pouvaient être mis en musique et chantés. De même, la danse jouait un rôle prépondérant ; le roman de Wroth évoque, voire décrit plusieurs danses, et il n'est pas interdit d'imaginer les lecteurs et lectrices du cercle Sidney-Herbert, dont Wroth faisait partie, interrompre la lecture pour une danse. La lecture, pratiquée à haute voix était, à la cour et dans les grandes familles, une activité sociale où le ton, le jeu, voire la répartie ou la capacité à improviser entraient pour bonne part. Comme le théâtre, la lecture se faisait fréquemment performance : certains passages pouvaient faire l'objet de mises en scènes privées. Les conditions étaient donc réunies pour théâtraliser le roman.

21 Wolfgang Iser, *L'Acte de lecture*, Bruxelles, Pierre Mardaga, p. 62-69.

Pourtant, les passages qui se situent à l'abord et au sein du Théâtre Enchanté ne ressemblent guère au texte d'une pièce de théâtre. Il est même frappant de constater qu'aucun de ces passages ne contient la moindre ligne de dialogue. Tout se passe comme si les personnages étaient frappés de mutisme en franchissant la porte, et concentraient toutes leur facultés dans leur regard. Parallèlement, la voix narrative reprend le contrôle. Toutes les descriptions, tout le récit se font en effet par le biais du discours rapporté. Alors que les nombreux personnages de ce roman sont le plus souvent le centre de l'attention, et ne manquent pas d'occasions d'exprimer leurs états d'âme au discours direct, celui-ci leur est non seulement nié, mais est même réapproprié par la voix narrative dans l'une de ses rares interventions : « To say these brave princes were in paine, I should say amisse » (« Si je disais que ces courageux princes souffraient, je parlerais avec inexactitude »)[22]. Ces modalités du récit sont bien le propre du roman.

Mais avec ses étranges monuments, ses apparitions et disparitions brusques, la présence d'une divinité et de musiques qui participent pleinement à l'action, cet épisode de *Urania* s'inspirerd'un genre de plus en plus en vogue à la cour : celui du Masque. Wroth, qui, on l'a dit, a participé à au moins un Masque dans sa jeunesse, était proche de Jonson puisqu'il lui a dédié *The Alchemist* et l'a dépeinte dans quelques poèmes[23]. Sa connaissance du Masque était intime et a profondément marqué son écriture, comme l'a montré Susan Lauffer O'Hara pour la suite de sonnets *Pamphilia to Amphilanthus*, selon elle structurée comme un Masque[24]. L'influence du Masque sur le roman dans son ensemble et sur la prose en particulier mérite quant à lui d'être davantage étudié. Cet épisode est sans nulle doute celui où cette inspiration est la plus explicite, mais il n'est pas le seul : ainsi, la description de l'Enfer des illusions où se retrouve prisonnier le héros Amphilanthus n'est pas sans rappeler la représentation exubérante de l'Enfer et de ses sorcières dans *The Masque of Queenes*[25].

Dans l'édition publiée de ce dernier, voici comment Jonson décrit le passage de l'antimasque au Masque :

---

22 Lady Mary Wroth, *op. cit.*, p. 373.

23 Voir Josephine A. Roberts, *op. cit.*, p. 15-16.

24 Susan Lauffer O'Hara, *The Theatricality of Pamphilia to Amphilanthus : Unmasking Conventions in Context*, Cranbury, NJ : Susquehanna University Press, 2011, p. 19-20.

25 Lady Mary Wroth, *op. cit.*, p. 583 ; Ben Jonson, *The Masque of Queens*, in Kristen McDermott, *op. cit.*, p. 108-122.

> *In the heat of their [the witches'] dance, on the sudden was heard a sound of loud music, as if many instruments had made one blast; with which not only the hags themselves but the hell into which they ran quite vanished, and the whole face of the scene altered, scarce suffering the memory of such a thing; but in the place of it appeared a glorious and magnificent building, figuring the House of Fame, in the top of which were discovered the twelve masquers sitting upon a throne triumphal erected in the form of a pyramid and girded with all store of light*[26].

Dans *Urania* comme dans le Masque, la transformation d'un état et d'un lieu à un autre revêt un caractère instantané (comme le montre l'adverbe « instantly » utilisé dans le roman[27]), visant dans les deux cas à provoquer l'ébahissement du spectateur. L'immédiateté est également de mise à la fin de l'enchantement ; si l'on reprend la citation précédemment interrompue :

> *Leonia went in with her, and passed along viewing each one, and knowing most, pittying some, and grieving for their Fates, not knowing what should come when Apollo appear'd, commanding Veralinda to touch them with a rod he threw her down ; she did so when they all awaked, and held each one his lover by the hand, then stood they up [...]. When this was done, and all the couples stood round as the roome was, suddenly the Chaires were vanished, and a Pillar of Gold stood in their stead [...]*[28]

Une colonne d'or éclipse des chaises de marbre : la disparition et l'apparition tout aussi soudaine d'éléments d'un décor somptueux est typique du Masque, comme le montre le passage précédemment cité de *The Masque of Queenes*. Le passage crée ainsi un véritable Masque dans le roman.

---

26 « Dans la vivacité de la danse [des sorcières], on entendit immédiatement le son d'une musique tonitruante, comme si de nombreux instruments avaient fait retentir une détonation commune ; à cet instant, non seulement les sorcières elles-mêmes, mais l'enfer dans lequel elles s'agitaient s'évapora entièrement, et toute la physionomie de la scène se transforma, pouvant à peine tolérer le souvenir d'une telle chose ; mais à sa place apparut un édifice magnifique et glorieux, qui représentait le Palais de la Renommée, au sommet duquel apparurent les douze acteurs du Masque assis sur un trône triomphal érigé en forme de pyramide et encerclé de lumières éblouissantes. », *Ibid.*, p. 122.

27 Voir la page 3 du présent article.

28 « Leonia entra avec elle [Veralinda], et en passant regarda chacun, et comme elle les connaissait pour la plupart, prit pitié de certains, et s'affligea de leurs Destins, sans savoir ce qui allait se passer, *quand* Apollon apparut, et ordonn*ant* à Veralinda de les toucher avec un roseau, il la jeta par terre ; lorsqu'elle le fit, ils s'éveillèrent tous et chacun prit par la main celui qu'il aimait, puis ils se levèrent[...]. Quand ce fut fait, et tandis que les couples formaient un cercle, comme la pièce, *soudain* les Chaises *disparurent*, et un Pilier d'Or les remplaça », Lady Mary Wroth, *op. cit.*, p. 455. Je souligne.

La confrontation de ces deux passages montre à quel point le déroulement du spectacle, mais aussi les termes de la description sont similaires. Une scène succède à une autre, apparaissant et disparaissant sans laisser de traces (« vanished », utilisé dans les deux cas). Les deux textes sont structurés par un enchaînement de propositions courtes qui, par un effet d'*accumulatio*, traduisent le rythme vif du spectacle. Jonson, en décrivant la scénographie – qui se confond avec l'action – conçue en collaboration avec Inigo Jones, s'attache à lui conférer un caractère objectif (« and the whole face of the scene altered »), sans parvenir tout à fait à résister à la tentation de suggérer, par un euphémisme caractéristique, la stupéfaction des spectateurs (« scarce suffering the memory of such a thing » ; le terme « face » peut d'ailleurs se lire come une syllepse, dénotant à la fois l'aspect de la scène et le visage du public). Wroth se concentre quant à elle sur la réaction des personnages-spectateurs, enchaînant les actions à un rythme enlevé à l'aide de la répétition des « when » et de l'usage occasionnel du gérondif, qui indique la simultanéité des actions. Sur scène, l'impression d'instantanéité (ou du moins, d'une grande rapidité) était permise par les innovations d'Inigo Jones ; aucune contrainte bien sûr lorsque tout a lieu dans l'imagination. Ce que la transposition romanesque perd en éblouissement visuel, elle le gagne en rythme, qu'elle peut accélérer en se reposant exclusivement sur les mots et non sur la mécanique qui, malgré le talent de l'inventeur, n'est jamais infaillible.

Le théâtre est avant tout une « performance éphémère », comme le rappellent Christian Biet et Christophe Triau[29]. Toute la difficulté pour Wroth consiste donc à convertir dans la permanence du texte écrit cette nature éphémère et insaisissable – gageure s'il en est. C'est au même défi que se confronte Jonson dans les éditions de ses Masques, dont il peine parfois à justifier la raison d'être, comme le montre la préface de *The Masque of Blacknesse* :

> *The honour and splendour of these spectacles was such in the performance as, could these hours have lasted, this of mine now had been a most unprofitable work. But when it is the fate even of the greatest and most absolute births to need and borrow a life of posterity, little had been done to study the magnificence in these presently with the rage of the people who, as part of their greatness, are privileged by custom to deface their carcasses, the spirits had also perished. In duty, therefore, to that majesty which gave them their authority and their grace, and, no less than the most royal of predecessors,*

29 Christian Biet et Christophe Triau, *op. cit.*, p. 11.

deserves eminent celebrations for these solemnities, I add this later hand to redeem them as well from ignorance as envy, to common evils, the one of censure, the other of oblivion[30].

Si l'on en croit Jonson, c'est à la fois en hommage au roi et par déférence envers le peuple qu'il lègue ses Masques à la postérité, sans mentionner le motif pourtant certain de sa gloire personnelle, qui l'a poussé à faire publier ses œuvres en 1616. L'édition publiée d'un Masque ne change pas la dimension éphémère de la performance, certes, mais elle transforme le statut de cette dernière, qui n'est plus « tout » le Masque : celui-ci existe en-dehors d'elle, par écrit. Ainsi la performance voulue unique pourrait-elle éventuellement être recréée a posteriori, même si les conditions, les décors, les acteurs seraient nécessairement différents. L'édition, entendue comme un monument au Masque, lui fait symboliquement perdre sa nature unique et atténue ainsi son caractère exceptionnel. Le spectacle et sa « trace écrite » entretiennent donc un rapport ironique, n'en déplaise à Jonson – mais cette ironie n'a sans doute pas échappé au satiriste.

Dans un roman comme celui de Wroth, en revanche, la performance n'est bien sûre que fictive, et la permanence est au contraire l'essence de l'écrit – d'autant plus que ce roman a été publié, à la différence de sa seconde partie restée manuscrite. La lecture cursive ordonne également la compréhension des événements relatés (comme le montrent les locutions temporelles dans l'extrait ci-dessus) et forme un récit : en faisant porter l'accent sur l'action et les personnages, Wroth transforme justement la description en récit. Si l'épisode crée un Masque en miniature dans le roman, il ne peut y avoir de tension ironique entre la performance et sa mise en récit, puisqu'elles ne font qu'un. Plus encore peut-être que de théâtralisation du récit, on pourrait parler ici de narrativisation du théâtre au cœur même de la matière romanesque.

---

30 « L'honneur et la splendeur de ces spectacles était tels que, si ces heures avaient pu durer, ce modeste ouvrage qui est le mien eût été bien inutile. Mais puisque c'est le destin de tous, même de ceux qui ont eu la naissance la plus haute et la plus absolue de devoir emprunter la postérité pour leur vie, on n'avait guère tenté d'étudier la magnificence de ces personnes avec la rage de ces gens qui, à cause de la grandeur des autres, ont par coutume le privilège de déshonorer leurs cadavres, et leurs esprits auraient pu ainsi également périr. C'est donc par devoir envers cette majesté qui leur confère leur autorité et leur grâce, et qui mérite des célébrations tout aussi éminentes pour ces occasions solennelles que ses prédécesseurs royaux, que je reviens à présent vers elles pour les sauver de l'ignorance et de l'envie aussi bien que des pratiques courantes et néfastes que sont d'une part la censure, et de l'autre l'oubli. », Ben Jonson, *The Masque of Blacknesse*, preface, in Kristen Mc Dermott, *op. cit.*, p. 91-92.

THÉÂTRE DES ORIGINES ET ORIGINE(S) DU ROMAN[31]

Le théâtre se situe bien au cœur du roman de Wroth, à plus d'un titre. L'épisode du Théâtre Enchanté relate ce qui s'apparente à la mise en scène élaborée d'un livre magique. Ce livre confirme l'identité princière de la bergère Urania, qui donne son nom au roman, et révèle celle d'une autre bergère, Veralinda. L'onomastique nous invite à voir dans ce livre la mise en abyme du roman lui-même. Par sa théâtralisation, ce livre magique prend un rôle métatextuel qui vise à légitimer le roman par sa réinvention fictionnelle.

La fin de l'enchantement, toujours situé au cœur du théâtre où sont enfermés les personnages, fait de ce livre l'objet du spectacle. La présence d'Apollon, dieu du chant, de la musique et de la poésie, trois arts qui figurent dans le roman, renforce la thématique théâtrale, puisque le théâtre réunit fréquemment ces trois arts, en particulier à l'époque élisabéthaine et jacobéenne. Après son apparition, on l'a vu, les chaises sont remplacées par une colonne d'or :

> *[...] a Pillar of Gold stood in their stead, on which hung a Booke, every one there strove to take that down, but none could gaine it ; Pamphilia and Urania came, they both resolved to try, but the first place was given by their consents unto Urania, who tooke it downe, wherewith the inchantement partly ended as the Musique and charme, but the house remayning and the Pillar of Gold, as memory of the bravest inchantment that inclosed the number of the worthiest the world did ever know*[32].

L'apparition du livre se présente comme un coup de théâtre. Il est l'objet central de la représentation, celui qui apparaît en dernier et de manière

31 L'on se permet ici de proposer une variation sur le titre de la célèbre étude de Marthe Robert, sans en reprendre l'approche freudienne ; *Roman des origines et origines du roman*, Paris, Grasset, 1972.

32 « un Pilier d'Or les remplaça, où était suspendu un Livre, que chacun s'efforça de décrocher, mais en vain ; Pamphilia et Urania s'approchèrent et décidèrent de s'y essayer, mais elles s'accordèrent pour qu'Urania passât en premier, elle le décrocha, et ainsi l'enchantement fut en partie terminé avec la Musique et le sortilège, mais le palais était toujours là ainsi que le Pilier d'Or, qui subsistèrent comme les vestiges du plus extraordinaire des enchantements qui avait maintenu enfermés le groupe des êtres les plus nobles que le monde eût jamais connu. », *Ibid.*, p. 455.

inattendue, et pourtant celui qui lui donne sa raison d'être. La nature à la fois spectaculaire et mystérieuse du livre est renforcée par le fait qu'il résiste, même au héros le plus renommé du roman, Amphilanthus :

> *The Booke Amphilanthus tooke and tryed to open, but though Urania had got it, she must have Veralindas help to open it, which being lent her she got, the house then vanished, and they found in the Booke the whole story of Urania, and how that after shee was stollen by the Duke as before was confessed by himselfe, and then from him by robbers*[33].

Ce livre ne peut être ouvert que par celles dont il révèle l'identité, celles qui constituent sa matière même. Or le livre qui contient toute l'histoire d'Urania, c'est bien sûr celui qui porte son nom, et dans lequel on peut lire cette histoire parmi de nombreuses autres. Entre le roman et le livre magique s'établit un jeu de miroirs, entre d'autres termes une mise en abyme telle qu'a pu la définir André Gide, dans une phrase restée célèbre : « J'aime assez qu'en une œuvre d'art on retrouve ainsi transposé, à l'échelle des personnages, le sujet même de cette œuvre par comparaison avec ce procédé du blason qui consiste, dans le premier, à mettre le second en abyme[34] ». L'analogie avec le blason est particulièrement éclairante pour un auteur du dix-septième siècle, dont la famille possédait un blason qu'elle-même utilisait[35], et dont le roman s'apparente à bien des égards à un roman de chevalerie ou à un roman « héroïco-galant ».

La mise en abyme se fait ici « métatextuelle », selon la typologie de Lucien Dällenbach, c'est-à-dire qu'elle effectue une « monstration du code » et nous éclaire sur le fonctionnement de l'œuvre[36]. La confusion entre le livre interne et l'œuvre elle-même est d'ailleurs entretenue par l'expression « as before », qui renvoie à la fois au passé intradiégétique et au début de l'œuvre, où l'identité d'Urania, princesse volée à ses parents

---

33 « Amphilanthus prit le Livre et tenta de l'ouvrir, mais même si Urania avait réussi à le prendre, elle ne pouvait l'ouvrir qu'avec l'aide de Veralinda, qu'elle obtint, alors le Palais disparut, et ils découvrirent dans le livre toute l'histoire d'Urania, et comment le Duc qui l'avait enlevée avait avoué sa faute, avant qu'elle ne lui fût enlevée par des voleurs. », *Ibidem.*

34 André Gide, *Journal 1889-1939*, I, Paris, Gallimard, coll. « Bibliothèque de la Pléiade », 1948, p. 41.

35 Voir par exemple Marion Wynne-Davies, « Absent Fathers : Mary Wroth's *Love's Victory* and William Shakespeare's *King Lear* », *Mary Wroth and Shakespeare*, éds. Paul Salzman et Marion Wynne-Davies, Abingdon, Routledge, 2014, p. 61-72, p. 62.

36 Lucien Dällenbach, *Le Récit spéculaire : essai sur la mise en abyme*, Paris, Seuil, 1977, p. 128.

puis élevée sur une île par des bergers, comme Perdita dans *The Winter's Tale*, a déjà été contée[37]. La mise en abyme se déploie donc dans deux mouvements conjoints : d'une part, le lecteur est invité à voir dans le livre magique une image de celui qu'il est en train de lire ; d'autre part, le roman devient le prolongement de son double fonctionnel, qui lui crée une origine mythique, attestée par l'apparition d'Apollon. Le dieu de la poésie serait ainsi le père spirituel de *Urania*, roman qui comprend ses trois arts de prédilection. En confirmant par écrit les origines d'Urania, le roman se théâtralise et invente ses propres origines.

Derrière un livre s'en cache un autre : le roman avance masqué sur la scène qu'il s'est créée. Le rôle du double apparaît à nouveau à travers la bergère Veralinda, dont l'identité princière se trouve révélée par le livre magique, ce qui permet de poursuivre le fil du récit et ainsi, de continuer l'écriture, revendiquée à nouveau par une expression métatextuelle : « the next story was of Veralinda, which was this » (« l'histoire suivante était celle de Veralinda, que voici »)[38]. Cette histoire, qui se conforme aux clichés du roman pastoral, n'est guère différente de celle d'Urania (ni de celle de Perdita) : pour protéger sa fille d'une nouvelle épouse jalouse, le roi de Phrygie abandonne sa fille à un berger arcadien, qui s'avère être le magicien à l'origine de l'enchantement[39]. À un stade avancé du roman (environ aux deux tiers), on trouve donc une histoire très proche, sans être tout à fait identique, de celle qui a l'ouvert, puisqu'il début par une scène – elle aussi un classique du roman pastoral – de la bergère Urania pleurant à l'ombre d'un arbre[40]. Le jeu de miroirs est d'ailleurs permanent dans ce roman, mais la mise en abyme culmine dans l'épisode du Théâtre Enchanté, grâce au double de *Urania*.

Pourquoi représenter le livre au cœur du roman ? Face à la réputation sulfureuse du roman au début du dix-septième siècle, et à l'interdit social que constituait l'écriture profane pour une femme, il semble que Lady Mary Wroth établisse ici un « dispositif de légitimation », c'est-à-dire

37 Lady Mary Wroth, *op. cit.*, p. 231-233 ; William Shakespeare, *The Winter's Tale*, in *The Oxford Shakespeare : The Complete Works*, éds. John Howett, William Montgomery, Gary Taylor, and Stanley Wells, Oxford, Clarendon Press, 2005 [1986], Actes I-III, p. 1123-1138.

38 Lady Mary Wroth, *op. cit.*, p. 455.

39 *Ibid.*, p. 455-456.

40 *Ibid.*, p. 1. Cette scène est tout à fait conforme au début de l'*Astrée* ; voir Honoré d'Urfé, *L'Astrée. Première Partie*, édition critique établie sous la direction de Delphine Denis, Paris, Champion Classiques, 2011, p. 122.

l'un de ces procédés employés par les auteurs de roman (dans la seconde moitié du dix-septième et la première moitié du dix-huitième dans l'étude concernée) pour justifier l'écriture d'un genre alors décrié et en quête de respectabilité[41]. En associant le livre magique à Apollon, Wroth ajoute le roman aux attributs de ce dieu, par une sorte de pirouette anachronique qui lui permet également de suggérer qu'elle a été inspirée, à la manière des poètes antiques. Sir Philip Sidney, l'oncle de Wroth dont son œuvre est largement inspirée, écrit dans *The Defence of Poesy* : « Among the Romans a poet was called *vates*, which is as much a diviner, foreseer, or prophet, as by his conjoined words *vaticinium* and *vaticinari* is manifest : so heavenly did that excellent people bestow upon this heart-ravishing knowledge » (« Chez les Romains, le poète était appelé *vates*, c'est-à-dire aussi bien oracle que voyant, ou prophète, comme le montrent les mots dérivés *vaticinium* et *vaticinari* : tant cet excellent peuple trouvait de divinité dans ce savoir qui ravit les cœurs »)[42]. Dans les premières années du dix-septième siècle, la poésie, genre pratiqué par les courtisans comme par les rois, et que Wroth pratiquait également, jouissait d'une réputation bien établie. Si elle n'a pas écrit de traité à la gloire du roman, Wroth pouvait reprendre les idées, si ce n'est les mots, de son oncle pour le défendre. La référence explicite à Apollon, tout comme celle, implicite, à sir Philip Sidney, devenu après sa mort le paragon du « poète-courtisan[43] », permet à Wroth de créer de toutes pièces une origine à la fois ancrée dans la mythologie romaine et dans la noblesse ainsi que dans les lettres anglaises : quoi de plus respectable ? Et qui pourrait l'accuser d'orgueil, à une époque où la modestie était considérée comme la vertu cardinale des femmes, si elle se crée par la même occasion l'image d'une poétesse inspirée[44] ?

Cet épisode d'*Urania*, sans doute le plus théâtral d'un roman qui fait la part belle à la théâtralité (notamment grâce à d'autres épisodes merveilleux), montre combien le roman, en particulier dans ses premières

---

41 Baudoin Millet, *op. cit.*, Introduction générale, p. 14-15 en particulier.

42 Sir Philip Sidney, *The Defence of Poesy*, in *The Major Works*, éd. Katherine Duncan-Jones, Oxford, Oxford World's Classics, 2002 [1989], p. 214.

43 Katherine Duncan-Jones, *Sir Philip Sidney : Courtier Poet*, New Haven, Londres, Yale University Press, 1991.

44 Cette stratégie n'a pas fonctionné, comme en témoigne la controverse avec le baron Denny, citée au début de cet article (note 1).

années, se nourrit des autres genres littéraires. Dans d'autres passages, la poésie est mise en valeur, avec des sonnets reproduits dans leur entièreté ou tronqués, ainsi que des poèmes plus longs qui traduisent les émotions des personnages. Ici, la poésie est suggérée par la présence d'Apollon, mais c'est bien le théâtre qui fournit à la fois la matière narrative et esthétique de l'épisode. Le Masque, genre dont la brièveté dans l'histoire littéraire est inversement proportionnelle à son succès à la cour des Stuarts, s'avère contre toute attente être compatible avec le roman, dont il révèle la malléabilité. Mais choisir le théâtre, genre dont le succès pouvait être constaté chaque jour à Londres, mais qui ne trouvait pas grâces aux yeux des puritains, était pour Wroth une stratégie risquée : au lieu de rendre son roman plus respectable moralement, il pouvait au contraire accroître sa dimension sulfureuse. Au-delà de ce risque inhérent, la théâtralisation de ce roman apparaît bien comme un parti pris esthétique : elle fait de lui un objet de spectacle – un objet d'art.

Aurélie GRIFFIN
Université Jean-Monnet

THE POWER OF HISTRIONICS IN MARLOWE'S *TAMBURLAINE*

Power is understood in Marlowe's *Tamburlaine* to have two meanings: on the one hand, it is the power of a playwright over the spectators (Greenblatt's idea of self-fashioning), power that is politically void but seditious, power that is *pretence* (theatre is not *real* life); on the other hand, it is political power *theatricalised* (which was the custom of the Early Modern rulers – and not only them): a lavish show put on by kings and queens to impress their subjects to prove their anointed-temple legitimacy. One more thesis is argued for here: that Marlowe constructs his figures of power in terms of players, or outward histrionics seen as the Early Modern manner of playing. In other words, the characters are fashioned as actors on a quasi-social stage (a truly Goffmanian approach complemented with the theatre-scholar's perspective), but – out of necessity – the characters cannot but exaggerate; hyperbole becomes Marlovian trope. After all, their social roles are false ones (players appropriating higher social stations by putting on costumes and walking down the streets of London?). As a result, *Tamburlaine* displays power and treats it like spectacle (in the sense of stage spectacular shows / stances), like theatre in the understanding of University Wits (in the sense of bombastic language)[1].

Another term that needs explanation is 'histrionics'. What I understand by it is a conscious social stance whereby characters assume an ostensibly theatrical role that becomes a pretence when squared with

1 For a discussion of Marlovian linguistic style see, for example, Russ McDonald (2004); an interesting study of the relationship between the spectacle of public execution and histrionics of power in Marlowe's works, more specifically *The Jew of Malta* can be found in Roger Sales's 'The Stage, the Scaffold and the Spectators...' (1999). Significant for the dramatic style of Marlowe and other University Wits is also their educational background, especially their wide reading of classical works and extensive study of rhetoric (see for example Riggs 2004a: p. 27-28 and 2004b : p. 49-50).

social reality. At the same time, the display of power in Early Modern England was highly meta-theatrical, a commonplace confirmed by many scholars.

TAMBURLAINE THE GREAT, PART ONE: GREAT RHETORICAL SELF-FASHIONING

It is far from original to observe that this play is an example of self-fashioning, of course through language. It is achieved on two levels: on the one hand, the playwright-poet, Christopher Marlowe offers what sounds like an artistic manifesto. On the other, such declarations are regularly pronounced by many characters in the play, and especially by Tamburlaine himself. A feature that is common to these two planes is that both are highly self-reflexive.

Marlowe, in a somewhat arrogant yet justified manner, does a hatchet job on the state of the contemporaneous stage:

> From jigging veins of rhyming mother wits
> And such conceits as clownage keeps in pay,
> We'll lead you to the stately tent of war,
> Where you shall hear the Scythian Tamburlaine
> Threatening the world with high astounding terms,
> And scourging kingdoms with his conquering sword.
> View but his picture in this tragic glass,
> And then applaud his fortunes as you please. (Prologue, 1-8)

Marlowe pejoratively calls the *language* of the stage 'jigging veins' referring to '[t]he doggerel styles of the comic «jigs» [or dances] which were performed after plays' (Romany and Lindsey 2003: 582); in other words, rather poor poetry. Another criticism of the plays' language refers to employment of rhyme ('rhyming mother wits'), that Marlowe replaces in his drama with blank verse, which he considers suitable in heroic poetry or plays. The term 'mother wits' refers of course to 'mere natural wits' (Romany and Lindsey 2003: 582), or amateurs, without proper education (as opposed to the University Wits, among whom Marlowe was principal). The word 'clownage' is a tricky one; it is obviously negative, but it may denote either the amateurs, or wits, earning their living by means of clowning, or amateurish stage practices, viz., cheap tricks that had so far entertained the audience. Marlowe's arrogance is here only too manifest: he suggests that the spectators who had *enjoyed* the kind of shows he criticises did not know true, genuine drama and simply had bad taste, upon which Marlowe would now improve! He would do it, first, by changing the subject matter of the play and choosing one that he believes is more elevated: 'war', which is 'stately', viz., marking royalty. Furthermore, it is not a local war, but a total one, waged by means of language, or verbal performance: Tamburlaine 'threaten[s] the world with high astounding terms' (the word 'astounding' is also a reference to Marlowe's educating his audience, who would be thus literally dazzled by Tamburlaine's show). Characteristically, the playwright also mentions the typical properties of a conqueror: the sword, thus commenting on the circumstances of the play's performance – Tamburlaine presented with a sword. Consequently, the Prologue, as it should be, functions as a meta-theatrical comment. Marlowe tries to show his play in an epic, or heroic, light. This attempt is continued in the next line, when he speaks about 'this tragic glass', or tragic mirror, although – technically speaking – the play is *not* a tragedy. We could risk saying that Marlowe endeavours to make his work *look* like a tragedy, to pretend to be something else than it really is[2]! The drama then becomes an exercise in, shall we say, literary histrionics! Although Marlowe appears to finish the Prologue in a traditional fashion, by asking the audience for applause, there is something subversive in it: it is not exactly a plea for applause but perhaps a statement, fairly matter-of-fact, which actually marks the playwright's distance from the audience, that – as pointed out above – is rather callous if not scornful.

The Prologue is quite indicative of what the spectator / reader will get in the rest of the play: many occasions for 'viewing' characters, who would be engaged in mainly *verbal* battles or wars. In other words, Marlowe has his characters strike many a pose, very often dramatic in nature, and subdue their opponents (but also followers) by means of words. Consequently, one of the key expressions in the play is the

2 The generic issue of *Tamburlaine* and its relation to a tragedy is discussed by, among others, Wilson 2004.

word 'pomp', signifying a lavish spectacle, associated with striking the pose, and characters declaim highly rhetorically charged speeches to the extent that there are moments in the play when action loses its momentum due to rather tedious juxtaposition of long speeches (e.g., the exchange between Bajazeth and Zabina in 5.2 culminating in their consecutive suicides, arranged as special shows themselves). Of course, as Mark Thornton Burnett observed, those characters in the drama prove strongest in command of powerful language, which they use either in self-fashioning or fashioning others. These two processes, quite histrionic in nature, abound in *1Tamburlaine* and, naturally, relate to striking a pose or (self-) display. Interestingly enough, useful in this respect is the concept of a display text, introduced and discussed in her study of literature from the perspective of speech-act theory by Mary Louise Pratt (1977). Such a text is supposed to attract attention to itself, and certainly literature, including drama, is display text. It appears that on a micro scale some of the characters' speeches are also meant to draw the hearers' attention to them, or to dazzle the hearers, as it were. Needless to say, such texts also highlight their speakers, who thus are 'beheld' by others. A most crucial characteristic of these utterances, also testifying to the histrionic activity of the dramatic figures, is painting by means of words pictures visualizing the scene or imaginary settings or stage design. On a slightly different yet related note, the construction of characters in the play, like in most Elizabethan dramas, depends mainly on their language; in *Tamburlaine* it is *only* the language that shapes them, so that characters' / actors' doubling of roles can be accomplished very easily and the reader gets an impression that virtually anybody could play any part (except, of course, for the boys, who do not yet have appropriate voices). It appears that characters in the play, by exercising different kinds of speeches, actually capitalise on this idea.

The play opens with a memorable and critically acclaimed scene when the Persian king, Mycetes, frankly declares that he lacks the skills for 'a great and thundering speech' (1.1.3), which – as his brother, Cosroe, remarks – is an important indication of 1. wisdom, and 2. royalty. As a result, from the very beginning certain standards are set: social positions and the moulding of one's personality are open to those who are skilful with language. Characteristically, the speeches considered appropriate for a monarch are both great and, even more specifically, 'thundering', as the rather foolish king observes (and so, perhaps, he is not to be believed for that reason). Now, the epithet would suggest not only the defeat of an opponent, or an enemy, but also a divine quality, as it can be associated with the formula: 'thundering Jove'. Incidentally, Mycetes thinks that such a speech is necessary for, what turns out to be, not an attempt to convince somebody or win him / her over, but to sketch the present political and economic situation. Then again, we know from the very beginning that Mycetes is not wise or royal.

It is of significance to note that the indications of monarchy, wisdom or just greatness are not limited to language only, but also 'the royal pomp', that is, appropriate properties. Thus, when the Persian lords actually carry out a coup d'état in order to elevate Cosroe to the position of king at the expense of his brother, they invest Cosroe with a crown (1.1.134-140), a property very often resorted to in the play. Similarly, Tamburlaine, who certainly does not lack linguistic skills, performs a show for the sake of Zenocrate, the daughter of the Egyptian sultan and his captive. Characteristically, he produces a typical display text, too:

> I am a lord, for so my deeds shall prove,
> And yet a shepherd by my parentage.
> ...
> Lie here, ye weeds that I disdain to wear!
> This complete armour and this curtle-axe
> Are adjuncts more beseeming Tamburlaine. (1.2.34-35; 41-42)

This is commented upon by Tamburlaine's follower, Techelles: «As princely lions, when they rouse themselves, / Stretching their paws, and threatening herds of beasts, / So in his armour looketh Tamburlaine» (1.2.52-54). Tamburlaine speaks about his social position and attempts to change it by means of deeds; yet, it will actually be his words that cause him not only to climb the social ladder, but actually position himself above it. Tamburlaine is perfectly aware that, when he debates whether to talk to the Persian lords or fight their forces, he asks a most resonant question: «Then shall we fight courageously with them? / Or look you I should play the orator?» (1.2.128-128). Furthermore, the Scythian conqueror knows well enough that convincing his opponents verbally is just a stance, a role that he is expected to play in the milieu of the mighty of his world.

Tamburlaine's doffing his old costume and donning a new one is followed by a most theatrical gesture, very much concordant with Elizabethan stage conventions: the change of costume to invest its wearer with a new identity! This is recognised by Techelles, who clearly thus fashions his lord. At the same time, Tamburlaine's words and looks (i.e., his lines and costume) prove quite effective, to which Theridamas, a Persian lord, testifies:

> Won with thy words and conquer'd with thy looks,
> I yield myself, my men, and horse to thee,
> To be partaker of thy good or ill,
> As long as life maintains Theridamas. (1.2.228-231)

Theridamas admits that Tamburlaine wins him over with his words and looks, or with his lines and costume. In other words, Theridamas is impressed by Tamburlaine's show, having first experienced the poor kingship of Mycetes and then the brave, challenging and linguistically competent performances of Cosroe:

> You see, my lord, what working words he hath;
> But, when you see his actions top his speech,
> Your speech will stay, or so extol his worth
> As I shall be commended and excus'd
> For turning my poor charge to his direction
> And these his two renowned friends, my lord,
> Would make one thrust and strive to be retain'd
> In such a great degree of amity. (2.3.26-32)

Here the key expressions are «working words» and «actions [which] top his speech», whereby language equals action and the roles characters assume. In this case, they are admitted by figures who function like... spectators.

An interesting example of «working words» which are then translated into a show is Cosroe's address to Tamburlaine to present his military skills:

> COSROE
> Come, Tamburlaine; now whet thy winged sword,
> And lift thy lofty arm into the clouds,
> That it teach the king of Persia's crown,
> And set it safe on my victorious head.

TAMBURLAINE
See where it is, the keenest curtle-axe
That e'er made passage thorough Persian arms!
These are the wings shall make it fly as swift
As doth the lightning or the breath of heaven,
And kill as sure as it swiftly flies.

COSROE
Thy words assure me of kind success. (2.3.52-61)

The passage illustrates quite a number of histrionic elements in the play. Again, as in previous instances, characters rely on language in their actions; actually, the excerpt may also be treated as implicit stage direction, so common in Elizabethan drama. At the same time it is clearly a show, or a spectacle in which a character strikes a pose: very important in this respect is Tamburlaine's drawing Cosroe's attention to his weapon and figure by means of the verb 'see'. As a result, he evokes a theatrical situation with himself as the chief actor and Cosroe (as well as the other Persian lords) in the position of spectators. Let us also note that in this specific case Cosroe acts in a way like a director, or playwright, who hints at the action Tamburlaine is to take, and then praises him for it. Furthermore, the excerpt may also serve as an example of words-are-action phenomenon, this time specifically referring to the war: 'words are war'. Naturally, the exaggerated, powerful language also serves as a kind of linguistic costume in which Tamburlaine is first dressed by Cosroe and then by himself.

Defining one's identity through names occurs quite often in the play. As signalled above, Tamburlaine needs to build his position and his name by means of powerful speeches, whose rhetorical force will help dominate others. This, of course, is part of the process of pose striking and self-fashioning. Tamburlaine's verbal tug of war with the Turkish emperor Bajazeth offers an example illustrating the significance of name / naming / verbal costuming:

BAJAZETH
Kings of Fez, Morocco, and Argier,
He calls me Bajazeth, whom you call lord!
Note the presumption of this Scythian slave!
I tell thee, villain, those that lead my horse
Have to their names titles of dignity;
And dar'st thou bluntly call me Bajazeth?

TAMBURLAINE
And know thou, Turk, that those which lead my horse
Shall lead thee captive thorough Africa;
And dar'st thou bluntly call me Tamburlaine? (3.3.66-74)

Bajazeth not only reminds Tamburlaine of his low social position but draws his, and the reader's, attention to the significance of naming, of linguistically establishing characters' position in the social structure. Naturally, both Tamburlaine and Bajazeth try to gain a linguistic advantage over one another and in order to achieve that aim they deprecate each other, or negatively fashion one another. Of course, the play abounds in such exchanges whereby characters try to vilify the other.

Not only language in terms of utterances but also silence can be translated into an effective spectacle. When a lord accompanying Zenocrate, Agydas, tries to dissuade her from loving Tamburlaine and becoming his mistress, Tamburlaine only looks daggers at him and says nothing. His menacing look is thus interpreted by Agydas:

I stand aghast; but most astonied
To see his choler shut in secret thoughts,
And wrapt in silence of his angry soul.
Upon his brows was pourtray'd ugly death;
And in his eyes the fury of his heart,
That shine as comets, menacing revenge,
And casts a pale complexion on his cheeks. (3.2.69-74)[3]

This time, interestingly, it is not Tamburlaine who verbally strikes a pose; Agydas does it for him, thus painting with words what the reader can imagine, or the spectator see. Agydas in this way appropriates the role of a chorus, commenting on the events one has just witnessed, or expressing an implicit stage direction, albeit in a truly picturesque manner.

As already indicated, the spectacles characters construct with words are often emphasised by the appeal to *see* and *watch* those shows. In order to do that, characters use verbs denoting watching. One of the most popular verbs is 'behold'. Thus, Tamburlaine, when addressing the subdued Bajazeth (who, together with his wife, have been turned

3 The image of Tamburlaine was affected by the notoriety of the Russian tsar, Ivan the Terrible – see, for example, Wilson 1999.

into stools under Tamburlaine's feet, thus becoming theatrical properties), exclaims: 'Now clear the triple region of the air, / And let the Majesty of Heaven behold / Their scourge and terror tread on emperors' (4.2.30-32). This is also an example of Tamburlaine's self-fashioning, he who likes to treat himself as the scourge of gods (eventually, he will challenge even gods)[4].

Other examples of the employment of 'behold' in order to highlight a scene, or a tableau, or a character, include the plea of the Damascan virgins with Tamburlaine to save the city. The conqueror crushes their hopes:

TAMBURLAINE
Virgins, in vain you labour to prevent,
That which mine honour swears shall be perform'd.
Behold my sword; what see you at the point?

FIRST VIRGIN
Nothing but fear and fatal steel, my lord.

TAMBURLAINE
Your fearful minds are thick and misty, then,
For there sits Death; there sits imperious Death,
Keeping his circuit by the slicing edge.
...
Techelles, straight go charge a few of them [horsemen]
To charge these dames, and shew my servant Death,
Sitting in scarlet on their armed spears. (5.2.43-49; 53-55)

Here, Tamburlaine portrays an imaginary scene, at the same time striking a pose and of course fashioning himself. Furthermore, this is yet another instance of Tamburlaine scripting action for the sake of the Virgins.

Tableaux are a most significant element of the play and they include both those which are painted only verbally and fall into the category of imaginary scenes, and those which are performed and depicted in lines. The former includes the display of colours in Tamburlaine's camp when he lay a siege to Damascus: from white to red to black, of course a most

4 Not only words and properties but also Edward Alleyn's legendary style of acting, characterized by energetic gesturing and vivid facial expressions, contributed to the overall pomp and histrionics in *Tamburlaine* when the play was performed on stage (see Brown 1964: 155-156).

powerful, large-scale spectacle, albeit limited only to verbal presentation. The latter includes, like in the case of *Dido*, scenes of death – like that of Cosroe, who is fatally wounded in a battle against Tamburlaine (2.7) and who meticulously describes the moment of dying (ll. 42-51). Surprisingly enough, another scene showing characters' dying – 5.2 – in which Bajazeth first and then Zabina commit suicide, despite the long speeches they utter, that – as I suggest above – slow down the action, appear quite dynamic and lack the static quality of a tableau. Here, both characters kill themselves by beating their heads against the bars of the cage in which they are kept. As the stage direction has it, they 'brain [themselves] against the cage' (5.2.241). The sight or tableau of the mutilated bodies comes as a shock to Zenocrate, who first witnessed the downfall of her city, Damascus, and the slaughter of her countrymen:

> Wretched Zenocrate! that liv'st to see
> Damascus' walls dy'd with Egyptian blood,
> Thy father's subjects and thy countrymen;
> The streets strow'd with dissever'd joints of men,
> And wounded bodies gasping yet for life.
> ...
> But see, another bloody spectacle!
> ...
> Behold the Turk and his great emperess!
> Ah, Tamburlaine my love, sweet Tamburlaine,
> That fights for sceptres and for slippery crowns,
> Behold the Turk and his great emperess!
> Thou, that, in conduct of thy happy stars,
> Sleep'st every night with conquest on thy brows,
> And yet wouldst shun the wavering turns of war,
> In fear and feeling of the like distress,
> Behold the Turk and his great emperess! (5.2.258-262; 278; 293-301)

Zenocrate first paints an imaginary scene treating herself as a spectator of what she herself calls «bloody spectacle», and then – in the fashion of the Elizabethan theatre – comments on what the viewers can actually see for themselves: the bodies lying on the ground; the commentary has the form of another stage direction or heading, whereby action (in this case a tableau) is performed both physically and orally. The repetitive, refrain-refrain like highlighting the sad fate of the Turkish imperial couple also adds dynamism to the tableau; Zenocrate keeps on alternating the spectator's attention from herself, a character in a play, to the tableau of the corpses, which she watches together with the spectators.

Almost the same tableau is used by Tamburlaine, although to a completely different effect. Unlike Zenocrate, who is terrified by Tamburlaine's desire for 'earthly pomp', for the crown and power, Tamburlaine treats the bodies as indications of his absolute power, but does it in a most theatrical fashion:

> And see, my lord, a sight of strange import, –
> Emperors and kings lie breathless at my feet;
> The Turk and his empress, as it seems,
> Left to themselves while we were at the fight,
> Have desperately despatch'd their slavish lives:
> With them Arabia, too, hath left his life.
> All sights of power to grace my victory;
> And such are objects fit for Tamburlaine. (5.2.407-414)

For Tamburlaine, the dead bodies of the mighty of his world become properties with which he performs the role of the ultimate ruler and conqueror. He also describes action typical for this role that «consists in shedding blood» (5.2.416)! This scene can actually be treated as a prelude to the final spectacle, yet another tableau, in which Tamburlaine assigns roles to other characters, especially Zenocrate, who becomes his wife and Queen of Persia. The scene is reminiscent of the earlier distribution of crowns to his followers: Therimadas, Techelles, Usumcasane, who are named kings of Argier, Fez and Moroccus, respectively.

Tamburlaine the Great, Part One is a play in which the reader finds many moments of characters' striking a pose, highlighting themselves, or putting themselves on show. They do it mainly in order to pass for somebody else, or in order to fashion themselves and be treated by others in the way they want to be taken. Characteristically, they create semi-theatrical situations by means of their utterances, which are responsible not only for shaping the figures, but also for stage shows, both onstage, viz., perceived by the spectator, and offstage, not recreated on stage. Also, characters use language to paint imaginary scenes or shows. The play contains many tableaux, which is fairly understandable in a drama where figures are mainly engaged in delivering long speeches, where acting equals, indeed becomes, speaking. As shown above, the pace of action is also determined by the figures' speeches. *1Tamburlaine* is a play about rhetoric and its use in drama. Characters wield verbal wars, what with action carried on offstage means that their task is to persuade their opponent, and persuasion is what rhetoric teaches. The figures in the play create then truly lavish verbal shows for the sake of their interlocutors.

TAMBURLAINE THE GREAT, PART TWO: EXAGGERATED ECHO OF THE FIRST PART

When comparing the two plays – the First and Second Parts of *Tamburlaine the Great* – one should first note that despite the fact that *Part Two* is a sequel of *Part One* the drama needs to be considered an independent work. Of course, Marlowe develops in this play figures introduced in the *First Part*, especially Tamburlaine himself, in addition to his followers; nevertheless, a whole new set of characters is introduced, who – however – are also often engaged in verbal battles. This seems to be a major characteristic of the two plays, one which Marlowe willy-nilly could not evade. These, in turn, appear to be exaggerated, when compared with the *First Part*. It seems that Marlowe wanted even more than in the previous play to fill the audience's imagination with the necessary setting. In this way, Marlowe actually runs counter to the later Shakespeare's disclaimer (from *Henry V*) that the design's 'imperfections' should be 'piece[d] out with [the audience's] thoughts', at the same time working 'on the imaginary forces' of the audience, indeed filling them with, as Callapine, Bajazeth and Zabina's son put it, 'paint[ing] with words what I'll perform in deeds' (1.3.10). Now, the performance usually occurs offstage, if at all. Consequently, the reader / spectator gets both off-stage scenes and imaginary ones, with the rhetorically charged language leading to tableaux.

The opening Prologue is more typical of Elizabethan choruses than the one from Part One in that it provides the spectator with a synopsis of the play, marking the most spectacular events from the play: Zenocrate's death and her fantastic funeral, whereby her funeral pyre includes not just one, but a number of cities that Tamburlaine has besieged. At the same time, the recipient is informed about the conqueror's death, significantly at the hands of fate, not men. Tamburlaine's career, interestingly, is described with a characteristic phrase: 'progress of his pomp', which – naturally – indicates the highly theatrical nature of action:

> The general welcomes Tamburlaine receiv'd,
> When he arrived last upon our stage,
> Have made our poet pen his Second Part,
> Where death cuts off the progress of his pomp,
> And murderous Fates throw all his triumphs down.
> But what became of fair Zenocrate,
> And with how many cities' sacrifice
> He celebrated her sad funeral,
> Himself in presence shall unfold at large. (Prologue, 1-19)

One more expression is quite telling in the histrionic context: the «unfold[ing]» of the action by the poet «himself». Of course, the action is shown primarily in the text of the play, which defines quite exhaustively both real and imaginary stage design as well as characters' stage business.

IMAGINARY SCENES

The play abounds with such scenes, and they seem to become even more and more lavish, more and more exaggerated than the ones in *Part One.* The drama opens with a scene similar to what we have in the previous part, viz., a military council between Orcanes and his allies who decide about a potential war against Christians. It is here that Orcanes paints with words a scene of the slaughter of the Christian warriors on the battlefield:

> Our Turkey blades shall glide through all their throats,
> And make this champion mead a bloody fen;
> Danubius' stream, that runs to Trebizon,
> Shall carry, wrapt within his scarlet waves,
> As martial presents to our friends at home,
> The slaughter'd bodies of these Christians;
> The Terrene main, wherein Danubius falls,
> Shall by this battle be the bloody sea. (1.1.31-38)

This quote is quite characteristic of what we get in the whole of the play, especially in the excessively gory nature of the image presented by Orcanes. Similarly exaggerated in terms of physical multitude is Sigismund's speech in 1.2.29-34 about the size of his army. But, one should remember that this is what theatre is about: exaggeration or ostentation, captivating the recipient's attention and focusing it on the performance's display text. Naturally, it is part of the process of bragging, also self-fashioning, or – to use the phrase from above – striking a pose. Likewise, the King of Jerusalem also tries to impress his hearers with a scene of the power or the size of his army (3.1.45-49).

Other examples of this kind of verbal theatrics include Callapine's description of his escape and his command over a hundred kings and promise of kingship to his keeper Almeda, if the latter helps him escape (1.3.24-31). This situation is slightly different, however, from the previous ones as here the spectator-hearer of the scene is meant to be persuaded to a concrete course of action. Characteristically, Callapine positions Almeda in the role of a spectator by using the phrase 'Then shalt thou see a hundred kings and more' (1.3.28).

A variety of this subtype of imaginary scenes is Tamburlaine's evocation of Death in 5.3:

> See, where my slave, the ugly monster Death,
> Shaking and quivering, pale and wan for fear,
> Stands aiming at me with his murdering dart,
> Who flies away at every glance I give,
> And, when I look away, comes stealing on!
> Villain, away, and hie thee to the field!
> I and mine army come to load thy bark
> With souls of thousand mangled carcasses.
> Look, where he goes! But, see, he comes again,
> Because I stay! Techelles, let us march,
> And weary Death with bearing souls to hell. (5.3.67-77)

Here, the position Tamburlaine reserves for himself is dual in terms of theatricality: he appropriates the role of a playwright and that of the major actor. He addresses his show to his followers, tending him on his deathbed, who are thus given the position of spectators / hearers. In this respect, this imaginary scene is similar to the previous one; what makes it different is that Tamburlaine does not intend to persuade his hearers to anything. He is concerned only with verbal *showing*.

An interesting imaginary scene is found in 2.4, when Tamburlaine imagines the dying Zenocrate in heaven. Its special nature lies in that Tamburlaine combines here rather unexpected lyricism with expected excess, or pomp. This speech is specific also in that he actually evokes a theatrical moment:

> Now walk the angels on the walls of heaven,
> As sentinels to warn th'immortal souls
> To entertain divine Zenocrate:
> Apollo, Cynthia, and the ceaseless lamps
> That gently look'd upon this loathsome earth,
> Shine downwards now no more, but deck the heavens
> To entertain divine Zenocrate:
> The crystal springs, whose taste illuminates
> Refined eyes with an eternal sight,
> Like tried silver run through Paradise
> To entertain divine Zenocrate:
> The cherubins and holy seraphins,
> That sing and play before the King of Kings,
> Use all their voices and their instruments
> To entertain divine Zenocrate. (2.4.15-29)

The use of the refrain – «to entertain divine Zenocrate» – is indicative of the situation that Tamburlaine describes in his speech: Zenocrate is presented with heavenly show, a performance on a cosmic scale. A speech that might parallel this one belongs to Theridamas who mourns the dying Tamburlaine in 5.3.1-16.

VERBAL SCRIPTING OF OFF-STAGE SCENES

This category is similar to the previous one in that it is not a comment, or an implicit stage direction, or an implicit stage heading for the action, but a description of off-stage actions parallel to those on-stage. Naturally, the most spectacular scene, which belongs to this type is Tamburlaine's 'mourning' of Zenocrate, or her «funeral», translated into a truly grand funeral pyre, consisting of burning of whole cities:

> So burn the turrets of this cursed town,
> Flame to the highest region of the air,

And kindle heaps of exhalations,
That, being fiery meteors, may presage
Death and destruction to the inhabitants! (3.2.1-5)

Again, yet another example of such a scene belongs to Tamburlaine, too. He gives orders to have the Governor of Babylon hanged on the walls of the city:

So, now he hangs like Badget's governor,
Having as many bullets in his flesh
As there be breaches in her batter'd wall.
Go now, and bind the burghers hand and foot,
And cast them headlong in the city's lake. (5.1.157-161)

This excerpt actually illustrates two scenes: the hanging of the Governor, additionally emphasized by Amyras's (one of the three sons of Tamburlaine) remark: «See, now, my lord, how brave the captain hangs!» (5.3.148), and the cruel and most horrible murder of the city's inhabitants, who are drowned in a lake. Significantly, the former is further signified with a genuine stage action: characters shooting arrows at the Governor, which implies that he had to be there on stage; the actor –playing the character must have been hanged from the gallery! Thus, the quotation partially suggests on-stage action! Characteristically, Tamburlaine becomes the playwright in the shows.

ON-STAGE ACTION SCRIPTED IN CHARACTERS' UTTERANCES: IMPLICIT STAGE DIRECTIONS / HEADINGS AND THEATRICAL DEIXIS

Such a class of histrionic conduct is quite varied. What unifies this category is the relation between words and action: the latter reflect the former. As a result, it is the words that script the action, rather than the other way round. In this way, characters are endowed with the playwright's role of instructing others as to what position to take, and / or voice the empirical playwright's script. Furthermore, they behave like stage managers who marshal other characters around. For example, Tamburlaine thus instructs his wife:

Sit up, and rest thee like a lovely queen,
So; now she sits in pomp and majesty,
When these, my sons, more precious in mine eyes

> Than all the wealthy kingdoms I subdu'd,
> Plac'd by her side, look on their mother's face. (1.4.16-20)

This quotation is an interesting illustration of the variety of functions that scripted on-stage action performs. Consequently, Tamburlaine describes with his words what the spectators can see for themselves. Significant in this respect is the use of deictic expressions, referring to both space and time: 'now', 'these', 'my', etc. Moreover, he literally marshals characters around, having Zenocrate 'sit up' and his sons 'look' at her face. Of course, what Tamburlaine does in this excerpt is also describe a pageant or tableau, which is yet another function of scripted on-stage action.

Another example of such an action, also bordering on ritual, is a scene in which Tamburlaine ceremoniously greets his royal followers: Theridamas, Usumcasane and Techelles. First the kings offer Tamburlaine their crowns, who – on hearing their reports about the state of their armies – may or may not give them back (he does). This action is carefully and explicitly voiced in the characters' utterances. Interestingly, they use specific speech-act verbs that clearly define their actions: 'offer', 'receive', 'take', etc., which results from the ritualistic nature of the scene (actually two scenes, 1.5 and 1.6). What is also characteristic of this action is that it, too, is referred to by means of deictic expressions: 'here', 'at thy kingly feet'. An obvious difference between this action and the one discussed above is that the latter – again, being ritualistic in nature – lacks a clear-cut director, or stage manager, as characters follow a script, which does not have to be spelled out. At the same time, however, the recipient is perfectly aware of who in fact is the author of this script, or playwright, as it were: it is Tamburlaine.

RITUALS

This leads us to ritualistic scenes, in which characters – as pointed out above – follow an established script. Quite early in the play the recipient witnesses a scene in which the rites of declaring peace or war are thus presented. In the scene the Christian kings meet the Turkish ones; Sigismund, the King of Hungary, offers Orcanes, the King of Natolia, a sword:

> I here present thee with a naked sword.
> Wilt thou have war, then shake this blade at me;
> If peace, restore it to my hands again,
> And I will sheathe it, to confirm the same. (1.2.5-8)

Sigismund suggests a ritual; indeed, he imposes a highly theatrical manner of *showing* his opponents' intentions rather than voicing them. The rite is completed, after an exchange, with an implicit stage direction: Orcanes accepts Sigismund's offer of peace: «if Sigismund / Speak as a friend, and stand not upon terms, / Here is his sword; let peace be ratified» (1.2.45-47). The confirmation of peace also involves a typically verbal activity: the taking of oaths. Yet even here it is necessary to conduct the ceremony by means of properties; in this case, they include the Bible and the Koran.

Marlowe produces in the play many such scenes, yet perhaps the most striking one is the scene of Tamburlaine's death (the death of characters in general is in Marlowe's plays quite ritualistic). Since this time it concerns the protagonist whose enormity is absolutely special, so the length and structure of the ritual needs to be accommodated to the figure's exaggerated dimension: the dying occupies the whole long Scene Three of the last act, which happens to culminate the play (over 250 lines!). Not only is Tamburlaine ceremoniously introduced, as it were, by the lamenting kings and his closest followers, Theridamas, Usumcasane and Techelles, but he paints great scenes with his speeches, scenes that refer to the cosmic scale of his achievements (this scene thus functions as a summary of the whole play as well as *Part One*). There are many properties used here: Tamburlaine enters the stage in a chariot drawn by Orcanes and the King of Jerusalem (we recall his previous «Holla, ye pamper'd jades of Asia!» (4.3.1), addressed to the Kings of Trebizon and Soria), which he will then pass on to his son, together with the crown (consequently, we have another ritual: the crowning). This also indicates the presence of tableaux or pageants inspired by or reflected in implicit stage directions (these of course contain many deictic expressions). The whole scene is a great and lavish show that – characteristically – contains all the histrionic elements pertaining to characters' conduct as if in miniature, including self-fashioning. Even on his deathbed (that actually is not one because he sits in his chariot)

Tamburlaine is not only the major figure, the main actor (which is not surprising in the scene of dying), but also the stage manager. Incidentally, Marlowe inserts here also a battle scene (occurring off-stage), whereby the dying Tamburlaine again conquers his enemies, this time not by powerful speeches, but by means of a tableau, by simply showing them his face: «In spite of death, I will go show my face» (5.3.115)!

I would like to conclude with a discussion of a scene (4.2) that can serve as an epitome of the type of histrionics one finds especially in *Tamburlaine, Part Two.* Interestingly enough, this scene – Olympia's suicide – concerns a minor figure, a victim of Tamburlaine's cruelty, whereby her husband, the Captain of Balsera, who would not yield the city to Tamburlaine, dies from his wounds and she, in order to avoid mutilation and suffering at the hands of Tamburlaine's soldiers, kills her son (also, at his request) and is about to commit suicide, but is prevented by Theridamas, who falls in love with her. Although held captive, Olympia devises a scheme to commit suicide: she scripts a scenario involving a theatrical part for Theridamas as well as herself. What Olympia stage-manages is a gory scene of self-murder, a rather complex and exaggerated way of committing suicide. She persuades (rhetoric!) Theridamas that she has a special ointment which protects the skin against blade, bullets or arrows. In order to *show* its working she anoints her throat and asks him to stab her. As a result, Theridamas, unaware and unintentionally, kills her.

Jacek FABISZAK
Adam Mickiewicz University,
Poznan

BIBLIOGRAPHY

BROWN, John Russell, 1964, Marlowe and the Actors, *The Tulane Drama Review* vol. 8, No. 4, p. 155-173.

BURNETT, Mark Thornton, 2004, *Tamburlaine the Great, Parts One and Two*, in Cheney, Patrick ed., *The Cambridge Companion to Christopher Marlowe*, Cambridge, Cambridge University Press, p. 127-143.

GOFFMAN, Erving, 1959, *The Presentation of Self in Everyday Life*, Harmondsworth, Penguin Books.

GREENBLATT, Stephen, 2005, *Renaissance Self-fashioning: From More to Shakespeare*, Chicago-London, University of Chicago Press.

MCDONALD, Russ., 2004, «Marlowe and Style», in Cheney, Patrick ed., *The Cambridge Companion to Christopher Marlowe*, Cambridge, Cambridge University Press, p. 55-69.

MARLOWE, Christopher, 1986, *The First Part of Tamburlaine*, in Steane, J.B., ed., *The Complete Plays*, Harmondsworth, Penguin Books, p. 101-178.

PRATT, Mary Louise, 1977, *Toward a Speech-Act Theory of Literary Discourse*, Bloomington, Indiana University Press.

RIGGS, David, 2004 (a), «Marlowe's life», in Cheney, Patrick ed., *The Cambridge Companion to Christopher Marlowe*, Cambridge, Cambridge University Press, p. 24-40.

RIGGS, David, 2004 (b), *The World of Christopher Marlowe*, London, Faber and Faber.

ROANNY, Frank, and Robert Lindsey, eds., 2003, *Christopher Marlowe: The Complete Plays*, Harmondsworth, Penguin Books.

SALES, Roger, 1999, «The Stage, the Scaffold and the Spectators: The Struggle for Power in Marlowe's *Jew of Malta*», in Grantley, Darryll, and Peter Roberts eds., *Christopher Marlowe and English Renaissance Culture*, Aldershot, Ashgate, p. 119-128.

WILSON, Richard, 2004, *Tragedy, Patronage, and Power*, in Cheney, Patrick, ed., *The Cambridge Companion to Christopher Marlowe*, Cambridge, Cambridge University Press, p. 207-230.

WILSON, Richard, 1999, «Visible Bullets: *Tamburlaine the Great* and Ivan the Terrible», in Grantley, Darryll, and Peter Roberts, eds., *Christopher Marlowe and English Renaissance Culture*, Aldershot, Ashgate, p. 51-69.

PERFORMING ERUDITION ON THE ELIZABETHAN UNIVERSITY PROGRESSES

La mise en scène de l'érudition au cours des processions universitaires élisabéthaines

En l'Église Sainte Marie La Vierge, rue de High Street à Oxford, au cours de l'après-midi du 5 septembre 1566, suite aux disputes sur la discipline de la théologie, Élisabeth Ire tient un bref discours aux courtisans, aux universitaires et aux étudiants assemblés autour d'elle par ordre hiérarchique, chacun assigné à son siège. Au sein de la présente assemblée des universitaires, de ces hommes "parés de toutes sortes de connaissances[1]", la reine, alléguant une prétendue ignorance, bien que latiniste avérée, se présente comme « étrangère à toutes nobles études et aux muses[2] » et choisit de consacrer son propos au topos de modestie. Comme on pouvait s'y attendre, l'accueil réservé au discours est triomphal : l'érudit, Roger Marbeck, apparente Élisabeth à « Minerve elle-même fulminant depuis les cieux[3] ».

C'est un scénario inhabituel que de voir une femme, bien que reine, s'adresser à une assemblée d'hommes échangeant dans leur propre *lingua franca*, en ce haut lieu cérémoniel et religieux qu'est l'Université. Dans ce contexte de démonstrations savantes, se déploie une abondance de supports exposés, représentatifs du savoir à l'attention spéciale d'Élisabeth comme autant de témoignages de la volonté de l'Université de l'impressionner,

1 *Omni literarum genere* [...] *ornati*, Nichols, *Progreses*, 1, p. 485-486. Une part importante du contenu de cet article apparaît dans mon article « Texts Presented to Elizabeth I on the University Progresses », in *A Concise Companion to the Study of Manuscripts, Printed Books, and the Production of Early Modern Texts*, édité par Edward Jones. Oxford, John Wiley & Sons Ltd, 2015. Je tiens à remercier à la fois l'éditeur et le (*publisher*) pour avoir permis l'inclusion de cette traduction française au sein du présent volume.

2 *omni literarum genere* [...] *ornate*, Nichols, *Progresses*, 1, p. 485-486.

3 *minervam ipsam è cœlo tonantem*, Nichols, *Progresses*, 1, p. 574, 610.

voire de l'éblouir par ses connaissances. Les récits contemporains sur la Procession révèlent l'importance du travail consacré par les autorités universitaires à cette mise en scène organisée à Oxford en 1566 (du 31 août au 6 septembre), puis en 1592 (du 22 au 28 septembre) et à Cambridge en 1564 (du 5 au 10 août) : les références à la Procession dans ces récits nous rendent compte avec force détails des spectacles organisés et des prouesses rhétoriques remarquables déployées en ces occasions.

Lors de chaque visite, les savants présentent des livres à la reine dont on peut retrouver la trace dans des comptes-rendus d'archives et dont certains existent toujours dans les bibliothèques de recherche. La présentation cérémonieuse de ces ouvrages s'effectue comme une offrande matérialisée privilégiant particulièrement l'attrait visuel qui participe, comme une mise en scène, aux nombreux débats et pièces de théâtres organisés pour la reine dans les universités. La souveraine reçoit des livres de formats variés – depuis les lourdes Bibles folio jusqu'au manuel de poche – et de thèmes très divers, comprenant des Bibles dans des langues différentes, un dialogue-*cum-travelogue* illustré sur Oxford, des traductions du philosophe stoïcien du premier siècle Épictète et du commentaire rabbinique médiéval sur les prophètes de l'Ancien Testament, un récent poème en grec à la gloire d'Henri VIII, des compositions d'étudiants, et des recueils de poèmes en vers de style panégyrique.

Une entrée dans l'enceinte de la ville universitaire au cours de la procession doit à l'évidence s'apparenter à une immersion dans un livre. Non seulement la reine et son entourage sont accueillis par des dons d'ouvrages et priés d'assister à de riches discours, à des débats et des pièces de théâtre mais, plus encore, les murs des bâtiments eux-mêmes sont festonnés de vers. Quand enfin les activités dramatiques et rhétoriques s'achèvent, les universitaires s'efforcent de matérialiser les prises de paroles même brèves en textes concrets. Les discours sont retranscrits, les arguments mis en vers circulent, les décors muraux poétiques déposés et présentés. Ainsi, un rapport contemporain nous précise que dans la chapelle de King's College de Cambridge, en 1564, « partout sur les portes et les murs de la sacristie / et du porche du bâtiment du principal, à présent le parvis, étaient accrochés des vers de toutes sortes[4] ». À Oxford, en 1592, Anthony Wood décrit comment

4 « the dores & whalles of the vestrye / and of the porche of the provost place which now was the courte were hanged full with verses of all kyndes », Nichols, *Progresses*, 1, p. 403.

Élisabeth prend part à la Procession « jetant les yeux sur les murs de l'Église Sainte Marie, du College de All Souls, des Colleges de l'Université et de Magdalen, largement recouverts de vers d'expressions poétiques emblématiques[5] ».

Les observations faites par Wood sur l'attitude d'Élisabeth à Oxford en 1592 concordent avec celles de Nicholas Robinson, Fellow de Cambridge et plus tard évêque de Bangor qui, dans son récit de la visite de Cambridge de 1564, pointe l'attention toute particulière que la reine porte aux poèmes sur les murs et développe une longue métaphore décrivant son désir vorace de lectures zélées. Élisabeth en « avait goûté(s) plusieurs » (*gustasset nonnulla*) ; ils « lui paraissaient savoureux » (*'ei sapere videbantur'*) ; elle désirait les lire *deuorando*, (en les avalant tous ronds). Les préfixes d'intensité utilisés par Robinson – *perbelle* (fort joliment) ; *percuperet* (désirait) ; *perlegere* (parcourir des yeux) – mettent l'accent sur le vif désir de lire manifesté par la reine[6]. Si nous ne sommes pas à même de savoir si Élisabeth a sincèrement parcouru ces pamphlets muraux avec appétit, il apparaît cependant notable qu'elle en ait montré l'intention et que son intérêt avide fut remarqué, gratifiant ainsi de retour, par sa posture de lectrice zélée, les efforts publics de l'université qui visaient à complimenter son savoir. L'attention d'Élisabeth contraste avec l'indifférence manifestée par son successeur : lors de sa visite à Oxford en 1605, le roi Jacques VI et Ier négligea de lire les poèmes sur les murs « si bien que les élèves les arrachèrent vivement », selon la formulation de Wood[7]. Les érudits pouvaient en effet aisément constater si le monarque lisait volontiers, ou non, ce qu'ils avaient écrit.

En 1564, Cambridge fit aussi de son mieux pour donner corps à plusieurs de ses discours savants. Le 9 août en l'Église Sainte Marie, pendant la dispute sur la discipline de la théologie, furent présentés à la reine des copies des vers de la thèse – soit la versification latine des résumés des arguments de la thèse – dont ceux de Matthew Hutton :

---

5 « casting her eyes on the walls of St Mary's Church, All Souls, University and Magdalen Colleges, which were mostly hung with Verses and emblematical expressions of Poetry », Nichols, *Progresses*, 1, p. 403.

6 Nichols, *Progresses*, 1, p. 403.

7 « so they were by the boyes rudely pulled down », cité de John Nichols, ed, *The Progresses, Processions and Magnificent Festivities of King James the First*, Londres, J. B. Nichol, 1828, vol. 1, p. 557.

> À son entrée, Maître Hutton qui défendait ses thèses, (/) exhiba treize copies de ses conclusions versifiées, dont l'une fut confiée à son Altesse par Monsieur le Secrétaire, (/) les autres furent données aux nobles par le bedeau/[8]

Beaucoup de thèses versifiées de cette période existent toujours sous des formes manuscrites et imprimées[9]. Présenter ces vers à la reine était un moyen pour l'université de *fixer* cette démonstration éphémère et *théâtralisée* de la connaissance, et devrait être interprété comme un effort fait pour rapprocher le monarque de ses préoccupations et de ses usages. Par ailleurs, les membres les plus hauts placés dans l'institution n'étaient pas les seuls à présenter à Élisabeth leurs écrits et par extension leur érudition. Au Queens' College, le premier jour de cette même visite à Cambridge, la reine assista aux discours de deux *Sophisters* (étudiants de deuxième ou de troisième année à Cambridge) qui s'exprimèrent depuis l'assemblée des universitaires : après avoir « déposé un baiser sur leur essai », ces deux-là « présentèrent le [document] même à sa Majesté au sein duquel se trouvaient deux oraisons congratulatoires, (/l)'un en vers, (/)l'autre en prose ». On s'interrogea sur la réaction énigmatique d'Élisabeth : « lesquels sa Majesté reçut et tendit à un de ses valets de pied[10] ».

En 1566 à Oxford, plusieurs témoins racontent en détail combien ces remarquables manifestations de l'écriture mirent en exergue la polyglossie de l'institution, ses références à l'Antiquité et sa position centrale dans les évènements politiques de l'époque. Miles Windsor, un étudiant de premier cycle au Collège Corpus Christi et futur historien académique, tint de la visite un journal loquace au langage vernaculaire. Voici le récit qu'il en fit :

> Tandis que la reine entrait dans l'église, on pouvait observer divers feuillets versifiés en latin, (et) en grec (,) et en hébreu fixés sur les portes et les murs

8 « at her entraunce mr hutton who defended the causes / exhibited xiij copies of his conclusions made in verses wherof one was delyvered vnto her highnes by mr Secretorie / thother were gyven to the noble men by the bedell/ », Nichols, *Progresses*, 1, p. 422-423.

9 Voir, par exemple, John Hale Milton's Cambridge Latin, Tempe, AZ : Medieval and Renaissance Texts en Studies, 2005, p. 33-65 ; Sarah Knight, 'Milton's Student Verses of 1629', *Notes and Queries*, 255 : 1, 2010, p. 37-39.

10 « and kyssyng their papers. exhibited the same vnto her maiestie wherein was contayned two oracions gratulatorie / thone in verses / thother in prose / which her highnesse recyvid and gave theim to one of the footemen », Nichols, *Progresses*, 1, p. 395.

> (/) et une singulière carte d'Oxford réalisée par Monsieur Neele représentant les collèges et les halls soustitrés en vers[11].

Le récit plus sobre de Nicholas Robinson, comportant encore plus de latin, s'étend plus largement sur les auteurs et les sujets de ces 'vers'. Il attribue l'un des poèmes décrivant « tous les rois anglais jusqu'à nos jours » à John Wolley[12], qui succéda à Roger Asham en tant que secrétaire de latin auprès d'Élisabeth deux ans après la visite d'Oxford. De manière plus controversée, « un autre relata l'histoire des martyrs brûlés d'Oxford », (Cranmer, Latimer et Ridley), qui s'était déroulée seulement dix années plus tôt[13]. Robinson mentionne aussi la « singulière carte d'Oxford » décrite par Windsor – « quelqu'un avait peint la ville d'Oxford sur une carte[14] » – mais il est plus explicite sur la notion évidente de mise en scène : le cartographe « l'avait placée là afin d'être vue[15] ». La carte et les « divers feuillets versifiés » peuvent être vus comme des efforts réalisés par l'université pour mettre en avant le nombre et le caractère antique de ses locaux et marquer ainsi sa déférence, sa connaissance de la généalogie royale et de la place de la reine au sein du *Reges Angliae*. L'*historia* des martyrs d'Oxford montre le double visage complexe d'une université qui fournit à la fois au monarque des aumôniers, des prêcheurs et des physiciens – aussi bien que des poètes, des dramaturges et des traducteurs, comme autant de membres-clés des processions universitaires – et se présente comme le théâtre possible d'activités non conformistes. Parmi les participants académiques qui auraient pu lire le poème sur les martyrs d'Oxford en l'Église Sainte Marie cette année de 1566, se trouve Edmund Campion, dont la rhétorique

11 « As the Quene entred into the Churche theare weare dyvers sheetes of verses in Lattyn, Greeke, & Ebrewe sett vppon the doores & walles / and a certayne mapp of Oxford made by Mr Neele descrybinge ye colledges & haulles with verses vnder wrytten », Nichols, *Progresses*, 1, p. 478.

12 *vnus omnium Reges Angliæ a Wolleo Magdalensis ad hæc tempora versibus comprehendit*, Nichols, *Progresses*, 1, p. 524.

13 *alius Martyrum Oxoniensum combustorum historiam est persequutus*, *ibid.*, *cf.* Claire Cross, 'Oxford and the Tudor State from the Accession of Henri VIII to the Death of Mary', in *The History of the University of Oxford*, Vol. 3, édité par James McConica, Oxford, Clarendon Press, 1986, p. 117-149 ; D. M. Loades, *The Oxford Martyrs*, London, B. T. Batsford, 1970.

14 *Erat qui ipsum oppidum Oxoniensis depingendum Charta quadam curauit*, Nichols, *Progresses*, 1, p. 524.

15 *ibi spectatum proposuerat*, Nichols, *Progresses*, 1, p. 524.

fut remarquée lors des débats de philosophie naturelle[16], et qui, en tant que Jésuite, sera exécuté pour trahison en 1581. Sans doute Campion est-il le plus célèbre exemple d'appartenance aux courants d'expression confessionnels traversant l'université au cours de la première décennie du règne d'Élisabeth, mais il n'est pas un cas isolé. En tant qu'institution, Oxford souffre d'une atmosphère particulièrement tendue au cours des années 1560, à la suite des violentes altercations ayant eu lieu dix ans auparavant entre Élisabeth, son frère, sa sœur et plusieurs universitaires réunis lors de la procession de 1566 lesquels avaient été alors inquiétés en raison de leur appartenance religieuse.

De même en 1564 à Cambridge, la présentation des travaux universitaires fut manipulée afin de mettre au premier plan des aspects de la vie académique, ce sur quoi William Cecil en particulier, Chancelier de l'université de 1559 à 1598 et principal conseiller d'Élisabeth, souhaitait mettre l'accent. Tout au long de son mandat de Chancelier, et peut-être plus encore qu'aucun autre dignitaire élisabéthain, Cecil contrôla la production des livres présentés à la reine dans chaque circonstance impliquant l'Université. En 1564, il instaura un précédent qui fit date quand il commanda l'impression de « deux livres » destinés à être « exposés devant sa Grâce », prêtant une attention méticuleuse à leur contenu et leur présentation[17]. Un fait compilé par le greffier du service d'inscription de l'université de Cambridge Matthew Stokys, à qui nous devons bien des détails sur la vie à Cambridge entre l'accession au trône par la reine et l'année 1591, montre clairement la minutie avec laquelle le présent dû être préparé.

> Il doit être noté qu'avant l'arrivée de son Altesse en ville par annonce de Monsieur le Secrétaire / commande fut donnée pour la fabrication de deux livres afin que ceux-ci soient exposés devant sa Grâce. Dans l'un doit être inscrits en lettres romanes, à la fois en grec / et latin, hébreu, chaldéen / et en anglais, tous les vers qui furent composés au sujet de sa venue et autrement effectués en divers endroits de la ville / comme mentionné auparavant / et que chaque collège doit trouver place dans ce livre / dans l'autre doivent être compilés et classés les fondateurs / et bienfaiteurs de chaque collège, les noms de chaque compagnie présents à ce jour / et leur grade et le noms de tous ceux qui se sont élevés pareillement à de grandes estimes dans le monde ou

16 Nichols, *Progresses*, 1, p. 479.

17 Les deux manuscrits existent toujours : respectivement à la Bibliothèque Universitaire de Cambridge Add. MS 8915 et aux Archives Nationales des Documents d'État 12/32.

> ayant obtenu toute fonction illustre / en tant qu'évêques, ambassadeurs ou l'ensemble des serviteurs spéciaux et particuliers du prince[18].

Les faits rapportés par Stokys montrent bien à quoi Cecil souhaitait visiblement donner la priorité, tout comme à Oxford deux ans auparavant, l'un des buts clairement affichés étant de mettre en avant l'expertise linguistique. Cecil a indiqué avec précision la nature de la calligraphie (de « main romaine » : en italique humaniste) et l'examen éditorial des poèmes (« les vers composés / à vérifier par les plus instruits de chaque maison[19] »), mais c'est le médium linguistique (« grec / latin hébreu chaldéen / et anglais ») qui reste le plus important.

Les langues indiquées dans la lettre de 1564 de Cecil rappellent les décors muraux – les « vers en latin, grec, et hébreux » identifiés par Windsor – qui avaient, pour la première visite d'Élisabeth à Oxford transformé l'église Sainte Marie de l'université en un symbole visuel d'une éloquence triangulaire. Conséquence de la Réforme, le multilinguisme, particulièrement l'expertise en langues bibliques, devint un aspect central de toute revendication nationale visant à établir des versions autoritaires des écritures patristiques et bibliques. Le latin, bien-sûr, restait la langue institutionnelle, au moment même où des chaires en langue grecque et hébraïque étaient instituées dans les deux universités sous le règne d'Henri VIII au début des années 1540[20]. Nous pouvons

18 « Here is to be noted that before her highnes cam to the towne by advertisment of mr Secretorie / order was taken for the makyng of twoe bookes to be exhibited vnto her grace. In thone should be wrighten in Romayne hand all the verses bothe of greeke / and laten hebrew Caldee / and Englishe which were made of her commynge and other wayes set vp in divers places of the towne / as is mentioned before / and that every colledg should be placed by hymselfe in that booke / in thother should be compiled and digested the founders / and benefactours of every colledg the names of every companies at this present tyme / and their degrees and the names of all thoes that had been brought [up] in the same which had come to some great estimacion in the worlde or been in eny hie function / as bishopes Imbassadours or eny speciall or entyre servaunt of the prynce », Nichols, *Progresses*, 1, p. 417.

19 « the verses made / to be overseen of the best lerned in every howse », Nichols, *Progresses*, 1, p. 384.

20 Pour de plus amples discussions portant sur les études d'hébreux dans les premières universités modernes, voir G. D. Duncan, « Public Lectures and Professorial Chairs », in McConica, ed., *History of the University of Oxford*, 3, p. 335-362 (356), G. Lloyd Jones, *The discovery of Hebrew in Tudor England : a third language*, Manchester, Manchester University Press, 1983, Joseph L. Mihelic, « The Study of Hebrew in England », *Journal of Religion and the Bible* 14, 1946, p. 94-100.

lire les instructions de Cecil au sujet des vers qui doivent être rédigés dans un mélange de langues classiques et bibliques de façon directe, tel que devait l'être, ainsi que nous l'avons indiqué précédemment, un compliment fait à un monarque polyglotte. Cette disposition souligne bien les grandes lignes de l'idéal érasmien du collège trilingue enseignant le grec, le latin et l'hébreu. L'accent mis par Cecil sur les poèmes en « anglois » suggère une connaissance de l'importance qu'avait prise la langue vernaculaire dans le sentiment national de l'Angleterre de la période post-Réforme, ainsi que dans son statut grandissant en tant que langue littéraire et liturgique. Sa recommandation que certains poèmes soient aussi écrits en chaldéen répond aux initiatives du milieu du siècle visant à l'apprentissage des langues bibliques, spécialement les études continentales sur le christianisme cyriaque qui avait attiré l'attention depuis la publication dans les années 1550 du Nouveau Testament cyriaque[21]. Le livre, minutieusement composé dans cette liste de langues, compenserait ainsi les revendications implicites des universités d'Angleterre d'être aussi accomplies que les universités équivalentes d'Europe continentale, que leurs connaissances scientifiques émanent d'universitaires protestants de Genève ou bien de catholiques travaillant à Rome, en Espagne ou aux Pays-Bas nordiques.

Si le premier livre fut écrit dans le but d'afficher les talents linguistiques des brillants étudiants du moment à Cambridge, l'appel à contribution pour le second livre à ceux « qui se sont élevés pareillement à de grandes estimes dans le monde ou ayant obtenu toute fonction illustre » met en valeur son passé prestigieux. De tels prestiges tirés de l'histoire du collège et de l'institution devinrent des présents ponctuant chaque étape des processions qui suivirent celle de 1564. À cet égard, la désignation précise du type d'universitaires invités à participer – ceux ayant atteint « toute fonction illustre / en tant qu'évêques, ambassadeurs, ou tous serviteurs spéciaux et particuliers du prince » – visait peut-être exhorter la reine à considérer les universitaires qu'elle rencontrait au cours de la Procession, non pas comme les éphémères conférenciers d'un jour, ou des traducteurs retirés derrière les murs du collège isolés de la métropole, mais comme de futurs collaborateurs destinés à de hautes fonctions au sein de la société civile et pas seulement

21 Voir, par exemple, Kenneth Austin, *From Judaism to Calvinism : The Life and Writings of Immanuel Tremellius (1510-1580)*, Aldershot, Ashgate, 2007).

impliqués dans la vie académique. Ces compilations d'*alumni* devaient aussi être associées à l'intérêt grandissant des deux universités pour l'histoire institutionnelle, qui, au cours de la période élisabéthaine, entrèrent toujours plus en compétition. Le premier jour de sa visite à Cambridge, par exemple, William Masters, l'orateur de l'université, parla longuement « de l'antiquité de l'Université, bien plus âgée que Paris ou Oxford[22] ». Le ton agressif d'une telle assertion ne manqua pas de promouvoir Oxford au niveau du patronnage d'une antiquité institutionnelle comme l'affirme le livre de John Caius *De Antiquitate Oxoniensis Academiæ libellum* dédicacé à Élisabeth en 1566 – un petit livre sur le caractère antique de l'Université d'Oxford[23].

L'accent mis sur les lumières passées de l'Université avertissait aussi son corps enseignant que les faveurs royales s'obtenaient à certaines conditions. Au cours de cette période, les universités reçurent maintes visites officielles[24], et à l'occasion de tous ces déploiements panégyriques, divertissements et mises en scène rhétoriques, les Processions universitaires en l'honneur de la présence physique d'Élisabeth permirent au regard officiel de s'exercer de manière oblique et non frontale. Toutefois, le défilé des visiteurs de la Procession ne permettait pas à ceux-ci d'observer aussi attentivement que leurs homologues ecclésiastiques. On ne peut douter cependant que les processions placèrent les universités sous une forme de surveillance à caractère idéologique.

Dans le même temps, certains universitaires mirent à profit la surveillance et la contrainte de se conformer aux attentes dont leur université faisait l'objet pour attirer l'attention sur la qualité de leur enseignement. La lettre de 1564 de William Cecil à Edward Hawford, (Maître du Christ puis Vice-Chancelier de l'université) atteste clairement de cette intention dans sa déclaration d'un « désir (...) que deux choses puissent apparaître dans cette université/ Ordre/ et connaissance : et pour ce qui est de l'ordre il s'agit à la fois de religion et d'attitude civile[25] ». Les

22 « of thantiquitie of thuniuersitie which is muche older the[n] Oxford or paris », Nichols, *Progresses*, 1, p. 398.

23 Nichols, *Progresses*, 1, p. 436.

24 Voir C. M. Dent, *Protestant Reformers in Eizabethan Oxford*, Oxford, Oxford University Press, 1983, 1958, H. C. Porter, *Reformation and Reaction in Tudor Cambridge*, Cambridge, Cambridge University Press, 1958.

25 « desyer [...] that twoe thynges may specyally appeare in that vniuersitie/ Order/ and lernyng : and for order I meane bothe for religionn and Civyll behavour », Nichols,

livres présentés à la reine prirent une part importante dans l'illustration de « l'Ordre et de la Connaissance ».

Un ouvrage qui réunit, semble-t-il, ces deux qualités fut le Nouveau Testament grec d'Érasme, imprimé pour la première fois en 1516, qui devint un présent récurrent fait au monarque. Sa première présentation eut lieu à Audley End en 1578, puis il apparut à nouveau à Oxford in 1592, et une nouvelle fois en 1605 pour la visite à Oxford de Jacques VI et Ier. Dans le cadre d'une étude approfondie de la Bible au début de la période moderne, Michael Davies suggère qu'il soit considéré comme un « *objet* dramatique » et que cette lecture publique de la Bible est « une démonstration enracinée au cœur des questions d'autorité et des types différents de pouvoirs[26] ». Davies insiste sur le fait que les Bibles sont présentées comme des objets propres à la démonstration et sur lesquels s'appuient les récits jalonnant la Procession. La description de Stokys relative à l'aménagement de la Chapelle du King's College en 1564, atteste, par exemple, de la position précisément centrale conférée à la Bible :

> Et au milieu entre les portes nord et sud était étendu un tapis de Turquie clair et sur lequel se trouvait une toute petite forme en bois sculptée elle aussi couverte d'un autre tapis de Turquie / et un coussin sur lequel s'agenouiller et un autre revêtu de tissus doré et sur lequel était posé la Bible en latin / tout ceci provenant des affaires de la reine[27].

Les affirmations de Stokys au sujet de la Bible comme « venant des affaires de la Reine » signifient que – à l'instar des étoffes et des objets luxueux tels les deux tapis de Turquie et les deux coussins – la Bible appartenait à la reine et non à l'université. Au King's College la Bible était présentée théâtralement comme une propriété, propre à frapper

Progresses, 1, p. 381 ; Siobhan Keenan, « Spectator and Spectacle : Entertainments at the Universities in the 1560s », in *The Progresses, Pageants and Entertainments of Queen Elizabeth I*, ed. Jayne Elisabeth Archer, Elizabeth Goldring, Sarah Knight, p. 86-103, Oxford, Oxford University Press, 2007.

26 « an *object* of drama », « a performance rooted in questions of authority and power of various kinds », Michael Davies, « Enter the Book : Reading the Bible on the Early Modern Stage », in *Early Modern Drama and the Bible*, édité par Adrian Streete, 27-47, p. 27, Londres, Palgrave Macmillan, 2012.

27 « And in the myd betwene the north & sowthe doores a fayer turkye carpet layed and vpon that a lytle short Ioyned fourme / set coveret also. with one other turkye carpet / and one quoyshen to knele vpon & one other to Leane on of clothe of gold and thereon layed the byble in laten / all thees weare of the Quenes stuffe », Nichols, *Progresses*, 1, p. 392.

les esprits en tant qu'objet d'inspiration puissante, mais destinée à transmettre également aux bibliographes et linguistes *cognoscenti* une signification religieuse toute particulière.

C'est explicitement « la Bible en latin » : ce n'est seulement que 15 ans après 1564 qu'apparurent les Anciens et Nouveaux Testaments en latin du protestant Immanuel Tremmelius. Il se pourrait donc qu'il s'agisse d'une édition du Nouveau Testament grec d'Érasme avec traduction latine de 1516, et peut-être aussi l'un de ceux imprimés par Stephanus[28]. Le recueil de poèmes de Cecil a pu inclure l'anglais, mais dans l'hypothèse où la reine se trouvait être l'une des responsables du choix de cet objet parmi les autres « affaires » qu'elle apporta à Cambridge – son geste est éloquent, et peut-être judicieusement diplomatique. Une Bible en anglais aurait été sujette à controverse. Publiée en volumes, toute la Bible de Genève parut dès 1560. Bien que beaucoup, parmi les traducteurs et éditeurs, furent retournés dans les universités anglaises au début du règne d'Élisabeth, le choix de cette bible comportant en marge des annotations d'esprit calviniste ne fut pas aisé pour une reine dont, à n'en pas douter, au cours des dix premières années de son règne, l'objectif politique consista à trouver une voie de compromis entre les différents groupes protestants. À la fin des années 1560, la traduction anglaise connue sous le nom de « Bishops' Bible » (publiée en 1568) et à laquelle avaient participé beaucoup d'universitaires d'Oxford et de Cambridge, était en cours de rédaction, mais non encore achevée[29]. Dès lors, le choix le plus sûr était certainement la version modérée d'Érasme en lien avec l'un des plus importants imprimeurs humanistes du continent, ainsi que le souligne le fréquent emploi des Bibles Stephanus lors des processions universitaires. Étant donné la concentration des enseignements bibliques dans les universités, dont l'apogée fut atteint lors du règne suivant avec la traduction de la Bible du roi Jacques, il convient de considérer ces dons de Bibles comme un aspect important des présents de l'université.

Différentes de ces nombreuses Bibles offertes, mais semblables dans leurs intentions didactiques, se distinguaient des travaux à la fois de composition originale et de traduction destinés à Élisabeth au cours

28 *cf.* Austin, *From Judaism to Calvinism*, David Daniell, *The Bible in English*, New Haven and London, Yale, 2003, p. 375.

29 Voir Gordon Campbell, *Bible : The Story of the King James Version*, Oxford, Oxford University Press, 2011, p. 28-30, Daniell, *Bible in English*, p. 338-347.

des Processions. Les présents offerts (offrandes de trois hommes) en particulier à Oxford en 1566, mettent en lumière trois personnages, à savoir : George Ethrege, ancien professeur de Chaire Royale en langue grecque, Thomas Neale professeur d'hébreu et John Sanford traducteur indépendant. Ces universitaires saisirent l'opportunité de la visite de la reine non seulement pour lui prodiguer des compliments, mais aussi – implicitement et explicitement – pour lui prodiguer des conseils. En 1560, les universitaires étaient encore divisés en communautés confessionnelles, reflétant les bouleversements religieux rapides des années 1550. Cependant, de toute évidence, pas une seule de ces communautés ne savait comment procéder au mieux afin de rentrer dans les bonnes grâces de la reine. Etherege et Neale furent de loyaux Maristes, des Catholiques qui, du fait de leurs compétences gardèrent leur poste à l'université, en nette opposition avec certains qui, tel le Président du Magdalen College, Lawrence Humphrey, rentrait à peine d'une longue visite sous le règne de la reine Marie en des terres calvinistes plus sûres. À Oxford en 1566, parmi les universitaires, les extrémistes confessionnels firent montre d'un grand zèle dans leurs textes présentés à la reine, plus qu'au cours d'aucune autre Procession.

Les livres de Etherege et Neale fournissent un excellent exemple du travail accompli par les Catholiques afin d'impressionner Élisabeth lors de sa visite. Miles Windsor rapporte que Etherege lui présenta « un livre en vers grecs rapportant les nobles actions du père de sa Majesté[30] ». Wood présenta Etherege comme « une personne engagée contre les Protestants » parce qu'il refusa de faire le serment de suprématie lors de l'accession d'Élisabeth : célébré pour son enseignement comme « un très excellent enseignant de Grec » (là encore le terme est de Wood)[31],

30 « presented a booke of greeke verses contayninge the noble acts of her Grace's Father' to the Queen » ; Nichols, *Progresses*, 1, 484-485 : par Etheredge, Ἐγκώμιον τῶν πραξεων καὶ τῶν ςτρατηγμάτων τοῦ Ἐνρίκου ὀγδόον ἐμφανεσάτου βασιλέως (un poème à la louange des actes et des stratagèmes du renommé Henri VIII, le Roi). Fut aussi donné un titre abrégé en latin *Acta Henrici Octavi carmine, Graece* (poème en grec sur les actes d'Henri VIII), conservé à la British Library parmi les Manuscrits Royaux (16 C x, fols. 1-38). Une date hypothétique de 1566 a été donnée au manuscrit, en raison de la preuve qu'il apportait par sa présentation de la visite d'Oxford, cependant, comme le montre l'exemple de la dédicace de Neale, le poème peut avoir été composé à une date antérieure.

31 « a forward person against the Protestants », « a most excellent Grecian », Anthony Wood, *Athenae Oxonienses*, édité par Philip Bliss, Vol. 1, London, Rivington, 1813, p. 546.

Etherege fut interrogé fréquemment à Oxford et à Londres[32]. Etherege dédicaça son poème à Élisabeth, la reine « Τῇ τιμιωτάτῃ καὶ ἐμφανέσατῃ » (bien-aimée et renommée)[33], mais cet écrit restait fermement centré sur les *summa (…) beneficia* (les plus grands bénéfices) octroyés à la reine par son père Henri VIII, ainsi que son corolaire latin *argumentum* – un paratexte qui démontre que son auteur n'était pas seulement « engagé » auprès des Protestants – souligne la nécessité pour la reine de suivre les traces de son père : « L'auteur lui-même se réjouit pour le pays et la République, parce que la reine la plus Illustre imite ses vertus[34] ». Une telle insistance sur la générosité de sa lignée est notable dans d'autres textes de 1566, comme le dialogue en vers de Thomas Neale's *Topographica Delineatio*, qui remplit à la fois la mission d'un répertoire compilant les noms des étudiants de Cambridge et rappelle la générosité de Marie en faveur des universités au cours des dix années précédentes[35] . Toutes ces suggestions furent explicitement énoncées afin de préserver la générosité d'Élisabeth, et l'inciter à maintenir l'aide de l'État pour financer les universités.

En 1566, Oxford offre la plus grande démonstration de publication d'ouvrages imprimés et dédiés directement aux mains royales. Selon un rapport en latin rédigé par son ami John Bereblock d'Exeter, Thomas Neale se serait présenté à la reine, sur son chemin vers l'Église Sainte Marie la Vierge où elle se rendait, afin de lui offrir deux documents, une traduction hébreu/latin de commentaires rabbiniques et un schéma topographique d'Oxford :

> Alors qu'elle parcourait les jardins du collège, Thomas Neale, *praelector*[36] dans la chaire d'hébreu, vint à sa rencontre et tendit à sa Majesté la Reine

32 James McConica, *English Humanists and Reformation Politics*, Oxford, Clarendon Press, 1968, p. 374.

33 Etherege, *Acta*, fol. 1ʳ.

34 *author ipse Patriæ ac Reipublicæ gratulatur, quòd has virtutes Regina Illustrissima imitetur*, Etherege, *Acta*, fol. 5ʳ.

35 Nichols, *Progresses*, 1, 484. D'autres auteurs ont présenté leurs travaux au cours de la visite de 1566, tel Edmund Lillie qui écrivit un inhabituel « Prosopopœia Academiae » dans un volume de présentation du vers de Madeleine (voir Nichols, Progresses, 1, 599, et une louange aux *inclyta facta* (actes glorieux) d'Henri VIII, Nichols, Progresses, 1, p. 566.

36 Note de la traductrice : position honorifique particulière aux universités de Cambridge et d'Oxford donnant notamment la responsabilité au professeur désigné de nommer les étudiants lors de la cérémonie de fin d'études.

> ses commentaires à propos de douze prophètes rabbiniques qu'il avait traduit de l'hébreu au latin[37].

À ces présents s'ajouta un « dialogue poétique, contenant l'entière topographie de l'université, avec des représentations authentiques des écoles et des collèges, montrant leur emplacement naturel ainsi que leur apparence[38] ». Bereblock décrit le vif intérêt manifesté par Élisabeth pour ces présents : « En effet, la Reine grandement émue par l'obligeance de Neale et par son présent sembla ne jamais avoir reçu de meilleurs et de plus beaux cadeaux, et elle le remercia dans la plus ample et la plus rare expression[39] ». Bereblock rapporte comment les universitaires saisirent les opportunités présentées par les Processions, peut-être avec une dimension d'intérêt personnel puisque lui-même dessina la représentation des collèges et des bâtiments universitaires apparaissant dans le *Topographica Delineatio* de Neale figurant peut-être dans la « singulière carte d'Oxford » décrite par Miles Windsor et discutée plus haut[40].

Les deux manuscrits se déploient[41] selon la même écriture italique et les deux contiennent le même poème en dédicace, argumentant de manière pertinente la nécessité pour la reine de continuer à « arroser les racines » de l'Université[42], et en particulier l'importance de continuer à financer les professeurs de langue hébraïque. Dans le manuscrit bodléein, ce poème est long de dix vers, mais une strophe supplémentaire a été ajoutée au manuscrit de la British Library : « Vous, prenez ces efforts – quels qu'ils fussent – avec tranquillité, / Des efforts qu'une main dévouée vous présente[43] ». Les mots essentiels en latin – *Tu* (Vous) et

---

37 *Ei inter eundum in collegij hortis Thomas Nelus occurrit prelector Hæbraus is Rabbinorum in duodecim prophetas commentarias, quos ex Hebreo Latinos fecerat, Regiam maiestatem donauit*, Nichols, *Progresses*, 1, p. 628.

38 *Dialogum versibus conflatum, totius Academiæ topographiam continentem, cum singulis scholarum ac collegiorum genuinis picturis, ibid.*

39 *Regina vero, Neli benevolentia, istoque illius dono magnopere commovetur, nec antea vnquam visa est vllum munus maius meliusve accepisse, ita amplissimis et singularibus verbis ei gratias egit, ibid.*

40 Voir Louise Durning, ed., *Queen Elizabeth's Book of Oxford*, Oxford, Bodleian Library, 2006.

41 Le manuscrit *Topographica Delineatio* se trouve dans la Bibliothèque Bodléienne (MS Bodley 13, pt. 1) et le manuscrit des *Commentarii* est conservé à la British Library (Manuscrits Royaux 2 D XXI B. 2).

42 *Tu pia radices* [...] *rigas*, Neale, manuscrit des *Commentarii*, fol. 1^r.

43 *Tu cape conatus hos qualescunque sereno / Vultu, quos offert officiosa manus*, Neale, manuscrit des *Commentarii, ibid.*

manus (main) – sont placés à bon escient au début et à la fin du couplet, et Neale utilise le mode impératif – « Prenez » (*cape*) – comme pour mettre l'accent sur l'action physique consistant à déposer des manuscrits entre les mains de la reine « alors qu'elle cheminait à travers les jardins du collège ». Il s'avère important de pointer que le *Topographica Delineatio* fut écrit sous forme d'un dialogue entre Élisabeth et Leicester alors qu'ils se promenaient à travers la ville d'Oxford : Neale semble s'être intéressé à la dimension physique de la lecture, comme le poème et les lettres en dédicace, au sein du *Topographica Delineatio* particulièrement, l'illustrent fort bien. Plus qu'aucun autre auteur ayant apporté un livre à Élisabeth au cours des visites universitaires, Neale met l'accent sur la dynamique du mouvement de l'universitaire tendant un livre à la reine dans une symbolique insistant sur la réciprocité de l'érudition.

L'insistance de Neale quant à la spécificité du destinataire de la dédicace – souligné par la deuxième personne du singulier *tu* en latin dans une adresse au monarque – peut suggérer que les commentaires furent écrits à l'attention particulière d'Élisabeth. Mais la rumeur qui circulait en 1566 évoque en fait la possibilité d'un autre destinataire : Robinson rapporte qu'il « avait voulu (*voluit*) les dédier au Chancelier d'Oxford : mais qu'il parut plus avisé (*consultius*) de les dédicacer à la Reine[44] ». Le dilemme de Neale semble significatif : la souveraine recevrait-elle favorablement cet hommage ? ou bien préfèrerait-elle désigner un personnage responsable parmi les grandes figures de l'Université, tel que son Chancelier, le Comte de Leicester ? En fait, la question des destinataires des *Commentarii* devient plus complexe à mesure qu'on l'approfondit, car ils furent imprimés pour la première fois à Paris en 1557 et dédiés au Cardinal Reginald Pole en sa fonction de représentant de l'Église Catholique romaine en Angleterre[45]. La dédicace faite à Pole est longue de six pages, deux pages seulement pour celle dédiée à la reine, inspirée d'un catholicisme fervent, comme l'on pouvait s'y attendre, invoquant « notre Reine Marie, qui ne pourrait être louée suffisamment pour avoir restauré en notre demeure la religion[46] », et présentant son auteur comme l'ambassadeur de la langue hébraïque

44 Nichols, *Progresses*, 1, p. 523.

45 La cote de la copie se trouvant à la British Library des *Commentarii Rabbi Davidis Kimhi in Haggaeum, Zachariam & Malachiam prophetas* (Parisiis : Apud Martinum Juvenem, 1557) consultée pour ce chapitre : C.48. f.1.

46 [*n*]*unquam satis laudatæ reginæ nostræ Mariæ / Domi nostræ in instauranda religione* : Neale, *Commentarii*, sig. Aiij[r].

venu divulguer cette « langue errante, inconnue des oreilles latines[47] » aux « jeunes hommes zélés pour les belles lettres renaissantes[48] » dans l'espoir qu'ils soient ainsi dirigés vers de telles études, « comme tirés par la main par les traducteurs qui leur montrent le chemin[49] ». Neale se réfère à ces commentaires comme à autant de « fruits à consacrer à l'utilité publique[50] ». Par contraste, les sollicitations de l'épitre en dédicace placée entre les mains de la reine dans le jardin de Christ Church, semblent manquer d'à propos. Les commentaires sont plus génériques : « un témoignage à la fois de devoir et de révérence envers sa Majesté royale[51] ». Il est difficile de ne pas percevoir la reprise peu élaborée de la précédente dédicace dans cette seconde adresse rédigée par Neale, particulièrement lorsque l'on se souvient des observations de Robinson concernant la préférence de Neale en faveur de Leicester en tant que destinataire des commentaires. Nous pourrions aussi envisager la possibilité d'interpréter l'apparente tendance des Catholiques d'Oxford à produire des travaux en grec et en latin – le poème grec d'Etherege, les traductions latines de Neale – plutôt que dans la langue vernaculaire comme corollaire de leurs croyances religieuses. Tout comme l'ont soutenu David Daniell et d'autres, les premiers universitaires catholiques élisabéthains furent plus méticuleux dans leurs traductions vernaculaires des écritures et des textes en lien avec les écritures que ne le furent leurs homologues protestants[52].

Tous les livres offerts à la reine n'eurent pas le même destin complexe que les *Commentarii* de Neale. Robinson nous expose que le « *Magister Jacobus Sanford transtulit Epictetus in anglicam sermonem, Reginæque dedicauit* » (Maître James Sanford traduisit Épictète en langue anglaise et le dédicaça à la reine)[53]. Quand on la compare aux diverses dédicaces des travaux de Thomas Neale, la dédicace de Sanford, « à l'attention de la Princesse la plus élevée et vertueuse, Élisabeth » apparaît moins complexe[54]. Sanford n'avait pas de lien formel avec Oxford et il n'existe aucune preuve

47 *peregrina lingua & Latinorum adhuc auribus inusitata*, Neale, *Commentarii*, *ibid.*

48 *renascentium bonarum literarum studiosi iuuenes*, Neale, *Commentarii*, *ibid.*

49 *quasi præuia interpretum manu deducti*, Neale, *Commentarii*, sigs. Aiij^{v}-Aiv^{r}.

50 *primitiæ cum publicæ vtilitati consecrandæ*, Neale, *Commentarii*, sig. Av^{r}.

51 *tum officij tum obsequij erga regiam maiestatem tuam testes*, Neale, *Topographica* manuscript, fol. 2^{v}.

52 Daniell, *Bible in English*, p. XIX-XX.

53 Nichols, *Progresses*, 1, p. 523.

54 Sanford, *The Manuell of Epictetus*, Londres, Henry Bynneman pour Leonard Maylard, sig. Aij^{v}.

qu'il ait étudié là-bas. Il nous dépeint un Épictète « christianisé » dont les opinions perdent de leur polythéisme païen une fois traduites en anglais (exemple : « Obéis à Dieu et à la nature », (sig. Aij). Dans son épitre dédicacée, un commentaire en tout point protestant accordé au *Manuell* met l'accent sur le travail, à la fois du processus de traduction et de sa réception espérée. Dans une conclusion bien agencée de son épitre, Sanford loue l'intelligence de la reine en la comparant à une série d'*exempla* féminins classiques, ce qui se faisait traditionnellement, ces comparaisons se distinguent, cependant, par leur aptitude particulière à servir les objectifs du traducteur élisabéthain : il compare Élisabeth à « Zénobie, Reine des Palmyriens », entre autres, « qui montrait une grande habileté dans la langue grecque et n'ignorant pas le latin » (who was very skilfull in the Greeke language, and in the Latin not ignorant ; sig. Aiij). L'un des traits caractéristiques de la rhétorique universitaire à l'attention directe de la reine en 1566 à travers cette reconnaissance de son érudition et l'investissant comme une *regina philosopha*, se rencontre et trouve sa réciproque dans son discours de Sainte Marie devant l'assemblée académique. William Sherman a déclaré que, dans sa dédicace, Sanford « évoque explicitement cette association étymologique avec la main » (le mot *Enchiridion* vient du grec ἐν χειρί « dans la main »)[55], un parallèle établi par Sanford visant à suggérer une valeur encore plus haute de cette traduction lorsqu'elle est placée entre les mains d'une reine non seulement capable d'en lire les préceptes mais aussi d'agir sur eux.

La question pourrait se poser quant à ce que les traducteurs et les auteurs espéraient obtenir en présentant leurs textes à la reine : croyaient-ils encore suffisamment en la parité d'une République des Lettres qui excuserait leur hétérodoxie religieuse sous le prétexte d'une habileté en matière de versification grecque ? Espéraient-ils en exposant à la reine leur point de vue religieux et éthique aux débuts de la période de son règne qu'ils pourraient être capables de modeler les pensées d'une jeune femme ? Quoi qu'il en soit les livres présentés à la reine en 1566 et au cours des autres visites universitaires devinrent la synecdoque des objectifs de la Procession dans son ensemble. Les universitaires tentèrent de capter ces évènements essentiellement éphémères pour les rendre

55 « explicitly invok[es] its etymological association with the hand » William Sherman, *Used Books : Marking Readers in Renaissance England*, Philadelphie, PA, University of Pennsylvania Press, 2009, p. 47.

plus permanents, transcrivant leurs discours et poèmes afin que la reine puisse garder des souvenirs matériels de ses visites ; ils travaillèrent à l'impressionner à la hauteur de leur expertise et de leurs études, en tant qu'enseignants, exégètes et traducteurs. Ces livres furent présentés d'une manière aussi impressionnante visuellement qu'il fut possible de le faire par les auteurs, les relieurs et les commanditaires ou mécènes, créés avec l'intention d'exprimer publiquement la loyauté de l'universitaire lui-même et, par extension, de son collège ou de son université. Le don d'un livre était à la fois public et privé, un artéfact à la fois coûteux et de prestige qui était remarqué, mais qui visait aussi à marquer durablement l'esprit de son destinataire. Les courtisans pouvaient inviter Élisabeth à danser, la noblesse pouvait lui offrir de précieux bijoux, les universitaires étaient, cependant, les mieux placés pour lui offrir des livres, et bien souvent cela avait un but didactique délibéré. Les enseignants ne parvenant souvent pas à suspendre leur enseignement et Élisabeth étant réputée dans les universités pour être la disciple talentueuse de Roger Ascham, célèbre professeur de Cambridge, les tuteurs de la reine crurent-ils sans doute qu'elle se montrerait également réceptive aux enseignements des successeurs d'Ascham. Élisabeth jouait certainement le rôle de l'élève obligée, mais au cours des processions, on observa aussi d'autres mises en scène : celle de l'ingénue reconnaissante envers le conseil paternaliste des doyens du collège, le monarque à distance recevant les hommages dus, et plus divertissant encore, le regard acéré de l'observateur commentant de façon caustique certaines maladresses académiques. Une analyse des réactions de la reine, comme des efforts faits par les universités pour impressionner et instruire, met en relief cette association entre le monarque et ses universités au cours d'une période d'intense observation de part et d'autre.

Sarah KNIGHT
University of Leicester

Traduction de Coralie BUCAILLE

ELIZABETH AND OXFORD, STAGING POWER IN THE UNIVERSITY DRAMA

Dido and Oxford: Staging Power in the University Drama

Recent studies of Elizabethan University drama, particularly those focused upon Elizabeth's visits to the Universities, have considerably advanced our understanding of why particular plays might have been selected as appropriate for performance. These ground-breaking studies have simultaneously arrived at a similar conclusion about the relationship of power between 'gown and crown': Sarah Knight has persuasively argued for the propriety of producing Sophocles as response to William Cecil's desire for the Universities to demonstrate «order and learning» in their drama, for example[1]; whilst Linda Shenk considers, in an articulate description of university drama as a learned product that contained strong courtly influences, how plays were often produced in such a way as to reflect perceived royal taste[2]. Siobhan Keenan highlights the opportunity for university men to offer counsel during Royal visits, although, as she concludes, the advice offered, either about continued religious reform or the advantages of marriage, apparently went unheeded and Elizabeth was always able to assert her dominance over proceedings[3]. This paper develops from this consensus, suggesting, through a case-study,

1 Sarah Knight, '"Goodlie Anticke Apparrell"? Sophocles' *Ajax* at Early Modern Oxford and Cambridge', *Shakespeare Studies* 37, 2009, p. 25-42.

2 Linda Schenk, 'Gown Before Crown: Scholarly Abjection and Academic Entertainment Under Queen Elizabeth I', in *Early Modern Academic Drama*, eds Jonathan Walker and Paul Streufert, Aldershot, Ashgate, 2008, p. 19-44.

3 Siobhan Keenan, 'Spectator and Spectacle: Royal Entertainments at the Universities in the 1560s', in *The Progresses, Pageants and Entertainments of Queen Elizabeth I*, eds Jayne Elisabeth Archer, Elizabeth Goldring, and Sarah Knight, Oxford, Oxford University Press, 2007, p. 86-103.

how drama might well have been used to consider, rather than merely exhibit, both a particular image of the Queen and the particular potential of academic drama in performance.

On 13th May, 1583, Robert Dudley, Early of Leicester and at that time Chancellor of the University of Oxford, wrote to instruct the University authorities to prepare to host the Polish prince Albrecht Łaski, who would visit at the Queen's suggestion between Monday 10th and Thursday 13th June. There have been various suggested reasons for the visit: Sarah Knight explains that the visit was part of a wider western European tour as ambassador for Poland, but also notes that the French ambassador (Michel de Castelnau) suspected he hoped to use the visit to try to persuade the English to stop selling arms to Russia[4]: Anthony Wood (in *The Histories and Antiquities of the University of Oxford*) simply writes that he came "to the English Court to see the Fashions and admire the wisdom of the Queen."[5] Whatever the motivation for Laski's visit, Dudley requested a programme of events similar to that laid on for the royal visit of 1566, which had included performances of *Marcus Geminus*, the two-part *Palamon and Arcite*, and *Progne*. The Queen herself did not accompany Laski to Oxford, but she sent him up the Thames to Oxford on the royal barge.

Once at Oxford, Laski was lavishly entertained, with disputations, and on his first night fireworks, on his second night the performance of a comedy, William Gager's *Rivales*, and on the third night Gager's tragedy of Dido. "Yesterday the stage offered you silly Mopsus, today it will offer a lofty tale. The comic slipper turns into the tragic buskin", as the Prologue tells us, adding that 'Crying is a very enjoyable thing, when nothing is actually wrong'[6]. This assertion of the fictionality of the story to be presented is juxtaposed with what we may take to be the realia of the performance space which connects the banquet Dido

4 Sarah Knight, 'Baron Laski's Visit to The University of Oxford, 10-13 June 1583', in *John Nichols's The Progresses and Public Processions of Queen Elizabeth I: A New Edition of the Early Modern Sources*, eds. Elizabeth Goldring et al, Oxford, Oxford University Press, 2014, p. 168.

5 Ibid., p. 175.

6 Quotations from Gager's *Dido* are from the unpublished translation by Elizabeth Sandis which was commissioned for the 2013 EDOX (Early Drama at Oxford) production Christ Church, directed by Elisabeth Dutton. The Latin text and an English translation by Dana Sutton are available at : http://www.philological.bham.ac.uk/gager/plays/dido/index.html.

offers to Aeneas with the real hospitality offered by Christ Church to Laski in the Great Hall, which was where banquets were served and performances took place. Take for example this passage:

> DIDO
>
> Servants, clear it all away quickly. Meanwhile let this house resound with joyful music. We shall take a turn in the royal garden.
>
> Act II Scene IV
>
> MAHARBAL, HANNO
>
> MAHARBAL
>
> Hanno, how I fear all this hospitality will lead to disaster!

Presumably real music played, the Dido actor exited, the servants began clearing the tables; the guests were no longer in the fiction but in the reality, listening to music … and then fiction crashed back in as Maharbal's speech at once draws the audience's attention back to the real hospitality it is enjoying and reminds the audience that it represents the setting for an antique tragedy. The lavish staging seems generally to have been concerned to create spectacle and sensation in which the audience were involved, rather than an illusion of another world. Holinshed provides the following account of the entertainment:

> a verie statelie tragedie named Dido, wherein the queens banket (with Eneas narration of the destruction of Troie) was liuelie described in a marchpaine patterne, there was also a goodlie sight of hunters with full crie of a kennel of hounds, Mercurie and Iris descending and ascending from and to an high place, the tempest wherein it hailed small confects, rained rosewater, and snew an artificiall kind of snow, all strange, maruellous, & abundant[7].

Presumably the storm of falling confectionary and rosewater occurred as Dido and Aeneas sheltered in a cave, but in the fictional world they occupy, the rain, hail and snow are harsh and elemental, not sweet rosewater. The organisers of the spectacle –including George Peele– prioritise the immediate sensual enjoyment of the audience over the

7 Knight, 'Baron Laski's Visit', p. 173-174. For a sustained discussion of onstage narrations of the fall of Troy, see Sam Plumb, '"Tell the tale twice o'er": early modern dramatic receptions of Dido and Aeneas', in *Performing Dido*, eds Elisabeth Dutton and James McBain (forthcoming).

evocation of the mythical world represented. Truly, 'Crying is a very enjoyable thing, when nothing is actually wrong'. The marchpaine pattern is particularly curious in this respect:

DIDO

But why is Ascanius looking down at his food rather sadly?

CUPID

An image of the city of Troy presented itself to me, and at the wretched sight grief crept into my heart. The tale which my father told you last night in fuller detail –*here* you may see it set in summary before your eyes.

DIDO

Ascanius, I beg of you, tell the story of Troy's fate again.

CUPID

Pretend this dish you see is Troy. This way the river Simois used to flow, here was the site of Mount Ida with its deep forests, on this road stood Tenedos, Cilla, Chryse, the circle of outlying towns which lie ruined from the war… Here, when part of the wall had been torn down, with the insidious trick of the horse, a mighty path opened up into the heart of the city. Here the slaughter began. Am I able to speak further? Only that, after all the burial ceremonies for the butchered bodies of our leaders, it was thus, through Sinon's treachery, and thus, by the burning torches of the Greeks, that the city was turned into weightless ash.

DIDO

Oh what an example of astonishing invention! Oh father blessed with noble offspring, and son born of such a parent. Ascanius, you must foster the divine talent that's in your nature.

When we tried to restage the play in 2013, we thought – with some anxiety – that we needed to supply an edible reconstruction of the city of Troy, until the Cupid actor pointed out that to do so might be to miss the point. The description of Troy's destruction flows from a familiar domestic question, asked by every mother of her child at some point: «why are you just staring at your food? Why don't you eat up?» If the food in front of Cupid really were a detailed reconstruction of the city of Troy, the question would be unnatural; the point is that, until Cupid evokes Troy in the dishes on the table, Dido – and presumably the audience with her – sees instead a fine culinary treat. Cupid then, through his words, recreates for the audience the city of Troy and its destruction. Dido's exclamation on Cupid's 'astonishing invention' pays tribute to the evocative power of those words– a moment of self-congratulation on the part of the playwright who had created the scene.

We had a plate of cakes brought in, decorated with sparklers to add to the spectacle and also anticipate the reference to Troy's burning. Cupid then rearranged the cakes on the table as he spoke, pouring sauce over then for the river Simois, and finally smashing the cakes with his hand at the city's destruction. The action made sense with the lines. So where did the 1583 performance incorporate a marzipan reconstruction of Troy? I suspect that the magnificent cake must have been brought in during Cupid's speech, as if evoked by imaginative powers or perhaps the mischief of the impish god: Dido's exclamation, «Oh what an example of astonishing invention!» – was then a compliment to the Christ Church master cake chef. Cupid's speech provides only a rather laboured excuse for a spectacular way to serve pudding – the spectacle offered to Laski is bigger and more important than the antique narrative – or perhaps the marzipan Troy creates a symbol, at once poignant and delicious, for what the university men have done with a classical tragedy, serving it up to their own ends, sweetened, with the tragic sting carefully removed from its tale. The banqueters who consume the cake then participate symbolically, by ingestion, in the fate of Troy, while 'internalizing key cultural hopes and desires' associated with the Trojan myth[8].

So what point does Gager's *Dido* make? This play combines passages of close translation from Virgil with moments of Senecan influence such as the appearance of the Ghost of Sychaeus: these portents are perhaps a compliment to Laski who was a patron of alchemists with an interest in the supernatural. It also provides 'advice to princes', alongside compliments to the Queen. The parallels between Dido, also known as 'Elisa', and Queen Elizabeth I are explicitly drawn in Gager's play. As the Epilogue states: 'Phoenician Elisa lies dead from a pitiful fate. But

8 The phrase is from Claire Sponsler, *The Queen's Dumbshows: John Lydgate and the Making of Early Theater*, Pennsylvania, PA, University of Pennsylvania Press, 2014, p. 154. Sponsler is discussing 'Edible Theater' from a century and a half earlier than Gager's *Dido*, but her discussion is suggestive: see also Patricia Fumerton, who discusses gastronomic art objects in renaissance feasts as symbolic pseudo-foods which emphasized both communality among those who participated in a feast and the social status of the host. Patricia Fumerton, *Cultural Aesthetics: Renaissance Literature and the Practice of Social Ornament*, Chicago, University of Chicago Press, 1991, p. 125-126.

our Eliza lives'. Like Dido, the Epilogue explains, Elizabeth has borne 'many reversals of fortune' and gone on to found kingdoms: our first view of the Carthaginian Queen certainly presents her in an impressive light, brave, Stoically philosophical, pious, shrewd ruler identifying herself entirely with her city:

> DIDO
> If the Fates had not wished to destroy me in former days, so that I, exiled from one kingdom, was searching for a place to establish my own and said to be down on my luck, my Carthage would not be standing here now. A fall gives one distinction, and my happy fortune has been built *upon* my misfortune. Now I must decide how my position in the city can be made secure, and by what means I can ensure that the gods who have supported me thus far favour me always.

Like Dido, too, Elizabeth displays regal largesse in the 'generous aid' that she 'offers to strangers'. Yet Gager is careful to emphasise first Eliza's caution: she interrogates the Trojans carefully– "Should I consider you guests or enemies? Or both? For the two are often wont to be confused" – before welcoming them into her land and explaining that 'The newness of this kingdom forces me to pursue this policy'. Once she has welcomed the Trojans, however, she makes a highly loaded political statement:

> I will make no distinction between the people of Carthage and of Troy; they shall live under equal law.

Carthage and Troy could represent here many divisions in Elizabeth's kingdom – Catholics and Protestants, perhaps, or London's citizens and London's immigrant workers[9] – but the monarch's duty is both to protect her kingdom, by admitting only those without enmity to it, and

9 For discussion of sectarian and xenophobic attitudes among Londoners in the 1580s and 1590s, see I. Archer, *The Pursuit of Stability*, Cambridge, Cambridge University Press, 1991, and C.W. Chitty, 'Aliens in England in the Sixteenth Century' *Race*, 1966. Religious refugees were regarded with sympathy by some, but with suspicion by others, notably the London Companies who saw the aliens as a threat where they competed for trade within the same market. Numerous bills presented to Parliament aimed at restricting alien economic activity. In the 1590s, when the economy was slow, apprentices posted flysheets threatening uprisings against foreigners living in London, because they believed that alien craftsmen were taking work from natives and causing economic decline.

to offer to all those within her kingdom, whatever their background, the rule of law: Elizabethan England was to be a haven for Protestants from mainland Europe. The political equality which Dido asserts for her subjects provides a stark contrast with the assertions of difference which the Ghost of Sychaeus drags from the underworld to describe Dido and Aeneas: «A prosperous woman, to marry this wretch? A pious woman to marry this infidel? A queen to marry an exile? A woman from Tyre a Trojan man?»

Finally, the Epilogue notes, Elizabeth is *unlike* Phonecian Elisa in one important point: '*she* has not deigned to take any Sychaeus for a husband, and may no Aeneas manipulate her mind.' In Gager's *Dido*, the powerful Queen, who has built up her realm, cedes control of her kingdom when she gives her love and her body to Aeneas, a foreigner with divine obligations to another nation. Aeneas himself is extensively flattered by the playwright in lines which are also compliments to the distinguished visitor, Laski, the Polish Ambassador: further lines of flattery are included in Mercury's speech about the importance of Ambassadors as messengers of the gods. Nonetheless, as the play repeatedly observes, 'foreign marriages rarely turn out well': are the men of Oxford here presenting simply an argument against a – now almost dead in the water – foreign alliance? Are they favouring instead the long-lived hopes of their Chancellor, Robert Dudley (who was probably in the audience), of Elizabeth's hand?

Of course, one of the virtues of drama as a genre is its capacity to represent a number of different points of view sympathetically. Maharbal and Hanno, Carthaginian courtiers, discuss a possible alliance between Dido and Aeneas: Maharbal argues that such a marriage will unleash chaos, because the spurned Iarbas and other suitors would be turned against Dido. 'Will the princes of Libya, whom she has spurned so many times, permit this guest to be received in her realm while those born in this land are treated with contempt?' If 'those born in this land' looks like a reference to Dudley, Hanno's reply challenges this perception: he dismisses the native suitors as 'vacuous youths' – an unlikely way for students to describe their Chancellor. The argument for a native marriage is picked up again only by the Ghost of Sychaeus, and even then only grudgingly: 'if, Dido, you now desire a second marriage, has Libya not produced any princes worthy of your love?' Hanno's point is rather different:

> if you consider… that our queen, rich and powerful, in the prime of her life, should make a lawful marriage, would you rather she wed according to your wishes or her own? Or rather Iarbas'? If *I* were minded to become king on such a principle, let me die. I don't want her taken as a wife only to be thrust aside so that he may rule in her place.

The danger for a Queen in taking a husband is that she become subject to him. Nonetheless, his argument is not that Dido should not marry, but rather that she should be free to decide for herself to marry Aeneas, since with him at the head of her armies she need not fear Iarbas. Maharbal's reply, that Theseus and Jason are examples of foreign men who abandoned women, and his proverbial-sounding conclusion – Desertion by a foreigner is a commonplace – are pragmatically dismissed by Hanno: «the sins of two men should not convict them all» – and the idea that alliance with Aeneas will strengthen Carthage is then forcefully argued by Anna to Dido in the ensuing scene: «With Trojan soldiers marching at our side, think how Punic glory will lift up your name across the world!»

Anna's arguments add personal considerations to the political, however. Her primary point is that Dido should experience love and children. In the midst of listing Carthage's bellicose neighbours, Anna demands: «Are you really going to fight against the God of Love, all on your own?». Fighting against other nations to defend Carthage, and fighting against Love, are curiously equated in Anna's rhetoric; Anna seems to ignore the difficulty that she is counselling her sister to do the one and not the other. Yet the Chorus then tells us that it is the 'madness' of Dido's 'disease' – Love – which immediately slows the building of her City: 'the towers once begun are no longer rising' (Chorus, end of II.v) The battle against the God of Love is one in which Dido should not have laid down her arms.

Strangely, the towers do seem to be rising where Aeneas is at work, since Mercury then reprimands the hero for «laying down walls for a mighty Carthage… in obedience to your wife.» Aeneas has, according to Mercury, forgotten his own destiny, his own future kingdom, while helping Dido build hers: in no uncertain terms Mercury tells Aeneas that he must set sail. The problem, for both Dido and Aeneas, is that love distracts from destiny, and from the job of ruling. Or rather, sexual love does. For great men – and women – love must be bigger.

As Aeneas leaves Dido, he declares: «Now Italy is my country, my wife, my empire, my salvation» – a declaration which might recall Elizabeth's own declaration, to the Lower House when urged to marry:

> When I received this [coronation] ring I solemnly bound myself in marriage to the realm (1559)[10]
>
> Dido and her City of Carthage are not even permitted second place in Aeneas' priorities, for his instinctive, enduring desire is for his homeland:
>
> If the Fates were to allow me to lead my life under fresh auspices and manage my concerns as I wished, I would live in what is left of Troy, and Priam's houses, exempted from ruin, would still be there. I would give my native land its *own* name back, give it back to the Trojans who have been overthrown, and I would gather up our scattered citizens and lead them *back* to Hector, to Priam, to myself.

Aeneas' speech here is powerful in its mourning, its longing, its conviction, its vision. Gager's tragedy is not just of Dido, but of Dido and Aeneas, and he is careful to mark the parallels between the two. As Aeneas declares: «If Carthage, your new city, has a claim on you… do you object to Latium for me? « Gager portrays the clashing destinies of two great princes.

Read in this way, Dido's personal tragedy is needless, as Anna points out: she could simply let Aeneas go, and return to the building of her empire, her own destiny intact. Dido's fears of loss of reputation are needless, once Aeneas has gone:

> ANNA
>
> Who is going to accuse you of having compromised your chastity?
>
> DIDO
>
> You ask that? He who plundered it.
>
> ANNA
>
> He is an exile searching for an unknown world.

But Dido cannot free her mind from him, and refuses the words of Anna which may seem to the audience entirely sensible; it is perhaps

10 As quoted in *The Sayings of Queen Elizabeth*, ch. 7, by Frederick Chamberlin, 1923. Said «to the Speaker, Knights, and Burgesses of the Lower House who [in 1559, the second year of her reign] laid an address before her in the great gallery of Whitehall Palace urging her to marry.»

at this moment that the heart of the issue is exposed, for Dido openly declares: «Trivial is a love that can heed advice».

Dido and Aeneas are both repeatedly given advice, by the gods, by their courtiers, by their friends, and much of the advice seems good, both on the side of their marriage and against it. So is the play simply trying to argue, as Hanno does, that the monarch should have free choice? Perhaps not. The ability to surround oneself with good counsellors (such as the young Oxford men in the audience, perhaps) and to pay heed to their advice, was essential to the Tudor ideal of kingship. Here Gager portrays a Dido whose problem is not whether or not to be married, or to whom, but that love drives out her capacity to listen to good advice, and so deprives her of her capacity to govern well – in effect, it makes her a tyrant. «Trivial is a love that can heed advice», but the failure to heed advice is tyranny[11].

Aeneas, by contrast, knows both how to dispute and to take advice. When Ilioneus emphasizes to him the claims of his hostess, he does not deny those claims, but rather balances them with his other obligations: the dialogue sounds like an academic disputation, and produces a sophisticated legal and moral argument about the nature of guilt:

ILIONEUS

> The death of Paris shows the contract of hospitality is not to be ignored.

AENEAS

> But Paris yielded to uncontrolled desire. *I* am obeying the authority of the gods at their command.

ILIONEUS

> The crime of Paris and your own is one and the same.

AENEAS

> The intention is not the same: it is the *wanting* to commit that defines a crime. He is called guilty who does wrong willingly. I depart against my will. I am resolved to obey the command of Jupiter. Our escape is not to be delayed by any further discussion.

When Mercury brings Jupiter's message that he must leave Carthage, his struggle is not knowing what he must do, but knowing how to perform his role. He sounds like an unhappy actor:

11 See Greg Walker, *Writing Under Tyranny: English Literature and the Henrician Reformation*, Oxford, Oxford University Press, 2005, esp. Ch. 1, 'The Long Divorce of Steel'.

> I am happy to go, to forsake these lands and flee. Yet... with what speech can I possibly approach you, Dido? While you are venting your fury... What expression should I put on? How should I begin my speech? What is an adequate excuse? I haven't made up my mind, I'm swerving in different directions

Aeneas' predicament is an artistic one: how should he approach Dido, speak, look? – this is the nature of his difficult decision, and it is one which draws attention again to the nature of the performance in hand, and to the political roots of rhetoric that insisted that speaking well, a good performance, made ideas powerful, or at least palatable. If the men of the University of Oxford were asked to entertain, they could do so, with marzipan Troys and showers of rosewater. But maybe these entertainments, by drawing attention to the nature of the plays that were served up – self-conscious fictions, with foregrounded disputation and debate – also served to remind Elizabeth of the function of the men who staged them. If Aeneas here is an actor, then perhaps he stands for the university men who have been temporarily made actors by the Queen's requirements of them: they are not just actors, they are royal advisors in the making. The importance of this distinction, as Linda Shenk has argued, is evident in the Cambridge Vice Chancellor's response to the Queen's 1592 request that the men of Cambridge provide Christmas entertainments at court: Vice Chancellor still believes that such a request is 'nothing beseeminge our Studentes', who can only appropriately present drama in an academic setting, and preferably in Latin[12]. But how does one approach a Queen?

The answer, for Aeneas and for Gager, was cautiously, and with great flattery. Perhaps luckily for the men of Christ Church on that night in 1583, there was no real Queen for them to approach. Elizabeth wasn't there, and her absence left space at the High Table for Elissa, Dido, to sit at the Polish Ambassador's side. The Epilogue is concerned to assert that the play offers advice, but that that advice is for 'each spectator', and he proceeds to draw some rather general observations which range from the aspirant to the xenophobic to the bathetically sexist: 'It is royal to give trust and help to the wretched, and great hospitality ennobles a distinguished house... Foreign marriages rarely turn out well; the power of Love is great; the heavier passion tends to seize hold of women, the lighter one kindles the men.' Finally, the Epilogue seems to condemn his own play for its melodrama: 'our era has witnessed few Didos. I think

12 Shenk, 'Gown before Crown', p. 19-20.

women have grown wiser: I doubt any would be about to die for a difficult love affair' – or maybe this too is a compliment to the Virgin Queen whose approach to the question of marriage was so politically pragmatic.

The question of intention is necessarily, and I would argue, deliberately problematized by the choice of Dido as much as by the treatment of her narrative that the play provides. As Deanne Williams suggests, «the long tradition of contested interpretations of Dido lent itself to the unresolved discussion of the Queen's marital status[13].» Williams goes on to argue that Gager's play serves to yoke together 'the queen's chastity and England's imperial power'[14] which is to argue that Dido is intended to serve almost as cipher for Elizabeth; but, as I have argued, Dido, within the narrative, is at the very least demonstrated to be fallible as ruler in her inability to accept advice. In a famous apostrophe addressed to Elizabeth, Gager writes «Hail, Queen, strong in spirit, heroic in virtue, prudent in counsel, pious in religion[15]» – and I think we are assume that «prudent in counsel» suggests an ability to accept rather than give advice. If Queen Dido demonstrates imprudence, it would cause us to consider whether the play is quite as 'conformist and ordered' as it would first appear: through a negative exemplum dangerously compared to as well as contrasted with the Queen, a warning is offered along with entertainment and flattery. That the Queen was not in the audience, but that Laski and perhaps Dudley were, might make such a performance easier, but perhaps also more subversive. And with a consideration of the royal ability to heed advice at its heart, rather than just an impetus to offer it, Gager's play simultaneously seems to consider not just its subject, but also its ultimate function. The men of Oxford were self-consciously training to be not commercial actors, but professional advisers, working not for entertainment and financial gain, but for political power and the royal ear.

Elisabeth DUTTON
Université de Fribourg

13 Deanne Williams, *Dido, Queen of England*, in *ELH*, Vol. 73, No. 1, Spring 2006, p. 31-59, p. 38.

14 Ibid., p. 39.

15 William Gager, «Apostrophe to the Most Serene Queen Elizabeth», cited at http://www.philological.bham.ac.uk/gager/poetry/pubpoems/trans.html.

HENRY VIII DE WILLIAM SHAKESPEARE, SCÉNOGRAPHIE DU POUVOIR ET DE L'HISTOIRE

PRÉALABLES : LE THÉÂTRE ET LA REPRÉSENTATION DU POUVOIR

Par essence et par fonction, le théâtre est fondamentalement lié à la représentation du pouvoir depuis ses origines, que celui-ci soit religieux ou politique, divin ou royal, cultuel ou culturel.

Dans ses formes initiales, la présence d'un Chœur incarné sur scène (qu'il soit assemblée de dieux ou d'allégories, ou encore Chorus singulier ou pluriel, humain ou posthumain –un défunt revenant de l'au-delà par exemple) rappelle la définition qu'Alain Rey donne de « représenter », c'est-à-dire « faire apparaître d'une manière concrète ou symbolique l'image d'une chose abstraite[1] » (Rey, 3191). La représentation et le jeu théâtraux donnent à voir l'invisible et l'absent (Pavis, 356)[2] grâce à l'illusion thaumaturgique et à ses tours d'adresse. L'Église ne s'y est pas trompée quand elle l'a utilisée pour l'édification des âmes et des cœurs de ses ouailles dès le Moyen-âge.

Toutefois, en plus de permettre de voir l'invisible, le spectaculaire mis au service du Clergé et/ou du Régime en place donne au divertissement une dimension didactique, édifiante et propagandiste– la *mimésis* fût elle aristotélicienne ou platonicienne. Il permet aussi de « rendre présent devant les yeux, [et de] reproduire par la parole » (Rey, 3191)[3] la

1 Alain Rey, *Dictionnaire historique de la langue française*, Le Robert, Paris, 1998, 1992.

2 *Patrice Pavis*, « TEXTE et SCÈNE, b. présence/absence » dans *Dictionnaire du théâtre*, Armand Colin, Paris, 2006, p. 356.

3 *Ibid.*

« puissance politique, l'autorité qui gouverne l'état » (Rey, 2893)[4] ainsi que sa voix pour reprendre quelques sens du mot « pouvoir » défini par Alain Rey (Rey, 2893). Le processus est cependant celui du transfert car, comme le rappelle Robert Abirached[5] (p. 333), « la vie n'est pas représentable en elle-même » et, « il est significatif que tout le vocabulaire du théâtre indique une activité de redoublement et renvoie à un système d'échos dont le point d'origine est extérieur à la scène, comme s'il tentait d'apprivoiser une absence en usant de masques mêmes faits pour la perpétuer [car l'illusion théâtrale] n'est rien d'autre qu'un garde-fou, installé dans la double tranquillité du comédien et du public : elle met à distance le danger, déplace dans un ailleurs inaccessible l'enjeu de l'action, revêt les signes de bénignité » (Abirached, p. 333).

Dans ses diverses paratopies, réalisations et intentions, la pièce de *Henri VIII* (choisie pour illustrer la thématique du colloque sur la théâtralisation du pouvoir et pour réfléchir sur ses inflexions) scénographie et rend compte des multiples manières de représenter l'Histoire et le pouvoir, celui de l'au-delà et celui d'ici-bas et, celui que les hommes exercent les uns sur les autres. Ce dernier point répond à la définition de « pouvoir » donnée au XIIIe siècle c'est-à-dire : « l'ascendant psychologique (av. 1250) et, juridiquement, [au le] droit que l'on a de faire une chose (XIIIe s.) » (Rey, 2893)[6].

Dans H*enry VIII*, la dernière pièce de Shakespeare selon certaines attributions sujettes à débat malgré son inclusion dans le premier folio[7], l'auteur ou les auteurs dramatise/nt et scénographie/nt la continuité du pouvoir royal célébrée, dans une concaténation événementielle. Y est louée sa permanence au travers de l'enchaînement familial ramifié de lignées, et de la pérennité de sa puissance, dans l'effacement de la discontinuité et des ruptures. L'intra et l'extra diégétique relient les Tudors aux Stuarts. Ils mettent en avant le passage de Henri VIII à

4 *Op. cit.*

5 Robert Abirached, « Le théâtre branché sur la vie », *La crise du personnage dans le théâtre moderne, tel* Gallimard, Paris, 1994.

6 Alain Rey, *op. cit.*

7 Le sujet de l'attribution de cette pièce à William Shakespeare a longtemps fait débat entre les partisans d'une œuvre collective et ceux d'un auteur unique. Entre autres études, il est possible de lire : Robert Adger Law, « The Double authorship of "Henry VIII" », dans *Studies in Philology*, vol. 56, N° 3, July, 1959, p. 471-488, [http://www.jstor.org/stable/4173279].

Elisabeth I. Ils éclairent aussi celui d'une Elisabeth à l'autre puisque ce drame historique a été créé en 1613, à l'occasion des cérémonies du mariage de la fille de Jacques VI-I avec l'Électeur Palatin Frédéric V, noces célébrées en grande pompe à Whitehall[8]. À travers Henri VIII (pièce et personnage), Jacques VI-I est encensé. On ne peut toutefois oublier que Jacques, le filleul d'Elisabeth, descendait de Henri VII.

Cette œuvre est une mosaïque historique. Son titre la présente comme une sorte de biographie. Le texte dramatise des moments clés de la vie d'un rôle-titre royal. La scène donne à voir, par représentation ou incarnation[9] artistique, une personne d'exception, élue de Dieu pour le représenter sur la terre. Cet homme omnipotent a osé défier jusqu'à la papauté et, le Pape n'est-il point autre figure de représentation s'il en est ? Ce cloisonné-décloisonné théâtral se structure de façon hétérotopique en jouant de ses espaces juxtaposés ou imbriqués par le biais de la *mimesis*, de l'*ekphrasis* et de l'*hypotyposis*. Dans le troisième principe de son texte écrit en 1967 et intitulé « Autres espaces : Hétérotopie », Michel Foucault[10] montre comment le théâtre est capable de combiner en un lieu, des topoï, des emplacements, intrinsèquement incompatibles, et ceci dans le rectangle tridimensionnel, c'est-à-dire dans le parallélépidède rectangle (cube ou rectangle) du plateau scénique, par exemple :

> Troisième principe. L'hétérotopie a le pouvoir de juxtaposer en un seul lieu réel plusieurs espaces, plusieurs emplacements qui sont en eux-mêmes incompatibles. C'est ainsi que le théâtre fait succéder sur le rectangle de la scène toute une série de lieux qui sont étrangers les uns aux autres[11] ;

Ces espaces sont des mises en tableau. Patrice Pavis définit la « dramaturgie du tableau » comme une proposition de « fragments d'un

---

8 Fiancés en 1612, Frédéric V du Palatinat épouse la princesse Elisabeth Stuart à la chapelle royale du palais de Whitehall en février 1613 (politique et religion sous-tendent ce mariage). La pièce *Henry VIII* semble avoir été créée lors des cérémonies de ce mariage bien que la première représentation dont il a été fait état ait été le 29 juin 1613. Plusieurs documents d'archives indiquent que cette pièce a été marquée par l'incendie du théâtre du Globe qui a éclaté lors de la représentation de ce jour-là. Selon John Downes, John Lowin jouait le rôle de Henri VIII.

9 Robert Abirached, « Le personnage et son double », dans *op. cit.*, p. 68 et suivantes.

10 Michel Foucault, [http://foucault.info/documents/heterotopia/foucault.heterotopia.en.html]. Dernière visite le 2 avril 2015.

11 Michel Foucault, *Des espaces autres. Hétérotopies*, [http://foucault.info/documents/heterotopia/foucault.heterotopia.en.html]. Dernière visite le 2 avril 2015.

temps discontinu [...qui] ne s'intéresse pas au lent développement mais aux ruptures de l'action » (Pavis, p. 345). Il précise aussi que

> la référence avec la peinture qu'implique le terme *tableau* indique bien toute la différence avec l'acte : le tableau est une unité spatiale d'ambiance ; il caractérise un milieu ou une époque ; c'est une unité thématique et non actantielle. Au contraire l'acte est fonction d'un découpage narratologique strict, il n'est pas qu'un anneau dans la chaîne actantielle, tandis que le tableau est une surface beaucoup plus vaste et aux contours imprécis, recouvrant un univers épique de personnages dont les relations assez stables donnent l'illusion de former une fresque, un corps de ballet ou un tableau vivant. (Pavis, p. 345)

Ceci répond-il aux remarques de Ribner ne voyant dans Henry VIII qu'une séries d'épisodes mal reliés les uns aux autres[12] ? Et reprenant Diderot, qui déclare que « le spectateur est au théâtre comme devant une toile où les tableaux se succèderaient par enchantement », Pavis montre à quel point l'idéologie qui sous-tend le procédé est aussi variable que les effets produits (Pavis, p. 345). Les critiques qui voient dans cette pièce une combinatoire du spectaculaire fletcherien et du dramatique shakespearien trouvent assurément du grain à moudre dans ces écarts.

Il est à noter que ces « tableaux » offrent des effets de miroir avec des formes graphiques, entoilées ou sculptées et que les rapports dialogiques ainsi entretenus sont aussi des révélateurs politiques : « Plus qu'à représenter, les arts ont à présenter, avec le maximum d'efficacité possible, et à servir ainsi directement à la lutte[13] » (Abirached, p. 259).

SCÉNOGRAPHIE INTERSÉMIOTIQUE DU POUVOIR ET DE L'HISTOIRE

LE CAMP DU DRAP D'OR

Inspirée par les chroniques et autres récits historiques, largement adaptés pour sa fable, pour son contenu diégétique et son déroulé, la

12 Irvin Ribner, « The History Play in Decline » dans *The English History Play in the Age of Shakespeare*, Routledge Library Editions, Abingdon, 2005, 1965, p. 289.

13 Robert Abirached, *op. cit.*, « À la poursuite de l'histoire », p. 259.

pièce *Henry VIII* met en scène des figures et des événements historiques. Tous sont cités, nommés et ils renvoient à des moments clés, à des faits remarquables et mémorables, à des personnes précises. La pièce se compose de micro-espaces métadramatiques et métathéâtraux, des pages où s'insèrent des individus marquants et leurs hauts faits inscrits dans l'inconscient collectif qui s'en est emparé. La réception spectatorielle s'en trouve influencée comme Prologue et Épilogue l'indiquent : par exemple, « think ye see / The very persons of our noble story [history] / As they were living ; think you see them great, / And follw'd by the general throng and sweat / of thousand friends ; then in a moment, see / How soon this mightiness meets misery » (Prologue)[14].

Le rôle-titre et son entourage sont ainsi personne et personnage que Robert Abirached définit comme de : « Faux visage, interposé entre l'homme et le monde ; constellation de marques laissées par le réel et qui peuvent faire effet de réalité ; présence en filigrane d'un patron originel et d'un modèle fondateur, qui sont établis dans l'imaginaire[15] » (Abirached, p. 17).

Henri VIII est un monarque complexe et polymorphe dans ses outrances, son charisme et sa gestion du pouvoir. Son nom reste attaché aux nombreuses femmes qui furent les siennes et au schisme, moment fondamental dans le parcours religieux et politique tant domestique qu'international. Dans son article « Shakespeare's *Henry VIII* : a Celebration of History[16] » Larry Champion écrit : « The spectator's interest perforce focuses upon the nexus of events which precipitates, on the one hand, Henry's break with Rome and the establishment of protestantism and, on the other, the divorce from Katherine, the ascension of Anne, and the birth of Elizabeth » (Champion, p. 2)[17].

14 William Shakespeare, All Is True, *Henry VIII*, dans Stanley Wells et gary Taylor ed.), The Oxford Shakespeare ; the Complete Works, Clarendin Press, Oxford, 1994 (1988), Prologue, p. 1193. [imaginez que vous voyez les personnages mêmes de notre noble histoire, tels qu'ils étaient de leur vivant. Imaginez que vous les voyez puissants, et suivis de la foule haletante de leurs mille amis ; puis voyez comme, en ce moment, cette grandeur se heurte à la détresse !] (F-V Hugo, Prologue, vol. III, p. 1056)

15 Robert Abirached, *op. cit.*, p. 17.

16 Larry Champion, « *Shakespeare's Henvy VIII : a Celebration of History* », South Atlantic Modern Language Association, South Atlantic Bulletin, vol. 44, N° 1, 1979, p. 2. [http://www.jstor.org/stable/3198893].

17 Les traductions notées D.B.C. sont miennes. [l'intérêt du spectateur se concentre nécessairement sur les liens de causalité entre les événements qui précipitent d'un côté la

Dans « *Henry VIII* and the Masque[18] », John Cox déclare : « Shakespeare succeeds artistically in *Henry VIII* by using the play to examine critically the relation between political power and its manifestation in the theatre. » (Cox p. 402)[19]

Dans l'analyse à suivre, seront donnés quelques exemples des procédés qui permettent à l'histoire et au théâtre de dialoguer dans cette pièce (*Henri VIII*). D'autres formes artistiques peuvent parfois se joindre à la conversation.

Comme les bio- ou hagiographies picturales du Moyen-âge et de la Renaissance exécutées sur le modèle du portrait de Unton, le parcours de vie se déroule et se symbolise par le biais d'espaces spécifiques (hétérotopiques) que relient des chemins de traverse processionnaires à l'image des 'pageants' religieux ou civiques[20]. Larry Champion[21] qualifie *Henry VIII* de « pageantry display ». Il fait remarquer les « lavish costumes and the impressive physical props of royalty and aristocracy » qui éblouissent les spectateurs[22]. Il ajoute : « [...]Katherine's mask-like vision of paradisal bliss shortly before her death are further illustrations of the lavish pageantry display » (Champion, p. 5)[23]. Certains critiquent remarquent que les effets visuels de ce type sont quatre fois plus nombreux dans *Henri VIII* que dans les autres pièces du corpus. Au cœur de ces séquences, des figures choriques jouent le rôle de témoins-narrateurs-rapporteurs dans huit scènes séparées. Larry Champion décrit l'emploi des personnages ainsi : « thirty-eight characters representing

rupture de Henri avec Rome et l'établissement du protestantisme, et de l'autre côté, son divorce d'avec Katherine, l'ascension d'Anne et la naissance d'Elisabeth] (D.B.C.)

18 John D. Cox, *Henry VIII and the Masque*, ELH., vol. 45, N° 3, automne 1978, p. 390-409, [http://www.jstor.org/stable/2872644].

19 [Dans *Henry VIII* Shakespeare réussit au plan artistique en utilisant la pièce pour examiner de façon critique la relation qui existe entre le pouvoir politique et sa manifestation au théâtre] (DBC).

20 Cette thématique a été développée dans : Danièle Berton-Charrière, « Le *Richard II* de William Shakespeare et la peinture d'histoire », dans *Pouvoirs de l'image aux* XV*ᵉ*, XVI*ᵉ et* XVII*ᵉ siècles*, Presses Universitaires Blaise Pascal, Clermont-Ferrand, 2009.

21 Larry Champion, « 'Henry VIII' : A Celebration of History », South Atlantic Modern Language Association, vol. 44, N° 1 (janvier 1979), p. 1-18, [http://www.jstor.org/stable/3198893].

22 [Les costumes fastueux et les accessoires impressionnants qui matérialisent la royauté et l'aristocratie et éblouissent les spectateurs.] (D.B.C.)

23 [[...]la vision de la félicité paradisiaque, comparable à un masque, que Katherine a peu de temps avant sa mort, illustre encore plus l'exposition du processionnaire fastueux.] (D.B.C.)

the full social spectrum crowd the stage, in addition to an undetermined number of mute scribes, officers, guards, attendants upon the Queen, and figures in various dumb shows[24] ».

Cette remarque incite à réfléchir à une double mise en abyme au sein de la pièce à cadre qu'est *Henri VIII*, procédé entraînant un phénomène de détachement que Champion explique ainsi : « additional features reinforce the detachment-scenes which directly dramatize the pomp and ceremony of the kingship and a prologue-epilogue figure who specifically emphasizes the theatricality of the occasion. Eight different scenes visually address the audience in such a manner » (p. 4)[25].

Chaque cadre inséré, constitue une forme de station où s'exposent les faits et leurs gloses, et leur enchatonnement est aussi source de commentaires.

Lorsque la réalisation dépasse le cadre scénique, la verbalisation prend le relai. C'est notamment le cas de la description de l'entrevue du Camp du Drap d'Or, dans la scène d'ouverture, qui sert d'argument à la pièce. Nous avons ici affaire à une forme d'hypothypose ekphrasique.

À la demande de Buckingham qui n'a pu y assister, Norfolk –sorte de messager sénéquien–décrit l'événement. La rhétorique ampoulant le discours de son emphase et de son lexique choisi est à la mesure de la démesure de ce qui reste dans l'Histoire la rencontre fastueuse de François I et de Henri VIII, accompagnés de milliers de leurs sujets composant leurs suites et le personnel à leur service. Chaque monarque souhaitant impressionner l'autre, la surexposition et la débauche de moyens marquèrent la circonstance : les soieries, les damassés, les pierres précieuses, servirent pour les tentes dressées sur plusieurs hectares de terrain à Ardres et à Guines, (à Balinghem) ainsi que pour les costumes et atours des participants. Cela dura trois semaines (7-24 juin 1520). Le compte-rendu de Norfolk tout en hypotypose tend à montrer que les deux rois, représentant leur nation, mettaient tout en œuvre pour surpasser l'autre dans l'exposition spectaculaire d'une splendeur allégorique et

24 [Une foule de trente-six personnages représentant tout l'éventail social emplit la scène, en plus d'un nombre indéterminé de scribes muets, d'officiers, de gardes, de serviteurs de la Reine and de figures qui se trouvent dans divers 'dumb shows' (pantomimes).] (D.B.C.)

25 [D'autres traits supplémentaires renforcent les scènes de détachement qui dramatisent de façon directe les pompe et cérémonial de la royauté ainsi qu'une figure de prologue-épilogue qui met en relief de manière spécifique la théâtralité de l'événement. Huit scènes différentes s'adressent visuellement au spectateur de cette façon là.] (D.B.C.)

symbolique. La théâtralité et la théâtralisation de l'événement donnent l'impression que cette rencontre a pris les allures d'un gigantesque double masque royal, hypocrisie stratégique politique, prestige, clinquant et magnificence étant à la fois composantes et visées :

> Alors vous avez perdu le spectacle de la gloire terrestre. On pouvait dire jusque là que la pompe était vierge, mais alors elle était mariée à ce qui lui était supérieur. Chaque journée nouvelle surpassait la journée précédente ; jusqu'à ce que la dernière s'appropriât les prodiges de toutes. Aujourd'hui les Français tout clinquant et tout or, comme des dieux païens, éclipsaient les Anglais ; le lendemain, ceux-ci faisaient de la Grande-Bretagne l'Inde : tout homme qui surgissait semblait une mine. [...] Telle mascarade était comparée incomparable, dont la soirée suivante faisait une niaiserie et une misère. [...] Quand ces soleils (car c'est ainsi qu'on les désigne) eurent par leurs hérauts provoqué aux joutes tous les nobles cœurs, il se fit des exploits incroyables : si bien que les vieilles légendes fabuleuses, désormais reconnues possibles, trouvèrent crédit, et qu'on crut à Bévis. (F-V Hugo, vol. III, p. 1057).

L'entrevue de ces deux chefs d'État couronnés est spectaculaire dans son déroulé ; elle est émaillée de joutes et de tournois, de bals et de feux d'artifice, de processions et de banquets : les dépenses furent colossales.

L'on connaît les effets et les visées de la peinture d'histoire. Il n'est pas étonnant que les représentations iconographiques de cet événement grandiose soient assez rares sur le sol français. L'on sait qu'une authentique tapisserie Renaissance sur le sujet a été adjugée par Sothby's en décembre 2014[26] et qu'il existe aussi des bas-reliefs à l'hôtel de Bourgtheroulde ([bourtroude][27] à Rouen. Ils ont été réalisés dans les années qui ont suivi l'entrevue. Il semblerait qu'il s'agisse d'une initiative privée, le propriétaire de l'hôtel ayant sans doute fait partie des courtisans admis à suivre François 1er.

Au centre de la composition, les deux rois à cheval se tiennent devant la tente de toile dorée. Cette représentation est probablement à l'origine d'une certaine tradition iconographique française relayée par les illustrateurs du XIXe siècle, comme Auguste Debay.

Il est moins surprenant qu'en Angleterre, la rencontre ait fait l'objet d'une commande de tableaux de la part du roi Henry VIII. Deux

26 [http://www.sothebys.com/en/auctions/ecatalogue/2014/masterworks-n09209/lot.14.html] (Dernière visite 27 mars 2015).

27 [http://www.dboc.net/rouen/oc_rouen_bourgtheroulde.php] (Dernière visite 27 mars 2015).

œuvres au moins demeurent dans les collections anglaises du palais de Hampton Court. Elles ont été copiées trois siècles plus tard par Friedrich Bouterwerk. La plus connue est intitulée *L'entrevue du camp du drap d'or*[28]. Autrefois attribuée à Holbein, son auteur demeure inconnu (il pourrait s'agir d'ailleurs d'un travail collectif). L'autre décrit l'embarquement de Henry VIII et de sa suite à Douvres sur le Henri Grace-de-Dieu pour se rendre au camp du drap d'or ; l'on pense qu'elle pourrait être de Vincent Volpe. La copie de Bouterwerk se trouve au musée de la marine à Paris.

Les deux œuvres se complètent chronologiquement : elles mettent en évidence la puissance de l'Angleterre et de son souverain. L'absence de telles œuvres en France, peut s'expliquer par le fait que l'épisode n'a pas tourné à l'avantage de François 1er...

Cette entrevue spectaculaire s'inscrivait dans le cadre des alliances géo-stratégiques de l'époque. Elle porte essentiellement sur le maintien de l'équilibre « européen » et sur l'attitude à adopter vis-à-vis du Saint Empire romain germanique, le roi d'Espagne ayant été élu empereur sous le nom de Charles Quint un an plus tôt. Ainsi encerclé par les possessions de l'empereur, François Ier espérait convaincre le roi d'Angleterre de faire alliance avec la France. Il a déployé à cette fin tout le luxe et le prestige possible pour le recevoir, au Camp du Drap d'or. Mais le rapprochement d'Henri VIII avec Charles Quint deux semaines plus tard effacera tout le bénéfice que roi français pensait tirer de cette rencontre.

L'exposé détaillé de Norfolk, récit de voyage d'un acteur-témoin de l'épisode, est un enchâssé métadramatique créé presque un siècle après la rencontre ; il instaure ou rappelle un rapport dialogique intersémiotique qu'il entretient avec l'œuvre picturale, elle-même narrative ; elle est chronique entoilée.

LES PROCÈS : DE L'INTERNATIONAL AU DOMESTIQUE

Dans la pièce de Shakespeare, l'Histoire et le pouvoir en représentation ont aussi une tournure plus domestique dans les relations qu'Henri VIII entretient avec son entourage politique et familial. Il est à noter qu'à ce niveau de l'exercice du pouvoir, l'intime et le domestique sont tissage serré avec le politique et le religieux. Le privé est nécessairement public et tous deux sont dûment codifiés.

---

28 [http://pratclif.com/calais/camp-drap-dor/](Dernière visite 27 mars 2015).

Après l'incursion verbale narrative dans le macrocosme historique international, Shakespeare recentre le propos sur le domestique et le national.

Henri VIII y est vu omnipotent ; il dispose de toutes les prérogatives dont jouit le monarque de droit divin. Ses décisions, bien qu'appréciées de façons diverses, sont sans appel. Les scènes de procès, ainsi que les commentaires que ces derniers suscitent, démontrent que tous sont ses sujets, et que sa justice et ses sentences –aussi iniques qu'elles puissent paraître ou être– ne souffrent pas de critique ouverte ; le roi ne saurait accepter de contre-pouvoir. Il a droit de vie et de mort sur son peuple. Cela remet en mémoire le discours que Jacques VI-I a prononcé sur le pouvoir devant le Parlement assemblé dans la *Banqueting House* de Whitehall en 1610[29]. Ce jour-là, après avoir déclaré que la monarchie est chose suprême sur terre, il explique que non seulement les rois y représentent Dieu, qu'ils siègent sur son trône mais que Dieu lui-même les appelle des dieux. Il en résulte que sur la terre leur pouvoir équivaut au pouvoir divin. Aussi comparés au père de famille, en qualité de *Parens patriæ*, les rois sont les pères politiques du peuple : comme Dieu, ils jouissent du pouvoir de créer, de détruire, de faire et de défaire selon leur bon plaisir, de donner la vie et d'envoyer à la mort, de tout juger sans être comptable devant qui que ce soit. Cependant, ceci doit être fait dans la limite et dans le respect de la Loi car les rois tyrans abusent de leur pouvoir. Le roi est la loi parlante (*Lex loquens*). Quant au père de famille, en vertu de la loi de la Nature *Patriam potestatem* (pouvoir paternel / du patriarche), il a le pouvoir de vie et de mort sur ses enfants et sur les autres membres de la famille, (*Potestatem vitæ & necis*)[30].

Henri VIII a les pleins pouvoirs. Cependant, dans la première partie de la pièce, Shakespeare le montre commettant quelques erreurs de jugement ca sui montre que cedrame qui n'est point hagiographique.

Lors du procès expéditif de Buckingham, la voix de Katherine d'Aragon tente de s'élever pour soutenir une forme de défense dans une session dont le seul but est à charge : Henri VIII déclare : « Let be call'd before us / That gentleman of Buckingham ; in person / I'll hear

29 A speach to the lords and commons of the parliament at white-hall, on wednesday the xxi. of march. anno 1609 [1610 new style], [http://faculty.history.wisc.edu/sommerville/351/Jamesdrk.htm] Dernière visite le 2 avril 2015.

30 Pour le texte du discours, voir *A speach to the lords and commons of the parliament at white-hall, on wednesday the xxi. of march. anno 1609* [1610 new style]. [http://faculty.history.wisc.edu/sommerville/351/Jamesdrk.htm] Dernière visite le 2 avril 2015.

him his confessions justify ; / And point by point the treasons of his master / He shall again relate. » (*Henri VIII*, I, 2)[31]

Malgré les honneurs et les hautes fonctions dont il jouissait, Buckingham fut soupçonné de trahison par le souverain qui se méfiait à la fois du sang Plantagenêt qui coulait dans ses veines, et du très grand nombre d'amis qu'il comptait au sein de la noblesse. Selon le principe fallacieux du « tel père tel fils », Edward Stafford, 3e Duc de Buckingham, fut accusé de comploter contre son roi parce qu'il avait osé critiquer certains de ses conseillers, comme l'avait fait, en son temps, son père Henry Stafford (2e duc de Buckingham) contre Richard III. Sur les ordres d'Henri VIII, habilement conseillé par le cardinal Wolsey qui n'aimait pas Buckingham, ce dernier fut exécuté en mai 1521. Lors de la première entrée en scène du Cardinal dans la pièce de Shakespeare, le mépris que les deux hommes ressentent l'un pour l'autre se cristallise dans le regard plein de dédain qu'ils se jettent. L'éloquence du regard est au service du jeu scénique. Patrice Pavis dit de lui qu'il a une « fonction déictique », qu'il conte une histoire et qu' « il assure un système de relai de la parole et de l'interaction verbale et gestuelle » (Pavis, p. 296)[32].

Le théâtre expose tous ces signes visuels, vitrines de la hiérarchie et du pouvoir, ainsi que l'expression du *body language* comme dans les didascalies à l'acte I, scène 1. Dans l'ombre d'Henri VIII et en coulisses, s'agite le cardinal Wolsey, sorte de marionnettiste ou de metteur en scène, conseiller et grand organisateur des menus plaisirs royaux comme le montre la scène du banquet masqué. Hélas pour lui, comme l'annonce le prologue, après une ascension fulgurante, il connaîtra une chute qui lui coûtera la vie.

Au palais, comme dans l'espace scénique, tout est règlementé et codifié.

Les didascalies externes et internes indiquent des détails signifiants de la proxémique et de la gestuelle qui explicitent le protocole et le rendu du pouvoir royal. Les entrées du roi Henri VIII et de la reine Katherine d'Aragon (I, 2) affichent les notions de hiérarchie et d'intimité qui définissent le cadre politique, stratégique et domestique. Le roi pénètre dans la chambre du conseil en s'appuyant sur l'épaule du Cardinal Wolsey qui

31 William Shakespeare, *Henri VIII*, F.-V. Hugo (trad.), Classiques Garnier, tome III, p. 1063. [Qu'on mande devant nous ce gentilhomme de la maison de Buckingham ! Je veux l'entendre en personne confirmer ses aveux : il répètera de point en point les trahisons de son maître] (F-V Hugo, I,2).

32 Patrice Pavis, *op. cit.*, p. 296.

s'installe à sa droite et à ses pieds. Proxémique intime selon la classification de Patrice Pavis[33], c'est un signe d'adoubement et de connivence explicites. La reine, annoncée par l'aboyeur et introduite par Norfolk et Suffolk, s'agenouille aussitôt devant le trône de son époux en signe de révérence et de soumission. Il se lève, l'aide à se relever, l'embrasse et l'installe près de lui. La place attribuée à chacun selon le protocole se doit d'être lisible dans l'immédiateté. À l'acte I scène 4, Katherine –répudiée– est placée loin du roi, le divorce permis est littéralement consommé. Ici, l'entrée s'est étoffée, plus protocolaire, processionnaire et majestueuse ; les attributs symboliques du pouvoir royal défilent présentant les épées, les croix et les barrettes, le grand sceau, la toison etc. Debout ou assis selon son grade et sa fonction, à droite ou à gauche, en haut ou en bas par rapport au roi-repère, selon son importance, chacun prend place dans l'espace scénique qui se remplit peu à peu, et chacun se fixe dans le tableau vivant[34] de la hiérarchie politico-religieuse de l'État. La solitude de Katherine se lit dans le déséquilibre et l'harmonie rompue qui s'y expose de façon ostentatoire. Son discours terminé, par une courte révérence signe de respect et de départ, elle proclame en silence sa détermination et son refus d'un jugement qu'elle pense inique. Les paroles du Cardinal Campeius à son encontre condamnent son attitude rebelle : « the queen is obstinate, / Stubborn to justice, apt to accuse it, and / Disdainful to be tried by't : 'tis not well. / She's going away. » (II, 4)[35]. Rappelée par l'aboyeur et Griffith, elle signifie son refus de tels simulacres et, désobéissante, s'en remet à la justice de Dieu et à celle du pape. Le contre-pouvoir prend alors une dimension extra-contextuelle, dépassant le cadre du royaume anglais. Le discours de Katherine sert de contre-point à ceux qui sont favorables à sa répudiation. Il sert la confrontation des deux points de vue qui dépasse le couple. Comme le débat est le composant essentiel du théâtre, l'opposition du roi et de la reine rejetée crée une mise en tension d'idées fondamentales. Parangon de vertu reconnu de tous, Katherine est une figure du bien qui lutte contre des figures du mal, dont Wolsey. Dans son contrôle de soi, la reine Katherine incarne la patience chrétienne, la transcendance et le pouvoir du divin.

---

33 Patrice Pavis, *op. cit.*, p. 275.

34 Patrice Pavis, *op. cit.*, p. 346.

35 [la reine s'obstine ; rebelle à la justice, prompte à l'accuser, elle dédaigne de se soumettre à ses arrêts : ce n'est pas bien. Elle s'en va], (F-V Hugo, II, 4).

Les scènes de procès tendent à devenir des arènes où ces forces dichotomiques, antagonistes, se combattent comme dans les moralités médiévales.

Dans la pièce, chaque « pageant », procession d'entrée royale, y compris celle du baptême d'Elisabeth, donne à voir les menus détails du protocole, la hiérarchie, les objets du culte et les attributs royaux. Les uniformes et vêtures dont sont parés ceux qui défilent sont symboles de richesse et d'abondance. Ce sont celles de la Nation à n'en pas douter. Ces signes extérieurs sont ornementaux mais ils indiquent surtout les grade, place et fonction de chacun dans une codification des plus élaborées respectueuse de l'étiquette et de la Loi. Sur scène, costumes et accessoires prennent le relais comme renvois anaphoriques mimétiques[36].

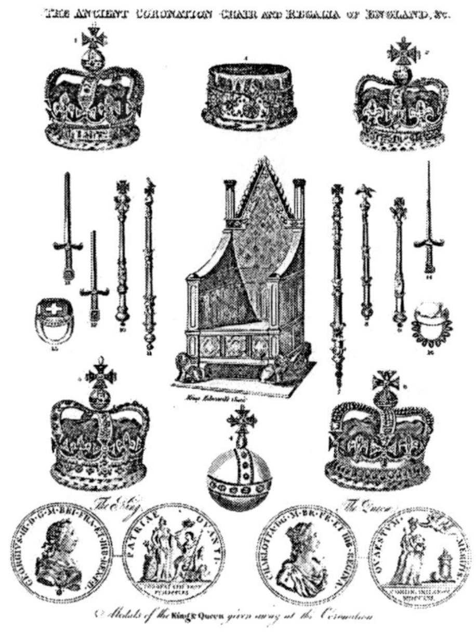

FIG. 1 – *Ancient Coronation Chair and Regalia of Great Britain*[37].

36 Jean L. Cooper and Angelika S. Powell, *The Ancient Coronation Chair and Regalia of Great Britain*, [http://people.virginia.edu/~jlc5f/charlotte/coronation.html]. Dernière visite le 25 mars 2015. Ainsi que *The Official wensite of the British Monarchy*, « Royal events and cérémonies » : [http://www.royal.gov.uk/MonarchUK/Symbols/TheCrownJewels.aspx]. Dernière visite le 25 mars 2015.

37 *Ibid.*

LE COURONNEMENT DE LA REINE ANNE

L'acte IV d'*Henri VIII* s'ouvre sur deux gentilshommes en train de répéter le détail protocolaire qui règle le couronnement d'Ann Bullen, des premières notes des trompettes qui sonnent l'entrée, aux dernières qui annoncent la fin de la procession. Tout est notifié[38] et aucune place n'est laissée à l'improvisation : ni sa composition, ni l'ordre de passage des personnalités dans ses rangs, ni son déroulement. Chaque moment, chaque rôle et chaque objet est passé en revue. Tous les emblèmes et les joyaux symboles du royaume seront portés et mis en évidence : la toison et la jarretière, les armoiries, les diadèmes et couronnes d'apparat, d'or et de cuivre, les sceptres, les bâtons et les globes surmontés de la colombe et de la croix, les aubes, les robes et les costumes, les fleurs, les trône, dais, baldaquins et leurs porteurs…la didascalie externe indique le parcours : « they pass over the stage in order and state » (IV, 1)[39]. Chacun a la place qui lui est propre sur scène, comme dans le royaume, dans le respect de l'ordre, concept essentiel.

Il n'est pas de moment qui ne soit régi par l'étiquette et qui ne devienne vitrine de la royauté. Tout épisode, sacramentel et/ou intime est affaire d'État. Mariage et baptême, rencontre amoureuse ou divorce, la naissance et la mort…

Dans *Henri VIII*, deux masques marquent ce type de moment, de la rencontre au départ. Musique et danse les accompagnent. Shakespeare (seul ou en collaboration) emploie ce genre intersémiotique du divertissement de cour pour ses valeurs intrinsèques esthétiques, métadramatiques, métathéâtrales et éminemment symboliques. Il y en a deux très différents dans la pièce.

---

38 *ORDRE DU CORTÈGE*, F.-V. Hugo, p. 1113-1114.

39 [ils traversent la scène dans l'ordre et l'apparat] (B.C.D.)

ÉPIPHANIE. LES MASQUES : LE BAL MASQUÉ DU ROI ET SES MENUS PLAISIRS *VS* LA VISION FANTASTIQUE ET SPIRITUELLE DE KATHERINE

La rencontre avec Ann Bullen / masque I, 4

Le masque enchâssé dans la pièce se veut de type élisabéthain dans ses structure et organisation cadres afin de correspondre à la thématique qui est la célébration des deux Élisabeth.

L'atmosphère est festive ; l'on rit, l'on boit, l'on mange, l'on plaisante, l'on se conte fleurette et l'on se donne des baisers. Jeux de mots et d'esprit pimentent les discours qui sont légers. De la musique et des danses non précisées complètent ce moment agréable.

Puis, l'intrusion de masques, annoncés comme étrangers, interrompt le banquet et l'on écarte les tables afin qu'ils offrent aux convives un intermède. Il est de type pastoral puisqu'ils sont déguisés en bergers. Le roi est parmi eux et le cardinal Wolsey qui est le grand organisateur de la fête feint de ne pas le reconnaître tout en déclarant que quiconque lui serait hiérarchiquement plus important, devrait présider la soirée. Le roi se démasque enfin et il invite Ann Bullen à le retrouver dans une autre pièce, à l'écart des convives.

Le moment est historique bien que cette rencontre amoureuse aurait pu compter parmi les très nombreuses aventures connues par la personne royale.

Le divertissement pastoral est de courte durée et il n'offre pas la théâtralité d'un masque jacobéen. Cependant, *Henry VIII* ayant été composé après *The Winter's Tale* qui contient un masque pastoral incis plus développé, l'on peut se mettre à penser que le rappel n'est point fortuit, d'autant que Jacques VI-I raffolait de ce genre de divertissement et que le cadre nuptial princier semblait l'indiquer. Le masque de Cour a toujours été considéré comme une scène ouverte à la famille royale, à la fois pour montrer ses talents artistiques (surtout pour les jeunes princes et princesses) et pour transmettre des messages sur son aura et sa puissance. Celui-ci ne semble pas avoir cet objectif.

Le second masque est extrêmement différent. Il structure une apparition dont Katherine d'Aragon est témoin peu de temps avant sa mort. Bien que « Patience » et Griffith soient présents, seule la reine voit les esprits masqués qui entrent en scène. Le théâtre rend l'invisible visible aux yeux des spectateurs qui partagent la vision de la souveraine déchue par répudiation. Le procédé dramaturgique avoisine une forme de teichoscopie détournée, puisque la vision occupe l'espace scénique, que le mur est virtuel et que les acteurs-spectateurs feignent de ne pas apercevoir ce qui leur est conté.

La Vision de Katherine

Cette vision est suscitée par la musique que Katherine réclame pour accompagner sa méditation : elle dit entreprendre un voyage mental vers l'harmonie céleste ; puis elle s'assoupit.

Six masques vêtus de blanc, coiffés d'une couronne de laurier et masqués d'or se présentent à la reine ; ils dansent au son d'une musique triste et solennelle, lui font une révérence respectueuse, la couronnent de laurier et agitent les rameaux qu'ils tiennent à la main au-dessus de sa tête, dans un rituel de bénédiction inspiré qui l'apaise et la rend heureuse. Elle tend les mains vers le ciel en signe de communion, de grâce et d'épiphanie, et les masques disparaissent. Tout est paix, sérénité et recueillement spirituel. Katherine appelle les masques « spirits of peace » [« esprits de paix », Hugo, IV, 2] ; ces anges porteurs de la paix éternelle, l'invitent à un banquet. Leurs sourires irradient d'une lumière bienfaisante :

> *[…] a blessed troop / Invite me to a banquet ; whose bright faces / Cast thousand beams upon me, like the sun ? / They promised me eternal happiness ; / And brought me garlands, Griffith, which I feel / I am not worthy yet to wear / I shall, assuredly.* (IV, 2)[40]

LES DEUX MASQUES SE SERVENT DE CONTREPOINT

Le masque pastoral influencé par la tradition de la « romance » peut se lire comme un ante et un anti masque où le roi cède à la tentation charnelle du baiser au milieu de convives grisés par le vin et émoustillés par la beauté de femmes bien légères. En contrepoint, la vision éthérée de la reine Katherine répudiée se pare de la transcendance, de la spiritualité et de la force de la patience chrétienne. Le contraste des deux masques marque le roi du sceau de son humanité comme dans le *Et Arcadia Ego* cadre source du genre. Plus la reine souffre, plus il

40 […] une troupe de bienheureuses créatures m'invitent à un banquet ? Leurs faces, brillantes comme le soleil, jetaient mille rayons sur moi. Elles m'ont promis un éternel bonheur et m'ont apporté des guirlandes, Griffith, que je ne me sens pas encore digne de porter : je le deviendrai assurément (F-V Hugo, IV, 2).

apparaît injuste. Cependant le point de vue évolue. John Cox pense que Henri VIII qui s'est démasqué dans le premier masque, se démasque peu à peu en défaisant et en se défaisant de Wolsey : en se libérant de son emprise, il révèle toute sa puissance. Selon Cox, le cadre dramatique binaire de *Henry VIII* est celui d'un masque de cour. Selon moi, il l'est à l'instar du *Conte d'hiver*. Profitant de son expérience, Shakespeare (seul ou en collaboration) combine ses savoirs et savoir-faire, combine les genres et leurs composants, dans sa maîtrise théâtrale. Cox pense que, structurellement, la visée générale est une épiphanie royale : « the play's movement toward the full display of royal power is a direct imitation of the masque's movement toward royal epiphany » (Cox, p. 396)[41].

CONCLUSION

Quel que soit leur genre –drames historiques, tragiques ou comédies– les pièces de Shakespeare, scénographient l'Histoire, dans leur fable et leur contenu diégétique ; la mise en scène concrétise leurs images du pouvoir, leurs représentations de la royauté et du populaire, y compris les soulèvements de paysans ou d'artisans. Le sémiotique et le linguistique combinés rendent compte de façon directe ou anamorphique de ces mille micro ou macro espaces, faits et moments de la vie d'une nation, de son peuple et de ses chefs, et de l'éphémère passage de l'humain en leur sein.

La structure binaire de *Henri VIII* permet aux deux derniers actes de présenter une vision idéalisée de la royauté et du roi en place. Un monarque en cachant toujours un autre au théâtre, l'intra-contextuel rend compte du hors cadre national : Henri VIII renvoie à Jacques VI-I, comme masque, ante- et anti-masques présentent les deux faces de la figure royale, double, dans un face-à-face en miroir théâtral.

La dimension du « pageant display » (spectacle/démonstration processionnaire) offre une distanciation, un regard oblique et critique. Deux procédés relativisent les dimensions et valeurs du pouvoir. Tout d'abord, la confrontation des deux masques : le genre a été largement utilisé

41 [Le mouvement de la pièce vers l'affichage de la puissance royale imite de façon directe le mouvement du masque vers une épiphanie royale.] (D.B.C.)

pour glorifier le monarque, la royauté et leur toute puissance. Ensuite, le débat entre le pouvoir et son ou ses contre-pouvoirs écarté/s : dans cette pièce, le fou érasmien type est absent. Comme l'écrit John Cox, la pièce explore les zones d'ombre et les ambiguïtés qui ternissent l'affichage éclatant du pouvoir : « While fully meeting the masque's demand for royal compliment, *Henry VIII* explores the ambiguities of divine right and reveals an image whose truth encompasses more things on earth than are dreamt of in the heavenly philosophy of the masque » (Cox, p. 407)[42].

Henry VIII offre une palette qui va de la spectaculaire représentation protocolaire au dépouillement tout spirituel, comme *Everyman* recommandait de se libérer du pouvoir des choses terrestres. S'y délivre une critique avisée et un avertissement sur la grandeur et la décadence. Le théâtral et ses métadiscours sur l'extra-contextuel visent l'homme dans son parcours personnel et philosophique, la Nation de pied en cap (selon les théories anamorphiques de l'époque) dans ses domaines et activités domestiques mais ils n'omettent pas de s'ouvrir sur l'international. Comme l'écrit Larry Champion :

> *The final movement of the play may well depict an idealized view of the nation, but, considered together, the two movements capture the human agony and political conniving which ushered in the Reformation and a foreign Policy based on maintaining a balance of power among the major European countries.* (Champion, p. 15)[43].

Henri VIII peint, dépeint, dramatise et scénographie le pouvoir sous toutes ses formes grâce à un réseau référentiel trans-textuel et trans-sémiotique large où se combinent texte(s) et contextes historiques.

Danièle Berton
Université Blaise-Pascal –
Clermont Ferrand

42 [Alors qu'il satisfait pleinement aux exigences du masque en matière de compliment royal, *Henry VIII* explore les ambiguïtés du droit divin et révèle une image dont la vérité enveloppe plus de choses terrestres que ce qui sont rêvé dans la philosophie céleste du masque] (D.B.C.)

43 [Le dernier mouvement de la pièce peut bien décrire une vision idéalisée de la nation mais, pris ensemble, les deux mouvements capturent l'agonie humaine et la connivence politique qui a introduit la Réforme et une politique étrangère fondée sur le maintien d'un équilibre entre les grands pays européens] (D.B.C.)

INDEX

RÉSUMÉS

Christian JÉRÉMIE, « Théâtralisation et jeu de manches dans le dialogue catéchétique de Thomas Becon, 1560 »

Cet article décrit et analyse tous les moyens théâtraux, pauses dramatiques et jeux de manches permettant la théâtralisation des idées par l'échange dynamique et vivant du dialogue par question-réponse du dialogue catéchétique de Thomas Becon, œuvre monumentale de 1560, comparable au *Grand Catéchisme* de Luther par sa taille et son exposition doctrinale.

Monique VÉNUAT, « La théâtralisation du pouvoir. Le *King Johan* de John Bale »

La question du pouvoir, de la légitimité, et de sa contrepartie l'obéissance, occupe le devant de la scène politico-religieuse dans l'Angleterre des années 1530. Elle y revient d'ailleurs de façon récurrente dans toute la suite de la période Tudor. Cet article analyse la façon dont elle est transposée, théâtralisée dans *King Johan*, une pièce de John Bale (1495-1563) qui appartient à première génération de la Réforme anglaise dont il fut un des plus ardents prosélytes.

Raphaëlle COSTA DE BEAUREGARD, « Culture de la procession et réappropriation par le pouvoir laïc de la mise en scène religieuse »

La théâtralisation a deux fonctions sociétales : celle de la réconciliation entre les partis ennemis et la réconciliation de chacun avec son passé individuel et le passé collectif. Cette étude analyse et retrace l'invention de la visite royale, phénomène tout autant européen que britannique, les deux faces de l'image de la reine, le corps royal et sa personne comme image du corps politique, et le rôle des portraits de Nicholas Hilliard dans la sanctification de cette double image.

Jean DUCHAMP, « Le théâtre comme représentation du monde à travers l'œuvre *The Cries of London* d'Orlando Gibbons »

Quelle source plus intéressante que les *Cris de Londres* pour observer la « représentation du monde comme théâtre » ? Dans les périodes élisabéthaine et jacobéenne, ce genre a passionné les compositeurs laissant plusieurs partitions manuscrites permettant une étude comparée. Inclure les cris des marchands des rues au sein d'une texture polyphonique pour représenter le théâtre du monde constitue cette tradition éphémère, ressuscitée au XXe siècle avec les *Cries of London* de Luciano Berio.

Alban RAMAUT, « Héritage et réception au XIXe siècle de la théâtralisation de la musique à la période élisabéthaine. Contribution à la genèse du romantisme français »

Cet article analyse par comparaison intersémiotique avec l'architecture à la période romantique, comment l'intérêt pour le théâtre élisabéthain a pu exprimer une sensibilité en quête de changement et d'idéal. La musique des romantiques, en s'inspirant du théâtre anglais et shakespearien, va chercher à établir un lien entre un XIXe siècle qui ne peut pas prolonger l'histoire culturelle dont il hérite et des sources oubliées, un Moyen-Âge et une Renaissance, synonymes de liberté et d'invention.

Julien GARDE, « La théâtralisation du pouvoir dans *Didon et Énée* de Purcell. Le principe d'incarnation comme solution dramatique »

La théâtralisation du pouvoir des spectacles de l'époque élisabéthaine est dépassée lors de la composition de *Didon et Énée*, mais elle se maintient en tant qu'élément indispensable au spectacle. Le traitement des passions cher au XVIIe siècle permet à la mise en scène du politique, renouvelée, de s'incarner en tant qu'élément vivant du drame, par une mise en mouvement du principe de hiérarchie, et à travers l'humanisation des vertus royales, en l'occurrence celles transmises par Didon.

Yona DUREAU, « Théâtre du monde shakespearien et représentation de la représentation politique »

Les personnages de Shakespeare revêtent souvent une dimension politique qui met en valeur la tendance des rois et des reines de son temps à user de leur position prédominante comme d'une scène. Cet article analyse les formes de la théatralisation de la royauté, qui souligne à son tour l'interaction entre royauté et théâtre. Les pièces de Shakespeare démontrent que le théâtre devrait rester le seul domaine du théâtre, et que la royauté ne devrait pas utiliser cette arme la menaçant en retour de désagrégation et de disparition.

Wayne NAREY, « Inarticulate passion. The eroticism of death in *Othello* »

La pièce d'*Othello* illustre le pouvoir théâtral de la langue et de l'action dans l'œuvre de Shakespeare en associant son pouvoir et son autorité. La terrible beauté de cette pièce réside dans le pouvoir de la langue qui émeut le public, même lorsque son protagoniste perd ce don avec lequel il a conquis Desdemone. Cet article analyse l'échec de la voix d'Othello qui fait pendant à l'impuissance de son action, jusqu'à la dernière scène où il retrouve une union érotique de la langue et de la force martiale en causant la mort de Desdemone.

Aurélie GRIFFIN, « La théâtralisation du livre dans *The Countesse of Montgomeries Urania* de Lady May Wroth (1621) »

The Countesse of Montgomeries Urania de Lady Mary Wroth est le premier roman publié par une femme en Angleterre, entreprise scandaleuse à une époque où les écrits féminins ne sont tolérés que dans la poésie religieuse et la traduction, où publication et roman souffrent encore d'une réputation douteuse. Face à ce défi le roman met en œuvre divers dispositifs de légitimation en particulier grâce à l'esthétique du théâtre que Wroth transpose en insistant sur le regard et l'émerveillement du spectateur.

Jacek FABISZAK, « The power of histrionics in Marlowe's *Tamburlaine* »

Le pouvoir, dans le *Tamburlaine* de Marlowe se comprend selon deux acceptions : tout d'abord, il s'agit du pouvoir du dramaturge sur les spectateurs, à la fois vide politiquement mais séditieux, selon le « faire-semblant » ; deuxièmement, il s'agit du pouvoir politique théâtralisé. Marlowe construit ses figures du pouvoir en termes d'acteurs sur une scène sociale, qui ne peuvent qu'exagérer leur jeu puisque leurs rôles sociaux sont faux. *Tamburlaine* expose le pouvoir en conformité avec les jeux d'esprit des Universités.

Sarah KNIGHT, « Performing erudition on the elizabethan university progresses. La mise en scène de l'érudition au cours des processions universitaires élisabéthaines »

Cette étude analyse la théatralisation des visites royales dans les grandes universités de Cambridge et d'Oxford car chaque visite de la reine Elisabeth fut l'occasion de mise en scène du savoir à la fois de la reine et des érudits. La présentation cérémonieuse d'ouvrages par des savants s'effectue comme une mise en scène, s'ajoutant aux nombreux débats et pièces de théâtres organisés pour la reine dans les universités. Plus encore, les murs des bâtiments eux-mêmes sont festonnés de vers.

Elisabeth DUTTON, « Elizabeth and Oxford, staging power in the university drama. Dido and Oxford: staging power in the university drama »

De récentes études du drame universitaire élisabéthain ont considérablement éclairé notre compréhension de la façon dont certaines pièces spécifiques avaient été sélectionnées comme idéales pour une mise en scène, mettant en relief la relation entre « la robe et la couronne ». Cet article part de ce postulat, suggérant que la pièce a pu être utilisée pour considérer plutôt que pour montrer uniquement, à la fois une image particulière de la Reine et le potentiel particulier du drame académique dans sa mise en scène.

Danièle BERTON-CHARRIÈRE, « *Henry VIII* de William Shakespeare, scénographie du pouvoir et de l'histoire »

Par essence, le théâtre est fondamentalement lié à la représentation du pouvoir depuis ses origines. Il permet de « rendre présent devant les yeux, [et de] reproduire par la parole la puissance politique, l'autorité qui gouverne l'état » ainsi que sa voix. La pièce de *Henri VIII* scénographie les multiples manières de représenter l'Histoire et le pouvoir, de l'au-delà et d'ici-bas, et celui des hommes les uns sur les autres, selon le sens du XIIIe siècle, [le] droit que l'on a de faire une chose.

TABLE DES FIGURES

TABLE DES MATIÈRES

IMPRIM'VERT®

Achevé d'imprimer par Corlet Numéric,
Z.A. Charles Tellier, Condé-en-Normandie (Calvados), en juillet 2018
N° d'impression : 149994 – Dépôt légal : juillet 2018
Imprimé en France